新民说　成为更好的人

我也只是
一个人

Der einzige Mann auf dem Kontinent

[匈] 特雷齐娅·莫拉 著
闵志荣 译

广西师范大学出版社
·桂林·

WO YE ZHISHI YI GE REN
我也只是一个人

Der einzige Mann auf dem Kontinent by Terézia Mora
© 2009 by Luchterhand Literaturverlag,
a division of Verlagsgruppe Random House GmbH, München, Germany
No part of this book may be used or reproduced in any manner for the purpose of training artificial intelligence technologies or systems.

The translation of this work was supported by a grant from the Goethe-Institut.
本书获得歌德学院翻译资助

著作权合同登记号桂图登字：20-2024-055 号

图书在版编目（CIP）数据

我也只是一个人 /（匈）特雷齐娅·莫拉著；闵志荣译. -- 桂林：广西师范大学出版社，2025.5.
ISBN 978-7-5598-7875-5

Ⅰ．I515.45

中国国家版本馆 CIP 数据核字第 2025C8G495 号

广西师范大学出版社出版发行

（广西桂林市五里店路 9 号　邮政编码：541004）
　网址：http://www.bbtpress.com

出版人：黄轩庄
全国新华书店经销
深圳市精彩印联合印务有限公司印刷
（深圳市光明区马田街道新庄社区同富工业区 B 栋 103
　邮政编码：518107）
开本：889 mm × 1 194 mm　1/32
印张：12.625　　字数：252 千
2025 年 5 月第 1 版　2025 年 5 月第 1 次印刷
定价：68.00 元

如发现印装质量问题，影响阅读，请与出版社发行部门联系调换。

星期五

白天

她向他俯下身去，双乳向前摆动，一股香气顺着她的腹部往上升腾，他微微抬起头，想要看她的肚脐眼：它像一枚小小的贝壳，有上部的边缘。他很高兴看到这个场景，不过这才只是第一阶段，真正让他意兴盎然的是后续场景：向上抬升了一小截的下腹，巧克力色的阴毛，根据阴毛的实际疏密程度，这儿甚至可能是阴唇——但偏偏这个时候有什么东西凌乱了，一只胳膊伸进了画面，她在干吗，她在把一绺头发从脸上捋开吗？她的胳膊肘下闪现出一簇蜀葵，阳光从中间刺了进来——不！他说道。——哦，她说，你还在睡觉。——是的，他在睡梦中说道。

在一个星期五，也就是 9 月 5 日那天，早上 8 点刚过不久，一个男的，个子不高，身材瘦削，皮肤晒成了栗色，头发梳得齐齐整整，出现在了某栋办公大楼一楼的楼层接待处，找菲德利斯公司的达留斯·科普。接待处的女士回复说，现在还早，这位先生还没来公司。这位优雅的男士说，他急着找他。这位接待员，她叫巴赫夫人，看到他额头上已经渗出了汗水，一滴正在流向鬓角，一滴正在流向鼻子。巴赫夫人发现站在她面前的这位男士非常迷人。他问，他能不能把一个包裹放在这里。巴赫夫人立马变得谨慎起来。您知道的，这年头很危险，行李不能没人看管，在这么大一座办公楼里面二话不说就收下一个包裹——一个设备包装箱，从标签和图片来看里面是2.4兆赫无线接入器，但是这包装已经被打开过了，我们都可以看到——您给我留下了名片，这在紧急情况下对我也没什么帮助。（您叫萨沙，您的名字我也很喜欢。不过与此同时您在我看来也很可疑。我能不能看一下里面是什么？不，我不能。）

其实她可以尽管发问。这位帅气的男人会欣然把包裹推到柜台上然后说：钱。巴赫夫人会把它当成一句玩笑或是一个比喻，她会露出微笑，接过纸箱并晃晃它。它会发出窸窸窣窣的声音。纸币，这位匆匆忙忙的男士会说，然后看看手表。

他从睡梦中惊坐而起——我不要睡！我不要睡——结果又睡着了，接着第二次醒了过来。他躺在他的卧室里，他的床上。卧室里面有一张双人床、一个衣橱、一个五斗柜、一张梳妆台、一张穿衣凳、一个洗衣篮。没有蜀葵在那里。那边的两片光亮是窗户。它们倒开着，门也敞开着，稍微有点穿堂风，下面的路上车流呼啸。

7点过了，9点没到——那就是8点？我手机呢，我手表呢？弗洛拉还在家吗？——但这太阳，看起来好像已经升得很高了。一架降落中的飞机正在飞越屋子上空，只要它还在飞，就会比其他任何东西都吵。（是的，这套公寓正好处于飞机的降落航线上，不过除这一点外，它还是挺棒的：这是一套复式公寓，有四间房间、两个卫浴间、一个面向公园的露台。）

飞机飞过去之后：弗洛拉？

没有回音。

他叹了一口气，翻身下了床。他是一个肥胖的男人，106公斤的体重配上178厘米的身高，幸运的是大多数重量都来自骨头，剩下的都集中在壮硕的半圆形肚子上，就像一位孕妇的肚子那样结实、浑圆。肚子上方，很遗憾，是一对男人的乳头。但是她[1]说了，她爱现在这样的我，没有理由不相信她。

她肯定已经在露台上了。

内楼梯在他的光脚板下震动着。

她坐在露台上的一张躺椅上，但让人失望的是她没有赤身裸体。她穿着有肩带的白衣服（这是我的睡衣，宝贝），她在看书。

早上好。

早上好。

你已经起床很久了吗？

---

[1] 本书正文中的仿宋文字，原文中为斜体。

星期五　　3

一个钟头。

你在看什么？

墙。

什么？

标题叫作：墙。

好看吗？

挺好看的。

比晨间性爱还好吗？

（的确如此，但是……）她笑了，合上了书，起身的时候散开了她的头发，把睡衣拉过头顶脱了下来，她棕色的身体很苗条，阴毛的形状好像椰枣树。

但是要快一点，半个小时后我就得走。

走的时候她还亲了一下他的额头。亲之前她用虎口擦去了汗。

我们下午4点见。不要忘了。

他又躺了一小会儿，也许又睡着了。是的，他睡着了，但只睡了几分钟，就第三次醒了过来，他去了卫浴间，看着镜子。镜子里这个年轻人脸圆圆的，小鼻子微微上翘，头发金黄，他就是我。头发已经变得稀疏，正好又有点儿太长了，竖在头上（好像一圈圣光），不过我们几乎看不出来，因为首先镜子很小，其次他微笑着的蓝色大眼睛（瞧那些鱼尾纹，年纪轻轻就已经有了！）构成了一个中心点，它把人们对其余部位——比如双下巴、胡茬、鬓角中几丝灰发——的注意力都抢了过去。

在镜子下边，他把一个吸入器咬在嘴唇之间：吸气，屏住呼吸。

达留斯·科普是一个病弱的孩子，从小患有支气管哮喘，有些时候，特别是一开始，一夜又一夜地看起来好像在天亮之前他就要窒息而死了。他快到 30 岁的时候，他母亲还在为他担忧，这是不是一件奇事呢？虽然在这个时候他已经逐渐走出最糟糕的状态。柏林墙倒塌已经是 6 年前的事情了，科普自己也跨了过去。更准确地说，在我心里只有愉悦的期待和蓬勃的希望，为什么不呢？尤其是当时我 24 岁，经历着个人和历史的幸运时刻，口袋里装着新鲜热乎的信息学硕士学位，而且天性乐观。这样的话，人们自然很容易就只会向前看，看向奇妙的未来闪耀着光芒的地方。

他站在涂了沥青的屋顶上，还穿着凉拖鞋、牛仔短裤和一件敞开的衬衫，我们可以看到衬衫里面他还没有长毛的胸骨——是的，我曾经也是一名来自东德的强壮青年。天空蔚蓝无云，花园里盛开着丁香花，达留斯的脸上绽放着笑容，同时他张开手臂高喊：生活！声音越过屋顶，飘进花园，传到大街上，他喊着：生活！他又特意朝着他身边的姑娘笑了一下。——名字我还记得。伊内丝。几乎还在同一天这段情就结束了。他从屋顶上下来，穿上西装，感觉依然舒畅。

世界刚好处于一场经济大繁荣的开头，日后这段时间被称为新经济泡沫,达留斯·科普根据自己的直觉也置身其中。当然事实上他并不是中流砥柱,但也不是末流之辈,这么说未免低估了他,他总算在第二阶层,在办事处领导之下,几个秘书之上,和两位项目经理一样,在一家美国公司的柏林办事处。这家公司曾经是靠飞机零部件发展壮大的,现在卖的是电脑网络的线缆、插头、插口。1997年轻便摩托车对于成年人来说成了时尚,人们携带着货品,在博览会上从一个摊位飞奔到另一个摊位,科普也是,尽管这种车子限载90公斤,并且他已经远远超过了这个量级。——世纪之交的时候我胃口大增。我也不知道。事实上我可以不停地吃。——世纪之交越近,庆典就越盛大,乐队演奏着西班牙歌曲《跳舞,跳舞》,乐曲声直冲展览馆屋顶。有一次科普站在一处廊台上,欢呼着把他的名片扔向了跳着舞的人群,然后把他的嘴张得很大很大,以便让更多的煎田鹨飞到他嘴里,直到他的肚子最终因此变得滚圆,就像一个蛋。(回家路上我在人生中第一次——也是迄今为止最后一次——看到高速公路的重影,不过这事我没有和别人说过。)

  1999年他认识了弗洛拉。——无论如何这不仅仅是一个爱情故事。——弗洛拉姓迈尔,但她是匈牙利人,她努力地想在一家电影公司站稳脚跟。他们立马就深深陷入了爱河——自从我认识你之后,我就再也没有和别的女人睡过!——你真好,亲爱的——但世界不会因此停滞不前,众所周知只有工作才能使一个人成其为人。——我指的不是为获取报酬而进行的工作,亲爱的,而是,简单地说,你能够制订计划并坚持到底。——即便这话听上去如此美好,但并不完全正确,不过他当然明白她在说什么,反过来她当然也理解他。我们都赞同一个人为了赚取生活费而去做的事情必须同时给人带来个人的满足,因为只有这样才能避免我们过着一种仅仅由平淡的日常所构成的生活。与此相应的,科普不久之后就辞去了线缆公司的工作,然后在一家初创软件公司找了一份。在一家初创公司,你可以说你是自己的老板,即便你在明面上赚的钱比以前少,但不要忘了还有股权,因为这些才意味着未来。当公司破产的时候,他的虚拟资产达到了 70 万美元。2001 年 4 月份,达留斯·科普没有任何财产,没有工作。大概在差不多的时间,弗洛拉也连着 7 个周末 =8 个星期受到工作岗位中满满的剥削和公交站台上明显的骚扰,她受不了这些侮辱而崩溃了。现在,因为他们两个人都一无所有了,所以到了谈婚论嫁的时候了。他们都说愿意。他们是在 2001 年 9 月 9 日结的婚,这是一个星期天。

在接下来的 12 个月当中,他们吃了上顿没下顿,参加了好多次和平示威游行,科普平生第一次也是最后一次对政治产生了兴趣。然后他找到了一份新工作,忘掉了政治。弗洛拉也重返了工作岗位,但不再是在文化行业里面。我感觉有机食品店里的半日工,市场上、咖啡店里的临时工,或者城市沙滩边的夏季服务员,更加能够维护我的尊严。

从3年前开始他们就在努力造娃。

淋浴房还是潮的，他小心地进去，又小心地出来，上了厕所，洗了手，刷了牙，刮了胡子（干刮）。他冲澡冲了20分钟之久，最后他从温水换到冷水，好让全身凉快下来。接着他还站了好长时间，通风装置就像一台巨大的风扇一样呼啸着，却没有相同的作用。他把水从毛发上抹去，水拍打在瓷砖上。他擦身子擦了很久。尽管如此身上还有好多水珠。倒也凉快。这在夏天还挺好。

他在厨房把最后两个蛋煎了，用最后一份咖啡豆做了杯浓缩咖啡。橙汁没有了。

他在露台上吃了早饭，看着公园，看着树冠，树冠里的叶子被成簇挤到一起然后又再次分开，它们的绿色随阳光和风而变化。

多美。

然后他拿来了手提电脑。他打开了电子邮件、浏览器和网络电台，电台播放着音乐以及来自我们这个小地方和世界各地的新闻。

高温天气已经进入了第8周，这已经不再是热浪了，而是热穹顶，它罩在我们身上——这是3年之内的第二次静稳热气团了！如果算上之前长达9个月之久的雨水，我们就可以估算出今年的收成将会灾难性地下降，随之而来的是食品价格将会灾难性地上涨。空调会迎来好销量，对于我们所有人来说还很贵，不过总归有不贵的中国货。有个爱开玩笑的人宣布，黄金时代的开端再次被推迟了。交易所的夏天不管怎么说都早已过去，证券市场已经萎靡，正如这是9月份的传统，是从上次大跌中恢复的进程。豪宅不动产今天比昨天便宜30%，也比明天便宜30%，赶紧抢购！上半年入室盗窃的数量出现增长。一楼少些，顶楼多些，这挺符合逻辑，因为人们在高处受到的干扰更少。与其他尽管缓慢但也还在持续扩张的大城市（如伦敦或纽约）不同，德国首都是一个收缩的都会，如此多的住宅出现空置，办公楼尤甚。一位日本经理在履行其工作职责（与商务伙伴喝清酒）的时候死于肝癌。其遗孀提起诉讼。西方的预期寿命普遍下降，原因是糖尿病等富贵病。年轻人集会听音乐并抗议全球化带来的后果。这本身是值得称赞的，如果没有场地、垃圾和尿液的问题。没人提到粪便。很显然这不是什么问题。明年这个地区就会鲜花盛放。放眼望去，都会是自我繁殖不息的勿忘我绽放出来的乐观蓝色。没有发现在战争中被掩埋的银具的线索。一股飓风正在奔向新奥尔良。

  邮件中有7封进了垃圾箱，其他的也多是广告或者新闻消息。此外，佩佩·特雷普斯抱怨说，生意没有成功，但是下星期我会去城里，让我们去大撮一顿——我回复说可以——还有一位以前的同事，已经10年没有见过了，转发了一封搞笑邮件。我们开一家合资公司吧，母鸡对猪说道。经营火腿和鸡蛋。我提供鸡蛋，你……这笑话我以前就知道，但还是很好笑。

时间就这样到了中午。

广播里正在放一首歌,科普非常喜欢这首歌,甚至停下了正在做的事情。他再次盯着那些树看。它们伫立着。风又变小了。太阳马上就要绕到楼房的这一边来了。到时候科普就必须离开露台。不然的话他就会被烤熟。太阳转过来的时候,脖子的褶皱里汗水越来越多,但科普还是想把这首歌听完。

电话铃响的时候,他还没有听完这首歌。科普耳机上的蓝色小灯亮了起来 —— 可爱的小火星人 —— 但是现在没人能看到它。他按了下小蓝灯边上的按钮。因为我虽然光着身子坐在露台,但同时我也在工作。

莱德尔工程事务所的莱德尔先生想要再确认一下。

太好了,莱德尔先生,您打电话来了,我刚好也要打电话给您。星期二9点钟到客户那里。但是您能不能来接我一下?您知道的,我到现在都还没有驾照。开得太快了,还能因为什么。笔直的高速公路,又在半夜的时候,三车道,空空荡荡的,不过我也没注意到限速每小时120公里的牌子。我对警察说,我这辆车子是工作必需的,你们能不能多罚点款,就不要扣驾照了。不能。8点半?8点15分更好吧,我们要去最最南边的地方。对您来说这要绕一刻钟的路,您确定这对您没关系吗?真的是太感谢您了,莱德尔先生。我也祝您周末愉快。

歌放完了,科普离开了露台。不管你信不信,我又饿了。

冰箱比之前更空了。他打开了冷冻柜。这没有意义。

全是要烧的东西。他又让门自动关上了。他拉开了一个抽屉（现在你又在磨洋工了！），然后又停了下来。在房子变成桑拿房之前（很遗憾，这种情况在夏天是有可能出现的），我们还是去办公室比较好。

他没有花 10 分钟的时间等公共汽车，车子也不知道什么时候来，于是他步行离开了。如果愿意，可以从一片绿化带中间穿过去。一个退休的老头在遛他的牧羊犬，都快把人逼到灌木丛里去了，但科普只是微笑着打了声招呼：早上好！这个退休老头露出了一副好像受到了极大的羞辱的表情，狗扯着绳子拉着他紧跟在自己后面。总有一天它会把你扑倒。那它就等着死吧。（这也许太夸张了。）之后一个慢跑的年轻女士超过了科普。看她运动裤里肥硕的屁股。一道道凹痕都被挤出来了。她是因为这些凹痕才来这里跑步的。科普默默地向她表示认可。（顺便说一句：我喜欢肥硕的屁股。）

之后他自己也要跑起来了。这已经是他习以为常的了：火车出现在了上面的拐弯处，你磨磨蹭蹭的，应该可以赶得上，你可以试试，每次你到最后都要跑起来（只要路上没有东西挡他的路）。科普就是这样，他平时不喜欢消耗体力。即使在平地上走路我都会出汗。但他现在用力跳上台阶，车门打开了，他跳进了火车，抓住一根杆子 —— 像一根藤。就差一点。它没有晃荡——还有人比他来得更晚，撞到了他，没事，门关上了。他靠着杆子站了一会儿，喘着气，过了一会儿他坐了下来，

星期五　　11

用小臂擦了擦额头，还有汗，所以他又用另一条小臂擦了擦额头，忘我地气喘吁吁。一位女士看着他。他朝她咧嘴笑了笑。

自从失去了驾照之后，达留斯·科普才学会了使用短途客运工具。自从两德统一以来，从第一辆用了14年的二手车开始，他除了开自己的车就没有坐过其他交通工具。——我自己的法拉第甲壳虫，里面有我的阿耳康塔腊羊毛座椅、我的空调、我的收音机，环境干净整洁 —— 我是在最为广泛的意义上使用这个词语的，不用每天早晨和晚上都跟其他人关在一起，忍受他们的屁股和侵扰，这让我觉得我不是一个失败者。就是这么简单。——弗洛拉能够理解这一点，但是，亲爱的，我还是能够坚持的，这还是可以忍受的，毕竟4个星期也不是一辈子那么久，而且这也不是开罗的公共汽车，好了，要坚持住。

还没完。（还有1个星期。）

至少，火车比他想象的要干净快速，在到站之前人们还能从高处看到不熟悉的城市景观。那么多闲置地块，那么多城市小菜园。房屋的背面。永远保持愉悦，只有这样你才能成为国王 —— 画在防火墙上的。

有七站路要坐，路线是弯弯曲曲的，他一会儿坐在阳光下，一会儿坐在阴影里。

第二站的时候他的汽车经销商给他打电话了。（真让人意外。）商务车的租赁合同要慢慢到期了。对，我知道。就像我之前提过的那样，我在考虑换小一点的车，您知道原因的，无非是油价这些东西。开一辆 2.7 排量的车子就是装装门面的，其实开 2.0 排量的就可以了，但那样的话又不会有我想要的所有特别配置。我一年要开 60000 公里，在这种情况下我还是需要舒服一点的配置，更何况还有安全性能的问题。另外，我对导航系统也不满意（不够新），还有 MP3 播放器（开车的时候不能用），还有雨刮器（刮不干净），不过这些您都知道的，现在您又把深蓝色从色卡中删了，但是深蓝色是我们公司的标志颜色，加价就不划算了，为什么，终究不是深蓝色，这样吧，我们怎么着都要坐下来谈谈，这事在城市快铁里是谈不好的。对，我现在正在乘城市快铁。试驾 SUV[1] 倒是能让我心情好，但我要下个星期才能试驾，我们现在要进隧道了，我不知道是否……

叽叽歪歪的猴子。

一个衣衫褴褛的老头。还没到乞丐的地步，不过也差不多了。他靠着门边的同一根杆子站着，就像科普之前那样，没有直视他，而是歪着头，嘴在长长的鼻子下喃喃自语。

你在这里现什么现，回家去吧，找你妈（或者是妈的，这句话听不清楚）。

他把头往后缩了缩。我打他的话，他会不会怕？他站在那儿，就像吃了屎。

列车到站了，科普从离他最近的另一扇车门出去。

1　运动型多功能汽车。

但这也没什么用处,因为他要经过老头的那扇门。

穿着西装的猴子。

他在他背后说了这句话。这个胆小的老头。

达留斯·科普不是一个主动想和别人吵架的人,他没必要这么做,不是因为他很明智或者自控能力很好,并不是的,他纯粹是很幸运地生来就是一个温顺的人。不,我不恨我的邻居,不恨我父母,总而言之就是不恨我身边的人,不恨政府,不恨历史进程,不恨我的家乡,不恨外地人,不恨街上的生活,诸如此类。从没恨过。但是过头了就是过头了。他突然停了下来,转过身。这个老头现在就站在他跟前。水汪汪的蓝眼睛,眼距挺宽,但它们看起来还是很小。

别太过分,老爷爷,或者他想要说类似的话,但是突然他想到了别的话——"不错,我也有我光鲜的时刻"——他开始和善地讥笑起来,说道:

我们总不能所有人都衣衫褴褛地上街。

在离开的时候,他还看到老头左脚的鞋子也破了。是运动鞋。以前我们把这种鞋子叫作:中国运动鞋。他飞速离开了,因为他并不排除这个老头也许会一把抓住他的领子,力气也许比乍看上去要大。他指甲那么长。赶紧,跑到人群中去吧!

现在他看起来就真的挺像一名匆匆忙忙的商务人士了,他们认为时间和纯粹的金钱一样重要。银色的手提电脑包在他手里剧烈地晃动着。

让我们跳过第二段路程,换乘之后,还有两站路。

最后两部电梯把人送到地面，和风吹拂，从下面吹来的风凉凉的，从上面吹来的风暖暖的，冬天正好相反。在最后几米的地方，他就可以看到楼房出现了，他在里面上班（就这本书而言）。当他来到地面之后——他借助扶梯向上的推力再跑了几步，然后他就停了下来，仰起头——看到上部的外立面上挂着金色的字母 BUSINESSCENTER[1]——从这个角度看起来字母当然是剧烈变形的。真奇怪，心情已经又变好了。科普很喜欢这样的感觉，他哧哧地笑着站在太阳底下。

让我们跳过下面这场景，他没有直接去办公室，而是先去旁边的一家小饭馆点了一份所谓的商务餐。煮牛肉配根茎蔬菜。味道不错，但是对于饥肠辘辘的他来说一下子就吃完了。三根切成了什么造型的小胡萝卜，两块菱形土豆块。科普在这些事情上并不小气，但当一个人饿起来之后，12.5欧再加小费14欧，就太贵了……

不行，我们不能跳过任何场景，因为就在结束前不久又发生了一些事情，而且是有关这12.5欧和14欧的。他吃完了这份煮牛肉，如他所说，他还觉得饿。那就再来杯拿铁吧，这能够让他饱一点儿。不过办公室有拿铁，而且是免费的。他脑子里光想着这拿铁了，于是就站起身，离开了。那位女服务员，一位有气质又有礼貌、皮肤褐色的年轻女士，不得不追上了他：

抱歉！很抱歉，我想，我是不是忘记收账了。

---

[1] 商务中心。

您真是太好了，没说我不付账就走了！

科普道了无数次歉。我刚刚在想事情，所以请您谅解我忘记买单了。女服务员善解人意地微笑着。他很想给她 15 欧的，为了表示歉意，但是他只有 14 欧和一些零散的分币。真侥幸，我因为跑步赶车所以没有买票，否则钱就不够了。但您肯定也接受刷卡。您接受刷卡支付吗？这会让我们多花 5 分钟，不过这样我就可以写：小费，2.5 欧。然后我们两个就笑了。

商务中心的正门那里一个人都没有。我不知道为什么，但是我不喜欢这样。这会让大厅，即便是一个铺贴了大理石（其实不是，而是抛光了的汝拉山石材）的大厅，给人留下一个落寞的印象。科普乘电梯上了二楼。

在楼层接待处也没有人，巴赫夫人不在，拉佐卡先生也不在。这是偶然现象么？（当然。）然后他就忘了这事。他有自己的注意点，他要去楼层小厨房找块巧克力，用咖啡机做一杯加双份糖的卡布奇诺。

说实话，如果我不用把这些纸质文档存放在我这里的话，我根本不需要办公室，在露台上我就可以完成（几乎）所有的事情——他可不是一个生活在露台上的男人么——不过，如果不用自己立马跑去接电话，而是先由巴赫夫人或者拉佐卡先生去接听，这样看起来更好。只不过科普真正想念的还是厨房，那里的冰箱从来不会空空荡荡。（现在这并不是对某个人的指责。）

他把巧克力放在西装口袋里，右手端着托在碟子上的咖啡杯，银色电脑包的背带斜挎在肩上，他就这样向着他的办公室走去。到了门口，他把杯子换到左手，费力地想要掏出钥匙开门。

他进去了，站在那里不动。他完全忘记了这里有多么满满当当。从门口只有一条狭窄的小路通向办公桌，路以外就没有空间了，只有东西。好像在过去的两年当中没有任何来到这间 12 平方米办公室的东西离开过这里。事实上在过去的两年当中没有任何来到这间 12 平方米办公室的东西离开过这里，除了玻璃杯和陶瓷杯。南边的墙被一只只一人高的纸板箱遮住了，它们有些是空的，有些里面装满了演示设备和说明小手册，这些纸箱渐渐往上越堆越多，像逐级变小的塔，它们以这样的形式在这间办公室里铺展了开来。还有我的兵马俑。几千年的灰尘飘浮在它们之间。他需要的要么是 a. 一位新秘书，不要那个老的了，他说不见就不见了（可能他把他 50 岁的太太换成了两个 25 岁的，好吧，开玩笑的，不过他们倒是很相爱，所以把一切事情都抛在了身后），要么是 b. 一间仓库，或者 c. 收拾一下。因为对面，也就是北边桌子靠着的墙，也已经满了，只是那里就谈不上什么军纪整齐了：一堆堆的杂志、说明手册、计划书、会议纪要、信件、备忘录、账单、名片。其间到处都是纸条。它们中有极少数钉在那里，大部分堆着、放着、散落着、滑了下来、揉皱了，字迹要么已经褪色，要么看不清了，要么人们已经不能理解关键词之间的逻辑联系了。有一个整理盒,有机硬塑料材质的,一共三层,每一层里面的差旅费账单都快溢出来了。(不过已经将近一年没有出过差了。)它们已经向前延伸拓展,就像瓦砾堆前面总会形成一个垃圾堆那样。这一堆上面的黄色信用卡账单已经成了一位朋友。每当因为什么东西而吹来一阵风的时候,它就会点头。电话、显示屏、键盘,桌子下面配套的电脑主机,旁边的纸篓,满了。显示屏、键盘和主机科普是不用的,他用的是自己的笔记本电脑,所以他就把其他东西远远推到了后面,键盘挤到了整理盒,账单就滚落了下来,被压到整理盒下面变皱了,这对于一些热敏纸来说当然就不好了。

括号:在他的秘密办公室,因为他也有一间秘密办公室,里面的情形也是一样的。也就是说,那里更加糟糕,因为那里额外存放着他有生以来购置的所有与电脑有关的东西。那是一套有两个卫生间和一间蓝胡子房间的公寓,弗洛拉是这么说的,所谓的蓝胡子是童话中的杀妻狂魔。或者她会说:亲爱的,你是一个好人,但是也乱得有个性。现在在家不谈房间的话题,因为谈不起来,要谈起来就是吵架。弗洛拉把家里其他地方归置得还算井井有条,要是她在哪里发现了看起来似乎是科普房间里的东西,那么她就会把门打开一条缝,把那个东西放在最近的空处,然后把门关上。(那他下次开门的时候会不会发现这个东西呢?这是一个问题。)

达留斯·科普叹了口气,小心翼翼地沿着纸板斗士之间的小路向前走,他把咖啡杯放在桌上还空着的一个角上，把银色的笔记本电脑塞进中间的空位，然后把它推到了自己的位置上。黄色的信用卡账单在点着头。

在接下来的 10 分钟里面，科普就只是坐在他那张卓越的弹簧旋转椅上（这不是一起租来的，而是我们自己买的，这最终是为了我们的腰舒服），喝着卡布奇诺，向外看着广场。——东边的那面墙，为了完整起见，完全被窗户占据了。可以看到日出。——在对面的街角上，有三个男的正在用铁锹在红白带子组成的界线后面挖一个洞。他们紧挨着建筑外墙，显然是和地基有关。其中一个男的是个高大的黑人，另一个是瘦削的白人，还有一个非常不显眼，以至于人们都无法对他进行描述。他们三个都穿着 T 恤衫，然而整体给人的印象仿佛是他们在光着膀子干活。科普似乎听到了铁锹的声音，但这是不可能的。这栋房子是有冷气的，正因为如此窗户是锁上了的，此外它也是超级隔音的——这是一座熙来攘往的广场。

当这一切结束的时候，卡布奇诺也喝完了——底部还留有甜甜的泡沫，可以把它剩在那里，但是科普不会把泡沫剩下，如果他有勺子，他就会用勺子把泡沫刮出来，只是这次没有，因为他忘记拿勺子了，他就端着杯子，用食指刮，直到一点都不剩——接下来打开电脑，点开邮箱，最后看到在过去的两个钟头里面没有收到任何有趣的邮件，这时他似乎可以开始工作了，然而科普的好心情也消失了。

我总是心情不好。我也没有想到我会这样。

按顺序：

两年前，一个名叫塞珀·萨罗能的男人把他七年前才创办的艾洛克西姆公司卖给了竞争对手，然后用收益首先买了一艘大船，从此以后很可能就持续不停地扬帆环游世界。新的老板解雇了艾洛克西姆的全体员工。这和我们的个人素质或者专业能力没有关系，相反，我们的个人素质和专业能力根本无关紧要。就达留斯·科普的情况来说，也没有差别，只不过他是唯一一个没有被公司解雇的，而是被委以管理中东欧德语区"联合"办事处之责。从今天开始我就是大陆上唯一的男人，弗洛拉。达留斯·科普，销售经理，德／奥／捷克地区和东欧区域销售经理，任职于菲德利斯无线技术公司，为企业、政府和服务提供商开发和提供可扩展宽带无线网络系统的全球先驱。**来找我们吧**。[1]

已经是半夜了，当他起身回家时，他们还在喝酒，没人生他的气，但是他不得不喝了一杯。接下来他表现得够聪明，他打了一辆出租车，他撞开了卧室的门，她已经睡觉了，现在她醒了，听他在出租车上想到的话，他觉得这些话非常有才，已经很久没有说过比这更有才的话了：我是神。或者说至少像一个神。然后他就转过

---

1 若无特殊说明，本书正文中的楷体文字原文为英语。除段首外，黑体或加黑的文字原文为大写。

身去侧着脸，这样灯光就能够从走廊照到他圆圆的肚子上，他说：你看，就像一座主座教堂。过了一会儿，他想要弱化一下他刚刚自我封神的话，于是说道：我也不是那么自以为是，弗洛拉。我知道，（常常）有专业能力更强的人，有工作效率更高的人，但我是讨人喜欢的（另外我也值得信赖，有责任心，诚实正直，这一点他们可能根本不知道），有时重要的恰恰就是：我这个人——他指着他的鼻子。

达留斯·科普不会一直唠唠叨叨，但是在有需要的情况下他会证明，在他的人生中，在他所谓的事业中，他迄今为止拥有的更多是幸运而非不幸。两德统一的时候他在家乡的一个计算机中心工作，尽管很明显在可预见的时间内计算机中心就会被关闭，老板（里希特博士）还是雇用了他：你不应该马上以求职者的身份开始新生活。之后里希特博士成立了一家自己的公司，还带上了他的两名同事，其中有一个就是科普。过了不久他又把公司关了，不过他设法在H&I公司（不是《格林童话》里的"兔子和刺猬"[Hase und Igel]，而是"霍勒和伊姆勒"[Holler&Imre]）为科普搞到了一个职位，这是当地的一家大型软件公司。不久后科普在电车站遇到了一个人，那人问他为什么不想去首都工作。诸如此类的话。我一而再再而三地被往下传递，就像一根接力棒那样，这可能和我的能力有关，但是显然更和我这个人有关。人们喜欢我。

就这样，直到半年前换了一位新的欧洲区主管，他叫安东尼·米尔斯。现在，这位安东尼·米尔斯是数十年来第一个不喜欢达留斯·科普的人。我一点都搞不懂，弗洛拉，但事实就是这样。有同事悄悄告诉我说他是一个仇恨德国人的人。我都没有想到竟然还会有这种事情。——这是谁告诉你的，他又是从哪儿知道的？——接着在几个星期前发生了一次不大不小的冲突。

那是一个和今天这样差不多的日子。这天一开始很舒适。科普那天到办公室比今天稍微早一些，他先送弗洛拉去上班了，开着车，因为那时他还有驾照。

直到中午为止一切都还一如往常。卡布奇诺自动咖啡机，网络，邮件，电话。中午的时候，他到今天还记得，午餐时他吃的是夹着意大利烤肉片和烤蔬菜的恰巴塔面包，他坐在树荫底下的石头长凳上。他刚刚站起来，手里还拿着揉成一团的纸袋子和餐巾纸，他的手机就响了起来。

电话那边是个男人，为了简单起见我们就把他叫作亚美尼亚人。他本身根本不是亚美尼亚人，而是希腊人，是两名前（亚美尼亚）顶尖运动员的代理人（代言人？顾问？），这两名运动员想进行投资，想在他们的家乡塞塔坎建设无线宽带网。这个亚美尼亚人（希腊人）一直有点（不，应该是相当）兴奋，他一边在电话里不停地笑着(这可能是一种怪癖,不过科普认为: 是因为大麻,可能是可卡因)，一边说着没完没了的堂吉诃德式斗争，说如果和东边的人做生意是怎么样一回事，说不管一切多么美好多么有前景，但是都有官僚主义！我们私底下说说的，有腐败！人们要耐心、灵活，可是这些我能和谁去说，只有您和我一样了解这些事情，您是个专家。不过要是能成的话，一下子就成了，因此人们总是要做好准备，您是知道的，这您是了解的，您很熟悉，诸如此类的话。然后他轮换着抱怨起"高加索的活宝们""就算再喜欢他们""他们有时候真的就像孩子一样！"，然后又毫无必要地给科普戴高帽，说他对情况了如指掌，是内行、专家，是行家里手。他将恭维的帽子准确无误地越戴越高，最后上气不接下气地说：您呢？您近来怎么样？

他邀请我和他一起去亚美尼亚。我可以去亚美尼亚吗，弗洛[1]？

你可以去任何你想去的地方。只是请你注意要喝够伏特加，那样可以给可疑的肉制品杀杀菌，但快瞎的时候你千万不要再喝了，说这话我可不是在打比方，请你不要和妓女睡觉，即便她们是被当作某人的姐妹介绍给你的，你也不要和她们睡。

你哪来的这些偏见？

每个人都会有许多偏见的。……开玩笑啦，亲爱的，这只是个玩笑罢了！

多亏了这个亚美尼亚人，科普得以在3月份的预估报表中写上：4000只元件，报价250，销售额：

---

[1] 弗洛（Flo），弗洛拉（Flora）的昵称。

100000[1]。

在 7 月底一个舒爽的日子,那个亚美尼亚人又打电话来了。他们惦记着第二批 50000 的货。

好,科普说,他把垃圾扔在桶里,在树底下闲逛着朝办公室走去,供货时间目前来看是 8 到 10 周,很抱歉,需求太大,我们的车间都满负荷运转了。

不错,但这个亚美尼亚人的情况现在是这样的,第一批货他们很快在 6 周之后就收到了,可是现在第二批货已经等了 3 个月了。

3 个月是多久? 12 周吗?

就目前的情况来看都已经 13 周了。您知道,我是多么敬重您,主要是因为您的缘故我们才决定购买你们的产品,但是现在您让我们等得太久了,如果我可以这么说的话。

科普理解这个亚美尼亚人的情况和立场,他承诺立马过问此事。

他回到办公室,毫不迟疑地打电话到伦敦。自从安东尼在那里任职以来,打电话这件事每次都会让他觉得勉强。不过当然他必须要勉强自己。反正可以猜到接电话的要么是迷人的秘书斯蒂芬妮,要么是不那么迷人但是处事得体的销售助理桑德拉。(我想象着,她留着刘海。)可是,不知是为什么,突然变成了老板自己接电

---

[1] 原书如此,应为1000000。下文涉及这笔款项的数字同此,不再一一注出。

话了。

一如既往地心情坏透了。不知道是谁再次因为什么狗屁事情把他给惹毛了！另外一方面他想掌控一切。——负责委托加工业务的不是你！是我！等等。——他不耐烦地告诉科普，说桑德拉病了。接着他粗暴地告知，亚美尼亚人的货没有延迟，而是被取消了。

它们被怎么了？为什么？

你的客户违约了。因为大约100000的总款项。

哎哟。

安东尼对科普感到吃惊感到吃惊。之前就已经告诉过他账户状况了。在几星期之前账户状况就和首席财务官的备忘录一起转发给他了，在备忘录里面，总而言之，写着：世界各地的客户目前欠我们将近1400万，或者，换句话说，他们把我们错当成他们的银行。从即刻起规定：没有钱就不发货。你们要想办法让你们的客户付款。只有客户付款了，生意才成其为生意。

是有这么回事，科普想起来了。从那之后他就没有收到过任何新的银行对账单，因此他不知道……

那么他现在知道了。你的客户被标红了，你的其他客户也被标红了，这还有两位延迟付款的。

城市区域网络正在等着承诺过的资金。

他们运气不错。打电话给他们。

他可以这么做，科普说道，不过总的来说他认为，并且他也是这么想的，整个的资金往来备忘录对他来说只是起到告知的用途。我不清楚我要亲自索款。索款是财务的工作。

这不是财务的工作！财务可以帮助销售，这是**你的工作**！

我请你，安东尼（不要冲我这么大吼大叫），我是个好员工。我对我的客户也很好。我是他的朋友，活下去并且让别人活下去，这是我的原则。

这话在原则上来看是挺对的，但实际上因为这样的观点，安东尼认为他是一个傻瓜。当然安东尼没有这么说出来，他只是指出了科普自己毫无疑问也知道的道理，在生意上和实际生活中一样，涉及钱的时候友谊就结束了，恰恰是因为人们必须活下去，那样人们才能让其他人活下去，他重复说着，现在因为不耐烦又气呼呼的了（这是真的：像匹马一样气呼呼），财务办公室主任瓦伦·纳塔先生的信里所写的内容，即只有客户付款了，生意才成其为生意。

科普点头对此表示同意，是的，是这样的，毫无疑问，却依然在重复说着销售人员等等是好人云云。

这句话冲破了安东尼的忍耐极限，他粗暴地打断了他的话，说他不该在这里讨论来讨论去，他安东尼没有时间浪费在这样的事情上，规定都很清楚，他应该做好本职工作，把嘴闭上（后半段当然不是完全用这些话表达出来的），再见！

啪，把电话挂上了。

科普不大能理解这种举止。英式礼仪哪里去了？（我是在哪里又是为什么认识这个粗鄙之人的？——对你来说是不是恩赐的态度更能接受？——也不是。我情愿要哪怕只有一星半点的尊重。）

到目前为止，还算好。半导体这些东西总是有问题，人们都知道。最好的办法就是坐等它们自行得到解决。你平时也是消极地坐等所有事情自行解决的。你无论如何不应该做的事情，就是，打电话给加利福尼亚森尼韦尔总部的你上司的上司。然而科普就这么做了，在他恢复平静之后，不是，还在愤怒之中，就是这样。去你妈的。我承诺给那些亚美尼亚人，我最大的客户们，供货，亚美尼亚人应该拿到货。他老板的老板，比尔·鲍尔先生，全球销售副总裁，和安东尼完全相反，他是一个声音暖暖的和善男人。他也会唱歌。在上一次销售大会的时候，我们在卡拉OK歌房里一起唱了首《情归亚拉巴马》，所有人都为我们欢呼。

比尔最后也说了同样的话，说我们必须坚持款到交货，但他说得很有礼貌，而且他并没有傲慢地拒绝向别人解释：

你知道的，我们的两个车间都满负荷运转了，我们必须投资建设第三个车间，我们得贷款，这些要求我们必须有结算盈余，而我们确实也有盈余，或者说本该有，要是我们在过去几年没马虎得令人难以置信的话。这不是什么记记账的事情，这是烂摊子，这样的事情对于像我们这样的公司来说是有失体面的，且不谈我们不能放任自己去这么做，没人能这么做。

谢谢你，比尔，科普说，他有点难为情地站在北墙、南墙和西墙之间（多好，视频电话还没有这么普及），现在我明白了，我向你保证，我会非常友好地把这事婉言告诉我的客户，再次谢谢你，比尔。

……

你直接和比尔联系了？

他是销售总监……

我，才是**你的**上司！你：向我汇报，我：向比尔汇报！路径是这样的！

科普试图谨慎地提出他认为比尔不是"这样"的，但安东尼已经短时间内第二次打断了他的话：

你达留斯又了解比尔什么，况且这不重要。涉及欧洲事务，而且是**整个**欧洲的事务，必须向他，安东尼，汇报，就这样！他请他保证以后不再发生这样的事情，他是认真的！如果达留斯怀疑的话，就请他把首席财务官的备忘录再去看一遍好好记着！

（你在威胁我吗，你这个混球？）（安东尼，请不要这样对我说话。）（你给我等着！）我很抱歉，科普语调中带着遗憾说道。我不想让你受伤。

你没有让我受伤。

科普再次表示抱歉，如果他说错话了的话。你知道的，英语不是我的母语。我想说的是让你伤心。不不，这也不对。我是根本不可能让你伤心的。你知道我想说什么：我再一次向你表示我的歉意。我保证，从现在开始，乖乖听话。不过，安东尼，请不要再像这样和我说话了。

这让安东尼再次以挂断电话的方式结束了谈话。

尽管最后的结局——我只会说一些可怜、模糊、蹩脚的英语，所以我没法随心所欲地告诉你，你是个自负的混账，动不动就摆出一副发火的姿态——并不糟糕，但它并没有给科普带来他希望获得的安慰。他依旧愤怒、伤心，另外还觉得受到了这种威胁的攻击。我不可能给他带来多少侮辱，而他却深深侮辱了我。他自怨自艾地读着那封群发邮件。上面确实写着，在不得已的状况下可以解雇职员，如果他们没有严肃对待催款工作的话。如果你们或者你们中间的某个人不愿意遵守这一点，我希望能够立刻知晓。告诉你们，我总归会发现的。我一点都没有把它当真，弗洛拉。事实上我连一次提醒都没有发出，我也没有打过电话。

最后一通电话是在一个星期五。那时才到下午茶的时候，科普靠着东墙站着（刚刚想到我是**你上司！**这句话的时候跳了起来），从窗户望出去，看着整个世界还在喧嚣，那时大概 16 点钟，在午夜之前人们还可以塞进整整一个工作日的时间，这甚至是老板所期待的，只是无产阶级在 17 点的时候快步离开了他们的工作岗位（科普的父亲，老达留斯，是那个工农国家的电视机厂的工程师，他说：他们要掌权？凌驾于我之上？），而中高阶层则希望不睡觉的客户早晨 8 点打电话过来时有人在岗，希望当那边的美国佬在我这里 20 点左右第一次想起某人的时候这人在岗——唉，我这是在说（想）些什么！（我明白，友好的比尔也许会这样说。我很理解你,但是:请放轻松。[就像幼稚园那样,真的……])总之,达留斯·科普倦怠到了极点——当然还因为很多其他事情!——他固执地把银色电脑包举在耳边,向弗洛拉上班的沙滩酒吧走去。他低着头穿过城市的喧嚣,没必要地晃动着小电脑包,双唇紧闭,用鼻子喘着粗气(真的:就像一匹马!)。为了不爽到底,他在左拐的时候和一群十六七岁的青少年起了冲突。他们用肩膀相互撞击对方。——瞎了你的眼!——怎么着!

沙滩边已经没有空的躺椅了,他固执地坐在沙地上,背靠着一堵矮墙。被撞过的那只肩膀很疼,还有那因为小电脑包的重量而扭伤的胳膊肘也很疼。当爱出了问题,什么事都不对劲。我的脚也热得很。鞋子太紧了。为什么我会突然觉得鞋子紧?(是袜子太厚了吗?还是脚指甲太长?因为热?或者不舒服?)

过了一会儿,吧台边有两个位子空了出来,他和他的朋友尤里坐到了那边,他们进行了如下的对话:

问题在于:为什么这个混蛋是我老板?一开始不是这样告诉我的。我之前认为我自己就是老板。我负责德/奥/捷克区和东欧,他负责北欧、西欧和南欧。他怎么就成了我上司?

你是正儿八经问的吗?尤里想必一定很惊讶。首先,你分到了不好的市场,而他分到了好市场。其次,德国人和东德人不会成为上司的。而你,据我所知,两者兼是。

我谢谢你。

不客气。你知不知道,换作我是你的话我会怎么做?

怎么做？

我去他妈的。这不叫生活。

哈？那什么叫生活？

穿好鞋，每天喝鸡尾酒。

自以为聪明。世界各地都是老板比不是老板的人穿的鞋子更好，喝的鸡尾酒更好。你自己肯定能想到这一点。

你对我的鞋子有什么意见？它们难道不好看吗？

没有，它们很好看。别从凳子上摔下来。（我自己的鞋子我情愿脱掉。不过在柜台边还是算了。）……我只是想做好我的工作！这是我的个人需求！但他们不让我这么做。而一旦他们让我做了，他们又不对我的工作予以奖励。

别像个外行一样！你难道还想得到他们的喜爱不成？我和你说真的！如果说我生命中较好的阶段，也就是青年时期，要以挣钱来度过，那么我情愿自己过得好，而不要别人觉得我有用。你看看你周围！你看到什么了？城里正是夏季，学校放假了，一户户人家都走了，城市沙滩上的沙子都按照市容管理部门的要求进行了卫生检查，女服务员稍稍撩起裙子走过，你甚至和她们其中一个结了婚。我打算追另一个。

总而言之，尤里的建议是在夏天剩下的日子反其道而行：第七天才是工作的日子，其他六天都是你自由支配的。因为，你看看我的技术扩展装备，即便我人不在，我也还在那儿！秋天的时候我要去休假。科普并不认为事情就这么简单，不过星期五晚上买醉扔下包袱，倒也没什么好反对的。而且当他们酩酊大醉的时候，他就更懂尤里说的话。这也是我的信条：热爱你的生活，即便它是如此不幸！做能够做的事，去告诉客户，这样那样，真诚友善地说，拿钱来，然后给其他人也起草一封既友好又风趣的提醒信，然后，给他们设定接下来的四个星期作为期限，对这期限说声：干杯！他们就在这个意义上畅饮到了酒馆打烊：一杯又一杯的啤酒，一杯激情海岸，两杯迈泰，一杯曼哈顿库勒，自然还有一杯僵尸。弗洛拉看到发生了什么事，她什么都没有说，在这种情况下她从来不会说什么，她就那么跟着男人回家，第二天早上给他做一个煎蛋卷。真是一个好太太。另外她也在工作，天知道她有多少活要做，而且你也已经成年了。尤里——他没有成功搭上另一位女服务员（梅拉尼娅），她对你来说太年轻太貌美了，你还是醒醒吧——和其他最后几位客人走了，科普在等着他的好太太。她在开车门的时候，他仰面看着天空，天已经又开始变亮了，他把胳膊也伸起来，喊道：生活多么美好！接着他又低声说了一句：谁要是不同意，那就来帮我口一下吧。

她把他载回了家，他透过侧窗看向外面他钟爱的城市。——我爱这座城市！——你能把窗户关上吗？——她对穿堂风反应敏感。他关上窗，从这时起轻声细语地大段大段说着一些我们不能引用的淫词秽语（"我想舔你的……"等等类似的话）。他需要星期六（煎蛋卷等等），让他睡一觉来醒醒酒，但是星期天的时候他又准备好了。准备好了，我的朋友，和你一起度过这个令人难以置信的堕落8月。至于我，我对这种事情已经有点厌倦了，但是尤里，幸亏，他是一个善于找乐子的世界冠军。

他们把夜晚变成白天，日夜颠倒。

他们开车出城去了哈森海德，在菩提树下跳舞跳了很久很久。没有，因为科普不跳舞。为什么不跳舞？我是一个胖子，另外我爱我的老婆。我不能和其他任何女的跳舞。——这是你的问题。那么你就干脆看着你朋友跳吧。

他们去观看了：

一场沙滩女排冠军赛，尽管科普平时对体育没有一丁点兴趣。

一家文化馆的落成开张庆典。（为什么要去？为什么不去？）

一场诗社活动。（我已经记不起哪怕一字半语，只记得一个女的长着红色的腋毛）（尤里放声大笑）

若干场露天电影院播放的电影，讲的是轻松的故事。

跟着导游参观旧的气动管道物流传输系统。（这是最好玩的，而且好像我们又成了小伙子一样）

一场贝多芬《第九交响曲》的免费露天演奏会，来的人很多，因此在边上出现了辱骂和动手的情况。（尤里和科普放声大笑）

一场唱作人音乐会，尤里很赏识他。

一场诗歌晚会，晚会是在一位女钢琴师的伴奏下进行的，尤里试图搭讪她（没成功）。

他们被挤到了厄立特里亚人的一场游行的队伍中，这是为了反对免除埃塞俄比亚的债务，没有债务的话，它就有可能更加轻易地再次武装自己。（这样的事情我倒是还没有见过。我们要团结起来吗？尤里放声大笑。）

他们看到了一只鹦鹉，它在公园里飞来飞去，一点也不快乐的样子。他们觉得它很可怜，然而他们却放声大笑。（它怎么样了？到底怎样了？）

他们看到了一个老头，他穿着白色内裤在落日的金色余晖中站在一家宾馆的阳台上，拿着摄像机在拍摄街道。（尤里和科普放声大笑）

而几个年轻的意大利游客正在边上的波塞冬喷泉里洗澡，一直洗到警察来了为止。

他们吃了（精选菜品）：

一家小食店里的寿司，这家小店有一半是鞋匠铺，它的墙上满满当当挂着黑森林布谷钟。（他们几乎快要窒息了）

意大利宽面，配小牛肝和芥末酱。

维也纳炸肉排，配温热的土豆黄瓜沙拉。

葡萄牙辣味烤鸡，配烤土豆。

肋眼牛排，配辣椒黄油。

什锦烤肉串，那时他们身边的跳蚤市场人声鼎沸。

表皮香脆的鳄鱼排和袋鼠里脊肉片，配煎蘑菇和辣味菠萝。

配着这些食物，他们喝了所有的酒水饮料。既是最好喝的同时又是最不好喝的是一家匈牙利咖啡馆调制的兑水葡萄酒，它不是用葡萄酒和苏打水各一半调制的，而是用十分之九的葡萄酒和十分之一的自来水做出来的。

　　时间一天天一夜夜地过去，不知什么时候起，科普又开始每次都坐在弗洛拉工作的城市沙滩上，这样她就可以一起玩了。他们假装她是女服务员，他是客人。他向她点了食物和饮料，她把它们拿来给他，并不会说：你把我在这里挣来的钱都吃干抹净了。她也没有建议他出于健康和／或美观的原因不吃或少喝，于是他有时就吃着喝着两个人的分量——营业收据上一目了然。同时他用笔记本电脑上着网。有一次，当她弯下腰去收拾那些吃完的盘子和喝空的酒杯时，他试图告诉她一些他正在看的东西——一项新的研究：战争杀死的人比迄今为止估算的要多三倍——但她说：嘘，有人正在看着我们！她顺便用头向着酒吧的方向指了指，仿佛有一缕头发要往后甩似的。吧台边站着酒馆的老板，独臂本。他并不是真正的独臂人，他两只胳膊都有，但左边的那只中风后瘫痪了。他中过风这件事，从脸上也可以看出来，在他说话时也可以听出来，他夹杂着零星德语和英语的法语横竖都很难理解。当独臂本在那的时候，他会靠在柜台上（在吧椅上他无法保持平衡），用他的目光紧追着女服务员们，其中包括达留斯·科普的妻子。那显然是他的游戏。梅拉尼娅、卡萝、弗洛拉，梅拉尼娅、卡萝、弗洛拉。而我们，从那时起，就好像我们是秘密的情人一样了，这一点让科普更加喜欢了。为了不引人注意，最后他还给她付小费，她接受了，并带来了一张营业收据。（我对你很有感觉。）

之后，他就在车里或在视线范围之内或在家里等她，我的闻起来有酒吧气味的吧女，他们经常做爱。很遗憾从来没有在海滩上，尽管他可能想象过这样的场景。（他确实想象过。）—— 为什么不呢？在角落里的顶棚床上？—— 你想我被赶出去吗？—— 所有人都走了以后？—— 总有人在的。—— 那么至少，请在你洗澡之前！啤酒，吃的，火把，烟灰，汗水，嗯……更好的是有一个厨娘，一个厨房女帮工，被蒸汽和调料熏了一天的肉……！—— 之后他们一直睡到下午早些时候，但也有时科普太兴奋了，他还要看电视，尽管凌晨4点很少有好节目播出。

就这样，过了整个8月，直到9月开始，直到，大体上来说，昨天夜里。

科普有点累了，他基本上是在太阳椅上打着盹度过了白天。尤里就不一样了，他突然有了比他希望的更多的事情要做 —— 而且是这种毫无意义的事情！比如给演示文稿换一个新的背景！五天最最最没意义、最最最愚蠢的复制粘贴！—— 很快他就受不了了。晚上必须要更好地补偿，不然我就会把这种沮丧带到第二天。关键是：调节，变换背景，转换舞台，从日常生活的琐事中走出来。从这个意义上来说：

我们是否可以去别的地方，而不总是只去这片过季了的荒凉海滩？你们俩在那里你侬我侬的样子真让人恶心。而且无聊！……喝酒，做爱！这就是我想要的。喝酒，做爱，跳舞。活动活动身体。来吧！

我能先吃点东西吗？

当然可以！

吃肉？

只有肉。

吃完肉之后，他们抽起了雪茄。

看看时间已经差不多了，于是他们挤进了萨尔萨舞酒吧，尤里跳舞，科普就坐在柜台前。尤里时不时地过来找他一下，喝一杯，然后又回到舞池里。尤里舞跳得很好，摇头舞什么的，他成功地换了好几次女舞伴。气氛燥热了起来，汗水像小溪一样从科普的额头上流下来，尽管他一动都没动。到凌晨3点左右，他看腻了，而且又饿了，酒吧里却没有像样的东西可以吃。

本着团结一致的精神，尤里陪着他，就像现在这样，他们还吃了一个土耳其肉夹馍，喝了一瓶啤酒。这最后一瓶啤酒似乎太多了，因为尤里突然跳了起来，沿着有轨电车轨道向城市快铁的高架弯道跑去——喂！你这是干吗？科普笨拙地跟在他后面跑了过去——穿过弯道下方，跑向河边，跑到桥上，跑向栏杆，最后他终于在那里停了下来。他拉着栏杆，好像要把栏杆拉出来似的，然后冲着大教堂、博物馆，最后冲着市场大吼：还要！还要！还要！我还要！

他放开了扶手。

什么都没有。这个城市真他妈太无聊了。

尤里喝得烂醉如泥，坐在人行道上。直到那时科普才意识到他醉得有多厉害。

嘿，科普说，别这样。别坐下。

尤里又被拉了起来。摇摇晃晃地走着。

我们去妓院吧。

对不起，老兄，我已经告诉过你：我恋爱了。

混蛋。很绝望地：我想被人抱在怀里！

会的会的，老兄，你不能放弃希望。你千万不能放弃希望。你听到了吗？——决不！（我醉得晕头转向了，他妈的。）

科普突然忍不住打起了哈欠。他并没有那么累——当然他也累了——他只不过是突然觉得无聊了，不对，实际上他突然明确地感觉到：够了。我眷恋尘世的乐趣，如果说有谁会扫兴，那肯定不是达留斯·科普，但就目前而言一切都结束了。夏天结束了，老兄，尽管酷热还在肆虐。

真是很幸运，弗洛拉刚刚得到两天的假期，还有一个朋友把城郊一片森林里的周末度假小屋给她住，大家终于可以放松一下了。

但在这之前，在我们下午 4 点，也就是在一个半小时不到的时间之后，和我们的妻子碰头然后开车去乡间别墅以前，还有一件事要做。

是时候做 9 月份的预算了。更确切地说，它一周前就该做好了。做预算并不是达留斯·科普最喜欢的工作——毕竟我不是德尔斐神庙的神谕者！——到目前为止,菲德利斯在这些事情上相当温和。一个月才做一次,根本不算什么。有些公司,知名的大公司,那里必须每周做一份预算报告。——你打算,确切地说,在第三十七周完成多少销售额?之后如果没有完成目标:为什么没有完成?由于许多可以理解的、合乎逻辑的、你无法控制的、由外因造成的、命运注定的、偶然的原因,某事推迟了一个星期?为什么?是的是的,我们听说了,原因很多,可以理解、合乎逻辑、你无法控制、由外因造成、命运注定、偶然,而且只是一个星期而已。然而:为什么?——不是不是,到目前为止这事在我们这里进展得还是挺好的,些许真诚,些许诗意,不过科普总是延误,而安东尼,谁又会想到,对此死都不能接受。(榆木疙瘩。不折不扣。我应该在里面写什么?前提是可以被批准?)

但他终于停止了抱怨、哀叹和诉苦,他猛地挺起身,用他胖胖的手指敲打起键盘:

1. 南德地区市政当局——提醒会计部门:他们已经付款了吗? 16000

2. 布达佩斯,西拉吉先生

我可以马上把这事传达下去。这是一项委托加工业务,我们记得老板说过:我负责委托加工业务。(从我这里出去了多少? 25000总归是有的。这会记录在某个地方吗?)

3. 亚美尼亚人。提醒会计部门:他们付款了吗?如果付过了，那就提醒销售部门：请现在立即发货。客户从十七个（感叹号！）星期前就开始等待了。50000。

很遗憾这就是所有款项。91000。那么我们还要写上：

4. 大学，时间是星期二，没关系，毕竟这是一项预算：450000平方米，约1500个零件，每个550＝825000。与莱德尔工程师事务所合作。

用这样的方式算来结果就是：916000。

他刚要做完的时候，电话铃响了。是弗洛拉。

你已经走了吗？

已经这么晚了吗？

如果你想准时的话，已经是晚了。但她说他可以放松一下。她还要再多工作两个小时。卡萝迟到了。

那个蠢女人。

拿她没办法。

勇敢点，姑娘。

没有休息，亲爱的，没有休息。

现在干吗呢？我们怎么打发送给我们的时间？日历上的一切都记得井井有条，与外面的情况不同，它提示周二早上有下一次商务预约（蓝色），周二晚上有私人约会（绿色）。安排得有点让人心烦，但也没有别的办法。那么还是上网吧。

南部的森林火灾终于得到了控制，援助者的死亡人数达到11人，我们要求对黑手党和其他险恶投资者提出谋杀指控，并禁止在被烧毁的地区建造度假设施。未来属于纳米技术，美国正在打造超级战士，发现不易破碎的玻璃海绵。关于20世纪最重要的发明是什么的问题，小时候还穿着用鱼皮做成的鞋子走路的冰岛老人回答说：橡胶靴。有人付我钱买我的血和我的精子，如果我推荐一名男性朋友，我就会额外得到一辆宝马。我是从成千上万的人中被挑选出来的。

这时，早上喝橙汁的欲望又回来了。只不过这欲望如此强烈，所以科普在椅子上一秒钟也坚持不下去了。他跳起来，沿着小路飞奔，推开门，既不看左边也不看右边，冲进了楼层厨房，因为在那里铺的是瓷砖而不是地毯，他才注意到他是穿着袜子过来的。我什么时候把鞋脱了？（就在你拿着卡布奇诺坐下来的时候。）只穿了黑袜子，没穿鞋子。这样是比较凉快，但瓷砖上很滑，他们在上面涂了什么？他环顾四周：有人看到我吗？从那时起，他就加快了手脚。当然在这种情况下，总有一些洒漏。他在匆忙之中没看到任何东西可以擦去吧台桌上玻璃的印子，于是他就不管这印子了，迅速地把瓶子放回冰箱里，抓起玻璃杯，想要离开——这时猛地一下子撞到了某人肉嘟嘟的肚子上。

哎哟！

那只端着满满一杯橙汁的手举了起来，又缩了回去，两个人跳开了，以至于晃荡出来的大部分果汁都落在了地上，不过也有一部分落在了对面那人的三文鱼色衬衫上。

是隔壁办公室的。确实是被接待人员称为"三文鱼"

的。他经常穿这种衬衫。当然科普不知道这事，甚至既不知道这个人的真名是什么（彼得·米夏埃尔·克莱因），也不知道他公司的名称是什么，不知道它是做什么的（楼下入口处有公司的名字，在办公室门旁边还有一块小牌匾，科普不仅看到过这两样东西，他还在网上查过这些东西是什么，但他已经不记得了），不是来自这个行业的，不重要。我们把他弄湿了，此刻这一点才是最重要的。

我们当然道歉了。

情况很糟糕吗？

那要看人家有多敏感了。一块小小的但是清晰可见的尿黄色污渍。一定是印到内衣上去了。

我们再次道了歉。我们自然会赔偿损失。

隔壁办公室的挥挥手，去做他本来要做的事情了（绕过地板上的一摊水，走向卡布奇诺自动咖啡机）。要是我刚刚也决定要一杯卡布奇诺就好了！那然后呢？它不仅会变得黏糊糊，而且会滚烫地顺着我的手流下来、滴下来。甚至可能会烫伤别人。

科普按捺住了像兔子一样逃回畜栏的冲动——不然那摊水迹就会留在那里，会泄露真实情况的——他振作精神，放下滴着果汁的玻璃杯，然后就在此时找着可以擦拭的东西。另一个男的板着脸盯着卡布奇诺自动咖啡机——研磨，进水，出蒸汽，渣子掉进咖啡渣容器里——他没有去看他的污渍，没有去搓它，一点也没有去关注它，然而，他为什么这样板着脸看着……被冒犯了，被惹怒了，被弄得郁闷了？还是说这一切都是由我而起的？科普无从知晓，而且也很无助。果汁正滴下来，黏糊糊的，还没人帮忙。楼层接待处一直都还空无一人。

妈的，达留斯·科普低声说，一边斜着眼偷看着另一个人。他没有反应。他的咖啡已经做好了，他把它拿了起来，走了，眼睛盯着地面，没有速度的变化，又一次绕开了那摊水。

妈的，达留斯·科普又低声说了一遍。（为了一点橙汁就这样拉着脸！）

终于有帮手来了。巴赫夫人从接待处后面的房间里出来了。她知道怎么去擦干净，她的同事科普对此非常感激，只是另一方面您看到了我的袜子。您别管了，您别管了。然而她已经完成了。

真心感谢您。

不客气，快乐的巴赫夫人说道——身材矮小，体形丰满，中年，40岁左右——我根本没看见您来，您已经拿到包裹了吗？

包裹？

不对，它还在吧台下面。今早有人送来的。这是他的名片。

啊，是的，科普说，他又想起了袜子。谢谢。然后急忙跑回他的办公室。巴赫夫人只能在他背后问道。

这么说您认识这个男的？

是的，是的，科普说，礼貌地，同时至少是暗示性地向她转过身来，这个时候他穿着袜子的脚滑了一下，滑得不厉害，只是略微而已，但是已经够吓人的了。今天不是我最优雅的一天。

他差点就把纸箱原封不动地放在那里了——很遗憾这是他的一个怪癖。——你为什么从来不拆开邮件，亲爱的？——我想以后拆开它，在我更有兴致的时候，可是然后我就忘了。——这些可都是来自银行、医疗保险、税务部门的信件，是重要的信件。——是的，我知道。他们为什么不给我发电子邮件？电子邮件我总是会看的。——这真的让我很恼火，你知道吗？——但接着他又开始想：那个亚美尼亚人（希腊人）一大清早就来到办公室，给我留下一个无线网络接入器？为什么？它坏了吗？

它不是坏的，它甚至不是一个接入器，而是40000现金。上面有一封信。

尊敬的科普先生：

我很遗憾不能和您一起继续开展我们与菲德利斯公司的业务。我们向不同的银行推介了我们的项目，很遗憾我们未能获批后续的贷款。我不想谈论细节问题，很遗憾，贝德罗西安兄弟也拖欠了我一部分运营成本。您能看到，放在下面的是我成功为您搞到的一笔钱。不幸的是我目前身体状况不好，我要隐退一段时间。我希望在未来继续保持良好的合作。

　　致以

亲切的问候！

　　　　　　　　　　　　　　　　萨沙·米海利季斯

　　钱本身是用白纸包裹着的——两张 A4 的 80 克通用复印纸。边上被折过了，以便装进纸箱里面。40000 现金占据的空间比人们想象的要小。设想一下，如果都是百元大钞的话，那么叠压在一起的话就只有 4 厘米那么高。现在这些不全是百元大钞，甚至都有 5 元纸币在里面，但仍然是一个小巧便携的包裹而已。9 月 5 日星期五，18 点左右，外面下班的车流或者已经是傍晚的车流正在轰鸣呼啸，此刻即便有隔音窗，也能听到车流的声音，达留斯·科普坐在他的旋转椅上轻微地晃动着，手里正在掂量着一捆纸币。

　　奇怪。我喜欢钱——作为数字。比如说，相比 3500，我更喜欢 126000，700000000000 的话我几乎无法想象，但作为东西它对我来说似乎没有任何意义。也许是因为它是如此有序地放在一起。

　　当尤里年迈的祖父母不得不搬进养老院时，他们一家人发现钱在公寓里藏得到处都是。令人难以置信的 50000——还是德国马克！你伸手往这里一抓，往那里一抓，蓝色的钞票就到了你手里。他们几乎疯了，以前他们漫不经心地把认为没用的东西扔进垃圾袋里面，现在他们又把这些东西给倒了出来，确确实实那里是有东西的，还有的在衣服内袋里，在书页之间，在被压得平整的空药盒里面，或者被包在说明书里面。上面写着您什么时候不能服用此药物等等。

科普用大拇指划过边缘。没什么异样。他拿出一张钱对着光。没用，光线已经不够亮了。他不得不站起身，走到窗边。他把这张钱，这张 50 元纸币贴着玻璃。是真的。看起来。那现在怎么办呢？

他又坐到办公桌前，合上手提电脑以便腾出空间，在合上的手提电脑上方数钱。正好 40000。

他又读了一遍信。为了搞明白，为了不弄错。他给我拿来了 10 万中的 4 万然后就隐匿了。他身体状况不好可能是他破产了的暗语，也可能是他破产了并且实际上他的健康状况也不好。他到底长什么样，巴赫夫人？科普从未亲眼见过这个人，只是一直和他通电话而已。最近一次是在四周前，当时他代他的老板们向他问好。

亚美尼亚人感冒了，是夏季流感，这难道不是很烦人吗？但如果人们总是工作的话，就是会这样的（我们且不谈酒精和其他药物），免疫系统并不是最强大的，不过这事谁会比您更清楚呢？充其量只有我，呵呵。不过暂且不开玩笑，他说他明白，说这当然不在他的掌控之中，掌控这事的只有这两位顶尖运动员自己，我能够做的就是把这事再跟他们说一次。现在我们只是在背后这样说说：我想，他们是会付款的，钱已经准备好了，这不是难题，问题是他们什么时候怎样付款。有可能他们让你等上半年，然后带着一只装满了现金的行李箱过来。您知道这是怎么回事。

不,老实说,这家伙现在也开始让达留斯·科普烦躁起来了,他对那些胡说八道的人很强硬(老兄,别再跟我聊什么马了。什么狂野的东方。真是胡说八道),不,老实说,从来没有人带着一个装满现金的行李箱出现在我这里,这在我们这里是不常见的,但如果您看到他们,请把他们直接送到我这里来!

是的,是的,萨沙·米海利季斯高兴地说,打着喷嚏,对不起,他说他无论如何都会这么做的,我不想您对我有不好的看法,您知道的,我非常重视与您的合作。

(是的,确实是这样。)

现在,看,他真的在我门前放了一堆钱。可以这么说。

当他拿起随附的卡片,接着拿起电话时,他看到已经是 18 点 10 分了,我本应该在海滩上和弗洛拉待了 10 分钟了。但他还是必须打这个电话。

铃声响了很久,但是什么也没发生。

他把钱整理好放在一边。他差点只是把它们放在了一边,很遗憾这也是他的习惯。他(又一次)振作精神,把钞票重新整理成一沓,放回纸箱里,他胖胖的手指还停留在上面。当他缩回手的时候,他又带起来几张钞票,但是什么也没有掉出来。重新打开笔记本电脑,寻找存储在里面的号码。号码和名片上的一模一样。他又拨了这个号码。又只有铃声在响。没有自动答录机,没有留言给我,我也不能再给他留言了。

如果这里时间是 18 点 20 分,那么伦敦是 17 点 20 分,森尼韦尔是 9 点 20 分。人们可以在不同的地方打电话,汇报事务的进展。这估计需要耗费一到两个小时。弗洛拉会发火的。即便如此,这也不容易。她是个和气的女人,但她恨迟到恨得要死。——这就是不尊重我,你知道吗?不尊重我! ——这在这种情况下重要吗?是的,重要。在一名员工做出决定的时候,私事的重要性远远超出了人们的期望。如果达留斯·科普没有妻子在等着他,他现在也就不会有时间压力了。但他有。好吧。我给你 10 分钟的时间来做决定:我是现在就告诉他们这事,还是我再考虑一个周末?

这个问题一问出来,决定也就有了,但科普出于礼貌又多思考了一会儿。想到了安东尼(我一直都还很讨厌他),桑德拉(太不重要了),美国的首席财务官、某位鲍尔先生(a. 他对我来说毫无意义,b. 他让人很费解,甚至比首席执行官更让人费解;后者说话含糊不清,前者说着一种让人听得很费劲的方言),最后还有比尔。我想把这件事情告诉比尔,我几乎把他当作朋友一样,但这也不行,因为众所周知的原因。至于安东尼,让我们来结束对话回路:去你妈的。有一件你不知道的事情,而现在整个周末我都知道。

达留斯·科普窃笑不已地把露出来的纸币重新塞进了纸箱,它们皱了起来,他把所有的东西都重新抽了出来,把它们重新整理成一沓,把复印纸重新放在周围,把钱重新放进纸箱,盖上盖子。他踮起脚尖,把纸箱放在窗户附近挨着墙（从门这里看最远的点）的一堆箱子上。

当他重新站稳脚跟时，他发现，他忘记把他之前放在窗前观察的那张 50 元纸币一起包进去了。

他没有重新打开包裹。他把那张 50 元纸币塞进了口袋。明天见。也就是星期一。

他没乘直达电梯，而是走的楼梯（这楼梯似乎并不是为了人们在任何时候自愿使用而设计的，它黑暗、寒冷、空旷而有回声，是供仆人用的后楼梯），这样他就可以毫不耽搁地给弗洛拉打电话了。

电话铃响了，随后电话被转接到了她的语音信箱。

我来了，亲爱的，我来了，发生了一些疯狂的事情，我马上告诉你。

我不想知道！你自己留着吧，让我安静一下，你只会偷走我的时间，我的生命时间，这太欺负人了，你知道吗……？

不，不是那样的。由于其他原因他没能把这件事告诉她。她纯粹是压力太大了。她一直都要工作，根本不知道现在几点了，她也没有再问这事了。

你可以坐下来吃点东西。我给你带点东西来。

他还没有点菜，她就给他端来了一份虾串沙拉、一个面包篮和一杯墨西哥啤酒。

你对我真好。

卡萝只迟到了两个小时，现在她已经又开始和本争论起来了，而且很激烈。如果他们真的吵起来的话，我们就可以忘掉这个周末了。我永远也离不开这里了。

遗憾的是，沙拉又是都不够塞牙缝的，但他不想让她做更多的工作。他把面包篮吃空了。但要是我能再喝一杯啤酒的话……

接下来的一个小时科普坐在他的躺椅上，喝着啤酒，在温热的夏日傍晚四下观望。一块散落着沙子的空地，一些遮阳伞和躺椅，两张顶棚在拂动着的顶棚床，若干火把，几株种在盆里的棕榈树，一顶用芦苇做成的凉棚，下面是一张吧台，后面是一个满是痘印的黑白混血儿，他的名字叫尤利西斯（姓库富斯：尤利西斯·库富斯），前面站着独臂本，他正忧郁地望向卡萝，卡萝总而言之身高差不多一米五，有时他摇摇头，耸耸肩（左肩；不过他是故意这样做的吗？），那个鼻子小而翘、头发金黄惹眼的是梅拉尼娅，吧台后面现在还有一个年轻小伙，他叫什么名字，我根本就不知道。在旁边一块地上，他们正在跳蹦床。另外，他们被拴在一个吊索里面，这种吊索能够把他们拉升起来。科普对这个配有吊索的蹦床有一定的向往，他同样也想被拉升起来，在清晨、晌午或者现在，傍晚时分，被拉上傍晚的天空，拉到房屋、交通工具、路灯的灯光上方，每一样东西都有它的魅力。但一方面我总是没法打起精神走过去，另一方面这似乎很幼稚。这场面看上去像什么样子：一个穿着西装的男人，吊索把裤管拉到袜子上方，领带飞到他脸上，手里拿着一个银色的小手提包，这次里面不是笔记本电脑，而是……

好了,现在终于快要出发了。我能快点给你结账吗?

哦,我现金不够了……(64欧几十分,但这张50元大钞不是我的。)他用信用卡付了款。

因为这张卡的关系,她不得不多跑两趟。

不好意思。

此时这已经不重要了。

像往常一样,他给了小费,像往常一样,她说道:非常感谢。

那么现在就走吧,离开这里,离开这里!

夜晚

弗洛拉,这只温柔的鹿,开车时却是个野蛮的人。 在刚要启动驶离车位的时候,她就已经猛地一脚油门踩上去,车子吱的一声从停车位上冲出去,直接就上了左边的那条道,但是她也会在右边开,这取决于当前哪里比较空,她在不同的车道上变来变去,开得很不耐烦、出人意料,最后我们还出了个事故。科普当时只顾着准备帮忙刹车,她说的话他几乎没有听到。她说话就像她开车那样:蜻蜓点水般迅疾。

……卡萝纠缠着尤利西斯……本因为休假的日子……加班,小费……如果可能的话,要准确、透明、及时……他是（鼻音）大老板，那么，拜托……他的任务……很久以来不在她的班次，他知道，为什么……但当我张嘴的时候，你获利……你欠我8个小时的加班费……总是迟到……不想要你的时间，想要钱……请你务必待在这儿，我也在这儿谈论你的事情……他已经暗示过，我们中有一个人是多余的……是个笑话……梅拉尼娅笑得很开心，她和他做爱……让我插一句，这事你不能说……你这朵墙边花，你什么都能忍受，这样的话你不会变成一个更好的人，如果你要守护每一个笨蛋，你根本没有仔细听我说话，是不是？

听着呢，除非我因为担心自己的生命而分神了。一家餐饮机构的员工相互撕咬。这真是新鲜事！当心，他想……！不管他想干吗，是你开得更快，但现在就请待在你的车道上，可以吗？你开车真像头发情的母猪，兔子，我已经不舒服了，看前面！

现在我们面前有一辆公共汽车。我可以超车吗？你看到没有，前面还有两辆。现在是辆红色的。

她踩了刹车，科普被安全带拴住，然后又被抛回到座椅上。前面有一个抓拍箱，科普以前也被抓拍过一次，我总是被抓拍。回想起来，他们当时在原地停了一会儿。他们再次出发时：

我和你说，今天，我遇到了一件疯狂的事。你还记得亚美尼亚人的事吗？

亚美尼亚人的事？

他开始解释亚美尼亚人是谁……

是的，我知道，但"事"是什么？

他们拖欠了将近100000块钱。今天，那人可能过来了，一大早的时候，我还没到，他就把钱拿过来了。是现金。用我们的一个设备箱装着。虽然不是全部的钱，但也有40000。你见过40000现金吗？倒也没那么可观。还有一封信，可惜科普把它一起封在了箱子里面。作为一个语言学者你是怎么看待这件事情的，我很感兴趣。

我不是语言学者。不过，说到这里，弗洛拉也有新消息要说。今天有人要找翻译。一部小型戏剧。

哦，是吗？！

下午上班时，有人骑着自行车把它顺路送了过来。不是邮差，显然是实习生。这种方式看起来仿佛是在讨一个人的欢心——怕花成本，不怕花力气——可是弗洛拉很清楚，她不是这份工作的第一人选，说是第五人选才更加接近事实，这主要不是因为她的个人水平，而是因为这份工作的条件：报酬很低，时间很短，而且这部剧在语言和内容上都很难。情况显然很无情。我说我得先读一读。我会在星期一之前给出确切回复。……实际上我没有时间做这事。唯一的可能性是下班后早点上床睡觉，这样就可以早点起床，然后在下午，也就是下一份工作之前，有1—2个小时做翻译……不，这不够。应该要有3—4个钟头……还有餐厅的活儿。那么就是每天下午2点到4点。两个星期还是可以忍受的，是不是？很多人都这么做。但首先得看看情况到底怎样。

星期五

我的巨额现金故事就这么平淡无奇地结束了。她把车停在了她不该停的地方,在机动车道和人行道之间一片光秃秃的土地上,前面有一棵菩提树,后面有一块禁止停车的标志,早上那里经常会出现一个小水坑。下面的屋子是"狐狸和鹳"小酒馆——"经常被模仿,从未被超越!"——老板娘早上打扫完酒馆后,就把水,哗!从门里泼出来,好像我们在村子里一样。科普喜欢"狐狸和鹳"小酒馆还有老板娘,她的名字叫比讷。其他居民抱怨,这样的啤酒肉丸小馆子(再也)不符合我们的档次了!

当科普还在解开安全带、想着上面的事情时,弗洛拉已经把变速杆挂到了停车档,关掉了灯,下车了,几乎已经来到了房子前面。科普还要把小行李箱从后座拿下来,锁上车,再查看一遍车子。他本来还想再绕车走一遍,但她已经把门打开了,无精打采地把头靠在门板上,不耐烦地等着。这是一扇沉重的缓冲门,她不得不用她所有的重量顶着它,她的膝盖被压成了 X 形。好像膝盖下面的腿有点脏。

你来不来?

在电梯里她没有靠着门,而是靠着他,他们照着镜子。里面是科普夫妇。

"两个人在工厂大街等着。"

每次他们一起乘电梯的时候都有这个游戏。

摆个商务面孔。

不想做,我太累了。

他们到了楼上后,她就不再靠着他了,她一个人走,从那时起她又风风火火起来了。

她已经把东西收拾好了(这是什么时候弄好的?科普竟不知道),现在她又把所有东西都检查了一遍,跑来跑去,上楼下楼。科普猜测,当然是多余地猜测,她纯粹是太兴奋了,另一方面,他也没有全面查看,也许在周末出发前人们就得这样各处走走看看。最后,她从楼梯下面拿出了一个小冰箱。

里面是什么?

吃的东西。

???然后他意识到:你把吃的东西在我面前藏起来了?

不然它们就被吃光了,我们在外面就什么都没了。

(嗯,这真的有点夸张……)

我们真的要今晚就走吗?天漆黑,你很累……(=一个神经质的人……)

但她在这个城市一秒钟也忍受不了了!她拎起两个袋子和小冰箱,已经又走到了门口,他只得跟着她。

现在至少给我拿一个,不然这像什么样?

达留斯·科普和弗洛拉·迈尔是在 1999 年秋天认识的。 预报说下午会有暴风雨。这是一场寻常的秋季风暴,不是飓风,但有关部门还是建议人们下午 3 点之前把花盆从阳台上移走。不过当第一阵狂风终于到达这座城市的时候,已经是下午 6 点了。狂风把科普和尤里推着往前走，他们哧哧地笑着，尽管他们还没有喝醉。是有什么值得庆祝的事了还是他们饿了或者渴了还是他们纯粹就是好奇而已：这天傍晚早些时候，他们出了门，去一家西班牙餐馆吃他们有生以来第一份斗牛牛排。这些牛是输掉搏斗的牛，还是那些为了斗牛而被饲养但还从来没有进入过竞技场的牛？他们一直吃到差点撑爆衬衫。也就是说真的撑爆了。在斗牛牛排上来之前，他们吃了一大份前菜，之后他们又吃了一份加泰罗尼亚焦糖奶冻，然后科普做了一些人们在（较好的）餐馆（这是一家较好的餐馆吗？）里通常不做的事情，他把嘴唇舔得油光锃亮，舒展着四肢，不过这时并没有发生纽扣崩脱然后还弹到邻座一位金发粉衣、挂金戴银的慈祥妇人脸上从而让她有些愠怒之类的事情，而是把布料，在肚子上最凸出的那一点，沿着扣眼，哧的一声，撕裂了有4厘米那么长。他们叫嚷着，跟跟跄跄地出门来到大街上，根本没有意识到他们不是因为狂笑和微醺（劲道很大的红酒）而感到头晕，而是风在拉扯着他们，没有意识到他们并不是因为这么猛的暴饮暴食而出汗了，而是雨点，如他们所说，在鞭打着他们。当他们意识到这一点时，他们竟也很欢喜，他们欢呼着在风吹雨打之中跑向他们的车子。过了一会儿他们分开了，因为科普没有把他的车子和尤里的停在一起。他不得不顺着电车轨道走，现在，因为他独自一人了，所以他紧贴着房子的墙壁走着。当他这样行走的时候，他意识到如果不先喷一下哮喘喷雾，他可能都走不到汽车那里。为此他站在一所房子的入口处,他就这样站在那里,呼一口气,把吸入器放进嘴里,准备好再次用力吸气并紧接着屏住呼吸,这时他看到了两个场景:第一个是有个穿着(小碎花)短裙的年轻女子向他走来,浑身已经湿透;第二个是有轨电车的架空线,正在危险地摇晃着。当其中的一条电缆随着一声令人毛骨悚然的炸裂声断开的时候,科普拿出吸入器,抓住弗洛拉的手臂,把她拉到房子入口处,拉到自己身边。她浑身湿透,气喘吁吁,说不出话来,他也是,但他还是能够指着说:您看呐,电线打着火花缠绕在铁轨上。像是一条疯狂的蛇。他们两个都盯着它看,过了一会儿两个人都发现电线不会击中弗洛拉,虽然如此,不过,仍然谢谢您愿意救我的命。我只是做了任何人都会做的事,诸如此类的话。您的衬衫破了。是的。(他告诉了她真相吗?告诉了。他们非常开心地嘲笑了这事。)简而言之:他们就住在了他把她拉到入口处的那所房子里。哦。事实上我就把您带回家了。对此他们也笑得很开心。剩下的我们都知道了。她邀请他去她家。她煮了一杯茶,后来又做了一顿晚餐。他没说他已经吃过晚饭了。——我又没疯!——您做饭很好吃(这只是一道加了鸡蛋的匈牙利蔬菜乱炖,亲爱的。——这是我吃过的最好吃的!),这让他很高兴。是的,我已经准备好和你一起度过我的余生了。他意识到,他已经准备好和这个女人共度余生了,为此他也很高兴。后来他们发现,首先他们在所有方面都或多或少地不同,无论是外在还是内在还是从兴趣爱好方面来说——她喜欢音乐，他喜欢技术，政治方面他们也观点不一致（他坚持认为资本主义是唯一有效的经济体系，而她不这么认为）——但其次这对他们的共同未来没有任何影响。我们没什么共同之处，除了我们彼此相爱，他说了他从她那里听到的话，耸起肩膀，滑稽地把手掌翻过来朝上，以表示他快乐的困惑。（她甚至很漂亮！她的一对乳房就像吉卜赛苹果，她的肚脐像一个小贝壳，她的阴毛形状像椰枣树，她的匈牙利式屁股漂亮圆润，在它旁边，蜜瓜也会嫉妒得脸色苍白！——蜜瓜会嫉妒得脸色苍白？你完蛋了，老兄，不是吗？——是的，朋友，我就是这样的。）

1999年秋天，达留斯·科普爱上了一位文学和戏剧学专业的匈牙利女大学生，倒也不是说像那种她离开他视野时他就会呼吸困难的样子，但是两三个小时之后他肯定又会想她了。

所以，那么，我的孩子，格蕾塔·科普，父姓克鲁姆普霍尔茨，说，你遇到了一个人吧。一个东欧女孩。你觉得她可能想从你这里得到什么？她肯定已经怀孕了。

不，妈妈，那是*你们*的故事。

接下来是一个可怕的场景，大呼小叫，鼻涕眼泪，敬请你向生下你并在之前迅速嫁给你父亲的这位女士道歉，以免独自一人丢脸！

你知道么，对我来说，这也并不完全是一次胜利游行，因为我最终就是潜在的耻辱。

不管是否已经被遗忘，那些在和平时期的不必要的暴行。

但她是哪里人，你对她的家庭了解多少？

为什么，我们的家庭有这么特别吗？不过请听好，这是科普了解到的为数不多的信息（和大多数人不同，不是吗，她并不是特别喜欢谈论自己，所以这次我很难概括）：

没人了解她的父亲，她的母亲是一个神经兮兮的人。这个女孩和奶奶一起在乡下长大，一方面是玉米、联合收割机和奶牛，另一方面是天主教，直到12岁时，她真诚地请求家人允许她和另外11个女孩住在一间有6张双层床的宿舍里，在那里，每天早晨、中午和晚上都有一个折磨耳膜的铃声告诉你，什么时候该做什么，不该做什么。沉默！这是大多数时间里的要求。这些女孩就像12岁（后来13岁到18岁）的女孩一样，而弗洛拉，她很安静，喜欢阅读，没能成功地，就像她直到今天依然没有成功地，假装对化妆、流行音乐和迷茫的爱情感兴趣，总是有些边缘化。尽管如此，和她们在一起还是很愉快的，今天我有时还是很想念她们。她们和成年人截然不同，因为这些成年人中的每一个人——老师、宿舍管理员、女售货员、门卫、牧师和邮递员，当然还有邻居，遗憾的是还有亲戚们，都用一种官腔和她们或者彼此交谈，而且表现得仿佛那个时代不允许略微显示哪怕一丝友好一样。但没人能告诉我，这种情况的存在是因为人们已经厌倦了三班倒地建设进步的社会事业。人们只是一群粗野的人，这就是当时的情况。

我明白你的意思，科普说。虽然我没有受过那种苦。我没有像我母亲那样害怕和抱怨，也没有像我父亲那样感到不满并试图用智慧去战胜这个系统，我单纯只是这么接受了它，我今天依然是这样做的。

幸运的科普。她吻了他。他不太明白他为什么得到了这样一份奖赏，但是这无论如何都不能阻止我接受这份奖赏，不是么。

18岁时她试图找出她父亲是谁。她得到了一个极其有把握的提示，但当她去按铃时，他们用谩骂和羞辱把她赶走了。她坐在街边的长椅上哭了起来，先前辱骂并赶走她的那个女人走了出来，又把她从长椅上赶走，并威胁要控告她。她哭着在街上跑，天气很暖和，她穿着一件淡绿色的连衣裙和一双磨损了的白色凉鞋，看见她在边走边哭的人，都用责难的眼神看着她。—— 我们这里不可以表现出这样的行为举止！—— 一群少年粗鲁地大笑。当她到剧院广场的时候，她意识到她现在自由了。她停止了哭泣，永远离开了小城。

她在首都只待了半年，还是一个宿舍，她在那里还是很开心。然而当她获得去德国的奖学金时，她接受了，之后她再也没有回去过。她没有获得学位，不过在文化领域这并不重要。当科普认识她时，她刚刚成为一个所谓的独立电影制片人的助手。她是全职工作的，也就是每周大约60小时，1500马克的税前酬劳。她的第一个任务是把申请她那个岗位的另外180份求职书扔掉。老板在这些简历上写了些"性感的声音"或"但她很调皮"

之类的评论。她承认，当他不在的时候，她在他的办公桌上寻找过她的求职申请。"+/- 漂亮但穿着简陋。"

不要脸！科普说。

她只是笑了笑。她经常微笑，或者大笑，却很少发牢骚和骂人，即使吵架，她也吵得很温柔。她很会照顾人。——（这些东欧女人……云云，很聪明，像她那样，甚至还把吃的给他盛到盘子里！诸如此类的话）——当他们见面的时候，她会抚摸他的头发或肩膀。即便是尤里，他开始认为那个女的就"像一口水"，可当他有一次看到她"不经意地"抚摸他肩膀的时候，他也必须同样不经意地承认，如果有人要对此指责什么的话，那他就是个笨蛋／傻瓜。

你只有唯一一个缺点，亲爱的。我不能和你一起喝酒。

你为什么要和我一起喝酒？

为了能够和你做任何事情。

她又笑了。

总而言之，开始的时候还是挺好的。在经济繁荣时期，我们似乎都更加轻率——我们就是很轻率。或者当政治方面形势向着更好的情况发展的时候。你能想象吗，尤里，突然不再生活在独裁统治下是什么感觉吗？——当然，总有一些情况我是可以想象得到的。

就这样直到 2001 年 4 月。按照约定，她 9 点钟出现在夏洛滕堡地区——她受俄语影响说的是夏洛滕格勒——一间高于地面的底层办公室里面开始工作。她拉起木制卷帘百叶窗。不幸的是破损的那一挂太高了。如果发生这种情况，人们就必须爬上椅子，用扫帚柄抵住它，然后把卷帘窗重新放下来，否则晚上就不能重新把它拉上。对入室盗窃者来说等于门户大开。这窗户把她折腾得很久，她的手被卡住了，汗流浃背。

她把那三台石器时代的电脑打开了。她早餐喝了一杯茶，吃了一个苹果和一根香蕉。紧接着她开始把磁带上的英语、德语和法语口述内容打出来。

老板 11 点左右带着狗来了。

当她站在他面前领受当天的任务时，狗走了过来，把鼻子伸进了她的短裙下面。它把它的鼻子伸进那个心形的凹陷处，臀部从那里朝着阴部方向敞开。狗摇着尾巴，老板笑了。她给自己写了一张任务清单并用大头针把它钉在墙上，以免把它们忘记或者弄得乱七八糟。她继续打字，接了电话。顺便说一句，我们自己打不出电话了，我们拖欠了账单。

她仔细查找了他们正在营销的一部电影的评论，并整理好了新闻报道的引文。

全是废话，老板说，然后又跟她解释了一遍。重要的不是挑选出最有智慧的句子，而是挑选出最引人注目的句子，而且，请从最有名的报纸上选，而不是从一些像你这样的年轻女性看的乡下小报上选，她们可能很聪明，但这完全无关紧要。

他带着狗出去了。当他再次回来的时候，他叫她出去买狗粮和香烟。她去买了。

她把狗粮放进狗盆里，在漏水的水槽下面放了一个桶。

请把你的待办事项便条拿掉,有客人要来,你要做的事情和他们没关系。

导演快 50 岁了,这将是他第三部要播放一整个傍晚的电影。他因此而痛恨整个人类:唉,首席女秘书!

当导演在老板那里的时候,狗来到她跟前,把头放在她的膝间,盯着她看。她抚摸着它的头。

老板和导演又从老板的办公室里出来了,狗在他们的脚边吐了。狗的呕吐物是红色的,它掉在了导演的左鞋和弗洛拉的右鞋上。导演骂骂咧咧的,像只大苇莺。手帕!他喊道。她一动不动。如果她动了的话,那么她就会把呕吐物沾在整个木地板上。但还有谁能去呢?老板盯着这场景看了好一阵子,直到他反应过来只有他才能走动。他去拿之前做了个鬼脸。他把纸巾拿了过来,递给了导演。后者在不停的咒骂声中擦着鞋子,用完了拿来的所有纸巾,把弄脏的纸巾团扔进了纸篓(其中有一团掉在了纸篓旁边)。

老板、导演和狗都走了,弗洛拉还站在那里,右鞋还陷在呕吐物里。她不得不在身后留下一条红色的足迹,在她向着存放水桶和抹布的房间走去的路上。

之后有一个债权人打来电话,她一无所知。

之后来了一个送信的人,他不得不跨过趴在门框上的狗,狗咬住了他的裤子。她道了歉。

晚上 7 点左右,广告传真准备好了。请注意:电子邮件现在没有人看了,寄信我们没有钱,只有用传真你才有机会引人注意。老板说教完之后,宣布要和一个女性朋友一起出去吃饭,弗洛拉要在这段时间内发送传真,他说,她应该用仓库里的电话插座,这个电话插座已经是隔壁公寓的了,因此还能工作。

传真机很旧,一次不接受超过 10 个号码。她算了一下,用这种方式要花多长时间她才能把所有传真都发出去:半个晚上。

她用她的外套铺了张床,躺在设备旁边,因为她由于弯着腰而背疼。

后来老板发现她睡在外套上。他身上一股食物、红酒、香烟的味道。他呵斥她说,传真还远没有发完呢。

她非常礼貌地请求他停止使用这种粗暴的口吻。此外她还指出,她在这里已经 7 个星期了,在这段时间里她每个周末都在工作,但还没有拿到任何钱。

你会在试用期结束时拿到钱。

你说什么?

因为试用期也只有 3 个月。

这么长时间我拿什么生活?拿什么付我的房租?拿什么吃?

老板一言不发地出去了。过了一小会儿,他又拿着一盘咖喱豌豆米饭和一张 100 马克的钞票回来了。两样,他用责备的语气说,都是他的同住女室友的。

请把剩下的传真发出去。

她把剩下的传真发出去了,一边吃着那盘冷饭。

之后,她穿着她那件便宜的红色大衣,站在公共汽车候车亭里等着夜班车。除了她,还有一对小情侣站在那里，他们紧紧地抱在一起。

一个醉汉走了过来。他看到了她，就停了下来，打量着她，问：多少钱？

她没看他一眼。他走近了些，说话声音大了些。她脸上感觉到了他的呼吸。一股酒气。

多少钱，我问！

她把目光移开了。（我已经有点害怕了。）

那个醉汉告诉她，她穿着那件便宜的红色外套看起来像个妓女。所以他又问了她一遍：多少钱？！

你，我那时本应该这么说的，看起来像个叫花子。如果你问我有多少，我猜只有3厘米，就这么点，不过在那种情况下她当然不可能这么应付自如，即使她没有被那天和在此之前的整段时间弄得如此精疲力竭。我只想一个人安静待着。

请别打扰我。

那家伙反而靠得更近了，抓住了她的胳膊。他们打了起来，在打斗的过程中，弗洛拉没有踢中那个醉汉，倒是那个人踢中了她的胫骨，它就像干木头一样咔嚓一下裂开了。这时候那对小情侣进行了干预，但试图把袭击者拖开的小伙子不够敏捷，醉汉挣脱了他的控制，逃跑了。

弗洛拉倒在地上，右胫骨上起了一个肿块，肿得那么快那么高，以至于她旁边的姑娘吓得捂住了嘴。她的男朋友已经追着逃走的人跑了一会儿，但他并没有真的想追上他，他很快就不追了，回到了公共汽车候车亭。

公共汽车来了,他们报了警,叫了救护车。

你怎么样?惊恐的科普问道。

(弗洛拉被袭击了!

她死了吗?

没死。

哦,格蕾塔说。)

没什么,弗洛拉说。只是一丝小裂痕而已。

多少有点疼吧?

现在不疼。

你能睡觉吗?

如果你让我睡的话。

对不起。

在对着她窗户的后院里,野葡萄的藤蔓在某种光线下摇动,要么是月光,或者邻居窗户里照出来的光线,它们的影子在衣柜的镜门里浓密了一倍,衣柜是弗洛拉放在窗户对面的,为了让房间变得更亮堂。科普很震惊,很伤心,很愤怒,弗洛拉看起来倒没有什么,所以他也很快就冷静下来了。

她没有回到那个法国人那里去上班,当然也没有看到他的钱。她的腿只打了几天石膏,然后就换成了一片夹板,但她可能几个星期都不能好好走路,所以科普提出让她住他那里,因为他那里有电梯。她同意了。一切原本都可能非常好 —— 在一段有限的时间内照顾他的女朋友当然是很好的 —— 但就在这个时候,科普在工作方面也经历了上下起伏——我们的价值每小时都在衰减——并且他几乎从来不在家。我待在这里，像个闺阁小姐。这不是指责，只是论断。上次我被迫等待还是在我是个孩子的时候。除非，她站起身来，拄着拐杖去超市，给家里买点东西吃。

根据传闻，弗洛拉的崩溃发生在科普失业的同一天，除此之外这两件大事彼此之间没有任何关系。办公室主任从他的办公室走出来对我们说：大家都听好了，等等等等。尤里建议开一场下班后的派对（！）。他们走进一个很大的保龄球馆，像野人一样打了保龄球，把自己的肚子塞满了鸡腿和啤酒。后来，我们以象征性的价格从破产财产中购买了设计师办公桌和设计师灯具，一张桌子和两盏灯，连同一些（无数的）交换机、端口、天线和存储设备，直到今天它们都放在科普的家庭办公室里。

他们打保龄球、吃东西、喝酒，像疯子一样大笑，接下来科普就倒在床上，倒在弗洛拉旁边，打着鼾一直睡到大天亮。光亮折磨着他的眼睛，他只睁开了一只眼睛的一条缝，就这样去了卫生间。他又在坐便器上睡了一刻钟，还在莲蓬头下睡了一刻钟。最后，他把温水调成冷水，然后他在那站了很久，让水从他的体毛上滴下来。总之，当他一小时之后回到卧室，弗洛拉还在睡觉。

他走到阳台上，对着阳光咧嘴一笑。他没有站多久，因为光亮又刺痛了他的眼睛，他开始头痛，他想起来他现在失业了。他的两只胳膊麻木了，他回到房间里去了。

弗洛拉？

她脸色苍白，身体冰冷，科普突然惊慌失措，他想听听她是否还在呼吸。想象一下，你醒来了，你旁边的人死了。

但她并没有死，她没有吃够止痛药，科普自己也没有拿什么东西，一方面家里没有一片药片，另一方面他现在也不敢再拿药给她了。他由于头痛和恐惧而麻木了，他再次坐在了她的病床旁。

她已经一个星期不回答别人的话了，不是睡着了，就是把脸转过去哭，不过反正他也不知道该说些什么。

怎么了？为什么？发生什么事了？

后来她告诉了他原因。和平时一样，这次也只是小事。——或者，我不知道。也不是。——她这一天过得不好。醒来的时候就感觉有什么东西不对劲，你知道的，当这种感觉开始之后，你就没有机会了。不管发生了什么，还是什么都没发生，这样的感觉都会伴随着你，它会扩大，像一个脓包，你最多只能希望它生长得足够缓慢，希望在变得难以忍受之前，在它破裂之前，一天就结束了。她太焦躁不安了，看不进书，看不了电视，做不了其他任何安静的事情，于是她去了超市。超市里有两个女人站在架子之间，当弗洛拉伸手去拿一包意大利面的时候，其中一个对另一个说：……有一个姐姐，当她的女儿尿裤子的时候，她把湿短裤套在她的头上，因此她不得不站在角落里，而她在1岁的时候就已经很爱干净了……这时她注意到弗洛拉在盯着她看。这两个女的也回头盯着她看，然后交换了那种熟悉的目光：这是什么人？她从哪里来，难道她不知道这样盯着看是不合适的吗？

弗洛拉转过身来，回了家，把面条放在厨房里，走进浴室，照了镜子，这事就过去了。我不能直视自己的眼睛，我太羞愧了。

你？羞愧？到底为什么？

我没法解释。

是被袭击的后遗症吗？

不是。是不是有人，有个可怜的疯子，骚扰和伤害过我？是的。问题是：为什么这不是每天都发生，等等。我们最多会对自己的麻木感到惊讶。但她现在再也受不了了。这种痛苦让人难以忍受。我不想活下去了。

这我不明白。

我知道。

您妻子，以后您会知道，是一个极其敏感的人，一个所谓高度敏感的人。这不仅意味着，当一个非高度敏感者感到无聊的时候，她已经被大量的刺激刺激到了，而在非高度敏感者感到舒适的情况下，她会受到过度刺激，而且，痛苦会以各种形式让她感到不可忍受。更重要的是，她无法区分自己的痛苦和别人的痛苦。通常情况下，这些人看起来常常会出人意料地有抵抗力，仅仅是因为他们几乎与世界没有直接联系。然而一旦她的安全区被什么东西打破了的话，那么情况就会糟糕透顶。

这种情况会持续多长时间？

这不是说持续多久。而是说一直就是这个样子。这就像您眼睛的颜色或您的手,您可以右手握笔,但尽管如此,您就是您自己。

明白了,科普说。

您不知所措是很正常的。为了给您缓解压力,我告诉您:这不在您的掌控之中。只有您妻子才可以解决问题。关键是,总要找到一种方法,不要绝望……看在上帝的分上,请您现在不要那么恐惧地瞪着眼睛!

嗨,亲爱的,你好吗?科普问道,脸上神采奕奕。

我为这两个女的感到羞愧,为她们所说的那个女人,为角落里的小女孩,最后也为我自己。因为这事让我心痛。我的一生已经很痛了。我花了所有的精力来抑制这种痛苦。为什么?因为我想活下去。

我也想。和我过日子吧。

她看着他。

我是认真的:嫁给我。

她只是看着他。

当然,他说。对不起。他在跪下去之前,先把右腿上的裤子拉了起来。或者说,在我求婚之前,为公平起见我也要告诉你,我刚丢了工作。我们被解散了。彻底解散了,整个团队。现在,我再说一遍:我不能也不想没有你。请你嫁给我。

(你们疯了吗?!在这种情况下你不可以结婚!而且:这种东西是遗传的! —— 是的。就像哮喘一样。)

他们结婚的时候只有尤里和她的一个男性朋友在场，现在和那个朋友的联系已经中断了。他们去了一家西班牙餐馆。其中两位男士点了斗牛牛排，另一位男士点了西班牙蒜香鸡，弗洛拉点了牡蛎，并把一份前菜拼盘作为主菜。女服务员其实是个学生，分内之事都做得非常不好。最糟糕的是，她不是从右边，或者说从我的左边，而是试图把其中一盘菜从新郎的头顶上方端上桌子，在这个过程中有些酱汁滴到了新郎已经头发稀疏的头上。她道了无数次歉，跑走了，又跑回来了，桌上还没有人来得及说些什么或做些什么，她就用一块粉红色的海绵布擦拭科普的秃头，而这块海绵布通常情况下很可能是用来擦拭桌子的。当然，一群人都躺倒在了桌子底下。作为压轴的西班牙特有的双层咖啡也没有，因为其中一层牛奶，就是那层普通牛奶，已经变酸了。如果这段姻缘不是天造地设的话，那我也不知道什么样的姻缘才是。

事实上从那时起情况又开始——慢慢地，慢慢地，这样我们的灵魂也能跟上步伐——向好的方向发展了。接下来的一年他们两个都没有工作，一起度过，对科普来说，这一年是他们整段感情中最幸福的一年，也许是他一生中最幸福的一年。他们勉强糊口，参加了许多和平游行活动。她每天都做饭，饭菜都很健康美味，科普十年来第一次减了肥。

后来他又找到了工作，她继续待在家里。有一段时间他们过着男主外女主内式的传统婚姻生活（我就是这么想的。她仿佛连一桶水都推不动,然后唠唠叨叨……)。科普倒是变得更加开心了,因为他不用操心任何属于私人领域的事情。她又读了很多书。今天过得怎么样?我看了这些那些书。《兔穴》。《如果在冬夜,一个旅人》。《小人物,怎么办?》。她把一些东西——"那些相对比较容易的东西"——放在他那一侧的床边。他一星半点都没读过。在摞成塔的书倒塌之前,她把它们清理干净了。她每天早上6点钟起床,晚上10点钟上床睡觉,所以他通常都是在每天下午办公室里的空余时间段内在电话里问"你今天过得怎么样"这样的问题的。自从他们认识的那天起,他们每天都打电话,不管他们早上或者晚上已经见过面了还是将要见面。大约在她崩溃一周年的那天,弗洛拉说她再也不想继续这样下去了。现在我最后决定不再忍受痛苦。

太棒了,科普说,他当然想象不到这样的事情是不可能实现的。作为新生的象征,她在一家咖啡店做了一份临时工作,这让他有点迷惑,但她和他解释了。我想,这样可以更好地维持我的尊严。

从那以后他们就是这么生活的。我们可以说:为了平衡。有些事情仍然很棘手。有一段时间进展顺利,然后又发生了一些事情——

她泪流满面地打电话,因为邻居和邻居的孩子一起大喊大叫——我给青少年福利局打了电话,他们就像对待一个疯子那样和我说话,到底发生了什么事,年轻的女士?还答应我会处理这事,当然他们什么都没有做,我知道，他们有理，我没理，因为如果一个人这样说话的话，这在法律面前其实不算什么，但当我听到这话的时候，我宁愿去死……！——或者因为她看到一个男的在排队结账的时候踩到了另一个人。显然是一个完全不认识的人，显然是完全无缘无故的。被踩的人脸上的表情，他的惊讶，他的疼痛，他的屈辱，还有不采取报复行为的决定……——但那样就很好啊，科普说。——是的，弗洛拉说，意思是：不好。然后就哭了。

　　——抑或什么事都没发生。只不过一些小事情积聚了起来。比如，我们也不想在工作中对这种行为表示沉默。我们不想那么过头，说这是欺凌，这往往只是氛围，或者，说得寻常一些，纯粹是累积的疲劳，然后弗洛拉就又崩溃了。总是这个样子：重新开始，崩溃，重新开始，崩溃。这就是为什么达留斯·科普不仅爱着他的妻子，而且也担心着她。并不是只要你一离开我的视线，比方说因为我在工作或者和我的小伙伴在喝酒，我心里就没你了，这是不对的。我承认我帮你帮得太少了，可还不至于像生活在 50 年代那么糟糕，但是我承认，你让我做的大部分事情我都忘记做了，所以你已经有一段时间没让我做任何事情了，你宁愿投入精力和时间，而不是消耗耐心，可是这些只是事情，弗洛，你知道的，只是事情而已。你是你。

　　（说得真好，你这个懒惰的骗子。）

她把所有的东西都收拾好了，她似乎把他也收拾好

了，然后他们就走了，去了乡下。

星期五，晚上 10 点。对于一个大城市来说，街上肉眼可见地人车稀少，而且随着他们继续往前（往城外）开，本来就这么一点点的人和车也变得越来越少。不知从什么时候开始，就只能看到被大灯照亮的那部分道路、道路边缘和沟渠，树木只能看得见树干。真是世界的边缘。后面就是太空。我们沿着转盘边道行驶。——小心！野兽出没！——这里总是很黑，为的是人们不会害怕。来这儿修这条路的工人们怎么样了？

我去玩，是为了分散我的注意力，因为我不想待在这里。老实说，达留斯·科普不喜欢去乡下。虽然从外表上看他可能是一个有原始气息的年轻人，有着仿佛直接来自冰河时代的体格：稳定的骨架，巨大的手和脚，大脚趾如此宽大而有力，以至于它可以被看作一只微型有蹄类动物的蹄子，但谁要是想草率地从中得出结论——这个被描绘成这样的人会是做什么工作的？a. 农民……——那么他很快就会得到纠正。他是一个彻头彻尾的城里孩子，对他来说，电车的吱嘎声和来往汽车的疾驰声意味着：一切都井然有序。与此形成鲜明对比的是，"友好之家"矗立在一片森林里，这是东部地区一片原本是平房别墅的居民区，在那里，哪怕在最为轻微的空气流动时，都会有糠秕吹进人们的脖子，更别说昆虫了。干燥的夏天有利于一群群蝴蝶、蜜蜂和苍蝇的生长，蚊子不多，蛞蝓也不会在卷心菜花园里啃食，但这一切科普并不知道，他也不在乎这些。相反，有一些东西他不可能无动于衷，因为涉及了恐惧，而且不是像戏耍在世界边缘那样美妙、有趣的恐惧，而是一种人们既无法想象又记不住的恐惧，因为它存在于大脑中一片过于古老的区域：对黑暗的恐惧，对黑暗中的声响的恐惧，这些声音在城市里已经不存在了。窸窣声，咔嚓声，呜叫声，咕噜声。科普可能会想到，这些吱嘎作响的树中有一棵可能会突然折断然后倒在他们身上，他也可能想过，那些因为口渴而绝望的动物会来到房前屋后。我们听到猞猁又走了。如果有猞猁攻击我的话，可能那时我会躺在花园躺椅上，他在我身上，他的爪子，我裸露的被抓破了的皮肤，也许还有颈动脉。我们别把猞猁画在墙上（画只兔子，亲爱的；充其量画一只鹿），可是如果发生火灾，我们肯定会被送走的，因为所有木头都干得像火棉一样。但最为困扰达留斯·科普的，就是他在乡下感到无聊这件事。平时我从来不会感到无聊。当我觉得无聊时，我会去 a. 上网，b. 吃点或者喝点东西，c. 参加文化活动或其他活动，d. 看电视，然后我就不会觉得无聊了。一直和数据流连接在一起对我来说并不讨厌，绝不会让我负担过重。但如果这些一样都没有的时候——这就让我受不了了。更别提森林里没有小酒馆和多银幕影院，但也没有电视，没有互联网，甚至连电话都没有。**没有电话！**本来可能会有电话的。但是房子和花园的女主人，一个叫伽比的女的——是有单人旁的伽！她现在不在，因为去看望她的老母亲了，她喜欢在公关公司劳累了一天之后（！）不受任何人打扰地在大自然的怀抱中休息。连手机都不靠谱。你得骑着一辆破旧不堪的女式自行车去田野里的一座小山丘上同步你的信息。愿伽比在不久的将来因为一种难以察觉的心脏病翘辫子。——这样或许就可以清楚地看出来这位伽比到底是谁的女朋友，谁不是她的男朋友。

科普通常和女人很合得来。他跟她们就像跟男的一样合得来，我是人类的朋友，但是和这个伽比，不行，合不来。

弗洛拉在哪里遇到她的？

在街上。前段时间她在一天之内（一个星期六）见过她两次。第一次是在集市上，在一家有机农场的摊位上。科普注意到她的时候，她已经在喂弗洛拉吃东西了。一小片面包，上面抹了一层（后来证明是素食的）料。伽比把食物直接放到了弗洛拉嘴边，用的是手指，而不是像应该的那样用托盘。她喂着她，就像喂一个很熟悉的人那样。

你们认识吗？

不认识。

你是从她手里吃的。

真的吗？

这两个人之间立刻有了一种亲密关系，在科普看来，这种亲密关系甚至比他和弗洛拉之间还要深厚。至少我们还接触了，估计，2个小时。和她还不到2分钟。科普当时无法忍受，直到今天也无法忍受：他当场吃起醋来了，现在仍然吃醋。（在我认识你之前，我都不知道我是一个会吃醋的男人。我是一个会吃醋的男人。)

因此在她们聊天时,他带着一种明显的克制站在旁边。——农场在哪里,那里怎么样,伽比是那里的吗,她认识经营者吗,他们是邻居吗,她在这里只是为了消遣吗,他们有什么样的产品,它们是如何生产出来的?——科普观察着头上戴着自制毡帽的其他摊贩。一群树洞小矮人。抱歉,我无法正视这场面。伽比,至少有一点,没戴帽子。

后来,当科普不在的时候,她们两个女的又见了一次面。伽比站在一家啤酒馆前,问店主她是否可以在他门边闲置的箱子里种花。从那以后她们就成了朋友。

我不是吃醋,我就是客观地问你:你是否已经明白她爱上你了?

她不是女同性恋,好吗?!不是每个40岁以上的单身女人都是女同性恋!

谁说的?那你为什么哭?

我没哭!……她不仅是我唯一的女性朋友,也是一个像母亲一样的朋友,这一点你为什么不明白呢?

(我怎么会不明白一个谬论呢?)从那时起,他就努力表现得和气。

但有一天他还是克制不住了。就像平常那样,一件小事成了导火索。当他晚上回到家时,伽比已经在那里,坐在桌边,已经吃过了晚饭,现在她正懒洋洋地,手里拿着一个酒杯,双腿叉开地半躺半坐在椅子上(不管你愿不愿意,你肯定都会看到牛仔裤四条接缝交会的

星期五

那里），而科普在吃着她的剩饭，谁让他偏偏迟到了三个钟头。

无论我们怎么看，三个钟头也夸张得太不讲道理了。一方面他根本不可能迟到三个钟头，因为他压根儿就没有提起他将要到达的时间点。不说时间点，也就不可能迟到。要是说等的话，那就可以按照习惯或者干脆不用管。女士们饿了，所以她们就吃饭了。另一方面端到晚回家的屋子主人面前的也根本不是剩饭剩菜。多汁的肉、松脆的蔬菜，它们都是伽比从乡下带来的。

哼。

酒也是，但不是这里产的，因为这里不长葡萄，而是伽比的家乡，南方产的。

哼。

总之：他表现得像个没教养的人。他很抱歉，因为他看到弗洛拉很难为情，看到她变得越来越伤心，但在这种情况下他再也没办法了。说说在工作中遇到的麻烦问题可能是一个权宜之计。

很抱歉，如果我今天不是一个会逗乐的人的话，我们陷入了某种困境。

哦，弗洛拉说。什么困境？

她的眼睛闪闪发光，她准备接受这个提议。科普希望能解脱出来，而不必即兴编造一个复杂的谎言。我不太擅长这个。不管怎么说她都能看穿我，就像看高度抛光的玻璃一样。于是他说，他现在不想，因为他们有客人在——他甚至成功微笑地看着伽比——他不想把乏味无趣的细节铺陈开来，它们只是些技术方面的细节，作为一个局外人，别人是无论如何也无法理解的。

伽比也想表现得很和善，也就是说，她总是很和善，向来，一贯，不管他表现得多么没有魅力（我不接受你这话。情况就是这样的。我就是不接受你的话！）。因此她问道，请原谅，她一直都没有完全明白：他到底是做什么的？

无线数据通信组件的销售？

这些组件是什么？

什么是接入点？

什么是 RADIUS[1] 服务器？

什么是 IEEE802.1x^2 标准？

什么是 OFDM[3] 程序？正交频分复用？那是什么？

什么是 AES[4] 或高级加密标准编码？

为什么强调数据安全，保护网络免受来自外部和内部的攻击如此重要？

科普有些烦躁地吸了口气，但当他呼气的时候，他已经完全不一样了：他发自肺腑地说，因为——安全是无线网络的核心问题，也是我擅长的领域，以下是对

---

[1] 全称为 Remote Authentication Dial In User Service，即远程用户认证拨号服务。
[2] 一种网络访问控制标准。
[3] 全称为 Orthogonal Frequency Division Multiplexing，即正交频分复用。
[4] 全称为 Advanced Encryption Standard，即高级加密标准。

主要危险做的总结，即使是外行也能够理解：

1. 窃听数据通信＝窃取秘密数据，直至窃取身份。

2. 截留并修改传输数据。

3. 访问内部网络，以给人造成一种合法数据印象的方式伪造数据。这尤其危险，因为用户，即便是系统管理员，都倾向于更加信任内部对象，而不是来自公司网络外部的对象。

4. 拒绝服务，即中断信号，例如：通过由随机数据交换导致的无线局域网数据过载。

5. 非法访问。

6. 员工的非法接入点（非官方无线局域网）。

7. 随机威胁。

关于无线网络的威胁，最根本的是，它们是看不见的，这与传统网络是不同的。凭借我们菲德利斯无线技术公司的新式中央控制盒，我们就有了一个屏幕界面，在整个屏幕上，所有接入点都是按照等级排列的，我们可以看到它们的位置和由它们发出的无线区域的范围，这一方面在对接入点进行配置和管理时当然是有用的，另一方面也使得网络及其所有活动都是一目了然的。在出现未经授权的活动的情况下，系统将会发出警报。因此我们的公司口号也叫作：**我们保证您的无线局域网安全！来找我们吧！**

也许一切都会如此美好。这一晚可能是他和伽比达成永久和解的一个晚上，因为他几乎就要感谢她了，是的，他在她面前感觉到了像好感一样的东西，因为她让他谈了一些他熟悉的事情，这给他带来了欢乐。但不幸的是，这个笨女人毁了一切，因为她开始谈论说，尽管她知道他不是在卖产品，而是在卖故事，可是她对所有这些威胁场景都感到厌恶，有太多东西都和恐惧挂起钩来了，她说这让她很郁闷。

科普现在又有些不高兴了，他说道，他所说的危险都是真实的。首先，它们从本质上看就是跟随无线通信出现的，我们现在不细说这个问题，无论如何我们通过电脑可以解决一些没有它们我们就不会有的问题。确实存在无线通信，有无线通信的需求，人们用和平的手段是不能消除它们的。为什么我们要这样做，因为它有很大很大的优点，它使你能够在一些传统技术会让你失望的地方和情况下进行通信，这些情况可能会危及生命。是啊，因此就产生了一些我们在一般情况下不会有的新问题，但是这个系统提供的不仅仅是问题，而是解决问题的方案，这是一方面。另一方面，还存在着从外部带到这个系统中来的危险，就像它们可能会被带到任何系统中一样，因为世界就是这样的，我们就是这样的，既进行建设和维护，也进行破坏和毁灭。而我们，也就是公司所做的，从根本上来看就是提供一种龟甲，因为顾客想要龟甲，而不仅仅是几句温暖的话，无论如何情况不会变得那么糟糕。因为事实上情况很糟糕。并且，即使情况不糟糕的话——情况是糟糕的，但让我们假设情况不糟糕——即便这样，每个人也都有权确保他／她的隐私不受侵犯。科普说，如果他一点都没弄错的话，那

星期五　　81

么她，伽比，也对此相当认可，这就是为什么一旦她离开她的办公室，任何人都无法联系到她，无论是通过有线还是无线的方式，在她的城市公寓，更不用说在她的农庄。

不是这样，伽比接着说，她一点都不在意自己的隐私，她非常欢迎任何人……

包括秘密警察和变态邻居？科普讥笑着问道。

……她纯粹只是认为这些技术上的累赘完全没有必要。

然后科普认为他的脑袋会因为这么多的虚伪和愚蠢而爆炸。

她怎么能站在我的房子里，向我宣告我所做的都是多余的！

弗洛拉断言伽比没有这么说。你们就是像大家平时讨论的那样讨论着。你们的观点不一致。她认为个人能够很妥善地从科技社会中抽身而退，而你认为这第一不可能，第二不可取。那又怎样？世界不会因此而毁灭。

但是科普，就他而言，已经和这个娘……女人完结了。从现在开始，我会对她毕恭毕敬地客客气气。

有时候你真的不可理喻，你知道吗？

他们开车穿过一条林荫大道。导航系统是在运作的，但声音被关了，它很烦人，反正你（弗洛拉）也熟悉路线。她偏离了系统建议的路线。

你想干吗？

82　　我也只是一个人

等会儿你就知道了。

他们从光滑的主干道开到了旁边一条凹凸不平的石子路上。左边路过了一家小小的警察局，右边路过了一座现在被修整过了的老谷仓，然后是向下的陡坡，然后他们又回到了光滑的柏油路上，房子已经看不见了，现在他们来到了森林，现在柏油路完全断了，变成了乡间小路。啊，现在我知道我们在哪里了。

她停了下来，下了车，走到岸边，把连衣裙拉过头脱下来，脱下凉鞋和内裤，在水里蹚了几步，然后跳了起来。与此同时，科普才堪堪从车里迈出一条腿。

你在哪？！

月光很亮，科普看过去，然后就更看不清东西了。月光闪眼睛。

呦呼！

她用手拍打着水面，让他能够听到她的声音，他感觉到鞋子底下有沙子。这右边是什么？水泵，孩子们的玩具。拉丝钢的，亲爱的。你可以从这上面把水泵进去，然后水会从那下面出来。它吱嘎作响。

你在干吗？！

我来了！

看不清，像是在下沉，啊！然后是一只女鞋。

呦呼！

她潜入水下，赤裸的屁股闪着白光。

我来了！

他把衣服扔在她的衣服旁边，沙子很清凉，哎，一个瓶盖，脚是别想干净了，鞋子里全是沙子，再往前走两步就已经湿了，更凉快了——模仿海狮的声音有助于潜水。

你在哪？

这里。

她的头发闻起来有海的味道。

天哪，太美了！

每次当她潜下水时，他都有点害怕，当她再次浮出水面时，他满心欲望，当她溅起水花时，他觉得心烦，当她愉悦地呻吟时，他感到幸福。

天哪，好美！太美了！真是太美了！

他们没带毛巾。拿我的汗衫擦吧。你不冷吗？你高兴得牙齿在打战吗？到我这儿来！你现在感觉好些了吗？

好多了。

后来她张开双臂在黑暗的花园里跑着，用手抚摸着植物。

你闻到了吗？

什么？

莳萝。

她在黑暗中漫步，摸摸这个，闻闻那个。豌豆，西红柿，大丽菊，黑莓。他在露台上摸索着找到了一把椅子，坐了下来。

你在哪？

这里。

她继续在花园里走来走去,或者这里站站,那里看看。他不停地叫她,她不停地说:马上。直到他终于在花园扶手椅上睡着了。

后来她把他叫醒了,他跟着她慢慢吞吞地进了屋,倒在了床上。

星期六

白天

星期六，天堂般的宁静还真的就降临了。一个男的，一个女的，在花园里。暂时没有赤身裸体。当然，当科普醒过来的时候，弗洛拉早就已经不在他身边了。她到露台上去了。清晨残留的凉爽还在，但只是像一张薄薄的蜘蛛网，也许再过半个小时，它就裂开了，后面又是酷热。在松树后面，太阳已经是白花花的了。

白天的花园。如此郁郁葱葱，是他在这片沙地上所料想不到的。一组由黑莓和鹅莓长成的树篱，前面是一丛丛的西红柿、豌豆、抱子甘蓝，一排排浓密的洋葱、胡萝卜、生菜（长得很高大）、一人那么高的莳萝、一棵巨大的山葵（但科普不知道这就是山葵），还有他也不知道名字的花，他猜是毛地黄、蜀葵、大丽菊。一棵苹果树、一棵核桃树，还有橡树和松树，但它们已经不在庄园的范围里了——不过她去哪儿了？

弗洛？你在哪？

这里，莳萝那里传来声音。

你在干吗？

我在花园里工作。

她凑得更近了，一株一株地仔细看着这些植物，把它们拨过来拨过去。

你知不知道我一整晚都在做这个？

你整晚都在做这个？

在梦里。我整晚都梦见我在花园里干活。我真的很累了。不过累得很开心。我想我是笑着醒来的。我闻了闻我的手，看看它们是不是有洋葱味。因为我抓了洋葱。

然后呢？它们有洋葱味吗？

没有。我太失望了，我受不了了，我跑到花园里，赶紧抓了抓洋葱。来，闻闻。

她笑了起来，把那只没拿着干枯植物残片的手放到他鼻子底下。他闻了闻，但闻着像是莳萝的味道。

说到洋葱：有没有什么吃的东西？

马上。

她把干枯的植物残片扔到堆肥堆上，然后走进工具棚。她又出来了，手里拿着什么东西。那是什么？

一把四棱刀。

拿来干吗？

把水龙头和软管连接起来。伽比通常是从这两个雨水桶里取水浇水的，但它们现在空了。

你不会是用桶浇水的吧？

是的，她可能是这么做的。但是，我说了，现在桶里没有水了。哎呀！

给我，让我来！喏，给你。

谢谢。

她把大拇指伸到管子末端前面，把水流分开。

当心躺椅，我还想今天一天都躺在上面呢。

遵命。

除了躺椅，她把她够得到的一切都浇了水，甚至连已经属于森林地盘的树木都浇了水，她身后拖着那条绿色的水管——一条蛇！你总是会想：软管＝蛇。绿色，又有黑色条纹——她看着飞翔的水滴，微笑着。

科普看着她，也笑了。

她捣鼓水和植物太久了，没和他一起，这时他脱光了衣服，喊道：

过来！

她笑了，把水柱对准了他。她用拇指把水柱分开，以免在他身上什么地方打得太重。他尖叫着跳来跳去，把自己变成了动物——不一而足：猴子、浣熊、海豹——为了给她带来欢乐，但同时他实际上也在小心翼翼地洗着脸、耳朵、脖子、腋窝、生殖器和肛门。这是一位绅士的晨间盥洗，在公元后第三个千年初。

但愿没有邻居看到我。或者说，如果看到的话怎么办。

他帮忙又把水龙头关上，她给他拿来一条毛巾。

你能帮我擦干身体吗？

她擦了。

但你真的不能就这个样子站在这里。

他们走进屋，做了爱。

之后终于有吃的东西了。她用蔬菜做了一个煎蛋卷。科普很棒，他想办法在一个没有自动咖啡机的陌生厨房里用法压咖啡壶、咖啡粉和电水壶做出了一杯咖啡。

你是个英雄。

早餐是在露台上吃的。花园里水汽氤氲，木头动一动就嘎吱作响。

这些木板支撑不了多久了。它们已经碎了。我们都不能再光着脚在上面走了。屋里的一切也都在吱吱作响。如果你大声咳嗽——不用说别的——木屑就会从天花板上飘落。如果他们真的想住在这里，他们就得想点办法。

她想建一座新房子。只是她还没有完全想好：是用黏土还是用稻草捆。

没完全想好是用黏土还是用稻草捆？科普本想发出一声在这种情况下在他心里升腾而起的巨大呼喊——清晨，在森林里，一声大笑——但他不敢这么做。为了防止发作，他做了在这种情况下人们最后应该做的一件事：他喝了一大口他的饮料。结果热咖啡直冲鼻腔。他咳了很久，弯着腰。她并没有担心地立马冲到他跟前，这就告诉他，她——就像大多数情况下一样——确切地知道，发生了什么事及其为什么会发生。

你好了吗？

好了。他们继续默默地吃早饭。鸟儿在啾鸣。里面的声音科普一种也听不出来。除了：

看，那儿有只啄木鸟！

不错。

后来他们躺在阳光躺椅上。弗洛拉在看书。

是那个剧本吗？

不是，你自己看吧，这是一本书。

你为什么不读一读那个剧本？

因为我想先看一些我知道是好东西的东西。

具体来说是？

她给他看了封面。上面写着：《更好的关系》。科普想起来了，这本书她已经看过不止一遍了，可是所有的内容，她和他说过的有关这本书的所有内容，他全部都忘记了。

啊，原来是这本书啊。

（她当然知道我已经忘了这本书了。）

他们就这样待了一会儿。她看书，他什么都不做。天堂般的安宁。

多久了？20分钟，半个小时？这时她已经又跳了起来，又开始在花园里来来回回地走着。

他，又问道：你在那儿干吗，我唯一的宝贝？

她，又回答：我在花园里干活。

她拨弄着植物，拖着一把锄头和一把钉耙，她没有推独轮车，只是因为里面有些什么东西，看起来像是腐殖土，而且她没有任何有关这些东西应该怎么处理的信息。

你会中风的！在太阳底下！你为什么不能好好放松放松，我搞不懂。过来，躺在我旁边。

只要我躺下，我就会睡着。

这有什么不好的？

她说她白天已经一直在睡觉了，也就是说这是因为她在过去的8个星期里面几乎不停地上着日—夜—日—夜班。她的睡眠节奏已经混乱了。她说，当她之前说她在晚上做了这样那样的梦的时候，其实并不完全对，因为她根本没有睡觉，或者说如果睡着了的话，也只是非常浅地，她仔细听着树林里的声音，不是因为她害怕，而是满怀欣喜，可是现在她清楚地感觉到她只要一躺下就可能会睡着，但她并不想这样，她想看看太阳，她想享受自然，同时她也担心，如果她现在还醒着，那么就不能在即将到来的夜班保持清醒 —— 根本没有好的解决办法！我真希望我能有个开关控制我自己，但是这不可能。该死的生物钟。

你想听听睡眠艺术家的建议吗？看，你就这样躺在那里打个盹，有时眼睛睁开一条缝，你就会看到花园、树木、天空，告诉自己：阳光、自然、享受。接着你再眯一会儿，最后你就会心满意足了。

她笑了笑。你积极的本性，你的快乐能力，亲爱的，总是这么美好地安慰着我。（虽然它在本性方面——我的本性——不能带来任何改变。随便吧现在。现在无所谓了。）她至少想试一试。等等，我先洗一下手。指甲里面还残留了一点泥土，没关系，甚至还挺好。她重重地让自己摔倒在躺椅上，他自己是不会这样去做的，然后她又拿起了那本书。

之后发生了什么，达留斯·科普就不知道了，因为不到1分钟他就睡着了。

他醒了，因为她用书角戳着他的上臂。

走，我们骑车去游泳吧！

这个时候她已经骑了起来，像旋风一样，她的裙子飘动着。这给了科普一点补偿，他正蹬着庄园地界上两辆摇摇欲坠的女式自行车中他认为更加结实的那辆跟着她。太好了，有一个喜欢穿裙子的妻子。这很有女人味。而所谓男人味就是在进行体育活动时不暴露自己——我用力量来弥补我缺乏的快乐——但这并不是那么容易的。炎热、邋遢、生锈的自行车，还有，别忘了，这肚子，这大教堂——这应该是正确的判断，因为一座主座教堂的形状完全不同。只要人们在森林里骑行，还是可以忍受的，只需要注意偶尔出现的树枝，它们可能把你的眼镜从你的鼻子上或者把你的眼睛从你的头上打下来。尽管全身心注意着，树根还是骑过不去，它们摇晃着我，颠簸着我。他咬紧了牙。

森林后面是开阔的田野，路面是用沥青把混凝土板黏合起来的，工艺并不是非常精细，要么就是已经铺了很久了，所以出现了这样的情况。烈日下粗糙光亮的混凝土，被收割了的田地，边上高高的枯草，但是——假设科普对更多的细节感兴趣——他几乎没有时间，更确切地说，几乎没有力气仔细观察它们，因为现在弗洛拉骑行的速度，仿佛明天，嗨，那什么，在接下来的一个小时里湖水就会消失，仿佛这是最最最后一次在湖中沐浴的机会。这条骑道是丘陵起伏的，而且远不止是美丽的。这是一片冰碛丘陵景观，科普在学校里学过。——是的，亲爱的，你每次都这么说，现在我到死也忘不了了。—— 他弯下腰，低着头踩着踏板，尽管如此他还是差点在到山顶之前就停下来不走了，除非，他从坐垫上下来。但他会觉得这是在暴露自己的弱点——为什么这对你这么重要，又没人看到你。但是 —— 他固执地坐着。每蹬一脚，自行车都会吱嘎作响，科普看着链条，看到它只不过是干了的锈铁，旁边，在车架下面的三角区有一张小蜘蛛网在晃动着。里面甚至还有一只小蜘蛛！它还活着吗？不太可能。我把一只死蜘蛛带上了山。他从坐垫上下来了。

他们骑着车上下了两座小山丘，穿过一座崭新的木桥，桥横跨一条几乎干涸的小溪。他们又骑车爬上了一座小山丘，经过一片古老的墓地，穿过一个小村庄，进入另一片森林，再出来，又穿过一个村庄，骑过方砖小路。他们在教堂前拐了弯，经过谷仓，下坡，又进入了一片森林，然后他们终于到了那里。

这次他们并不孤单。带着孩子出游的家庭，年轻人，各色人等。为了顾及其他人，他们这次没有脱掉所有的衣服。他们游了泳。在对岸，树后面，现在，因为是白天，所以能看到教堂的塔楼，前面是另一片沙滩，在那里人们为稍后的一场**沙滩派对**（白色大横幅，黑色文字）搭建了一座舞台。

当他们从水里出来时，一个男的、一个女的和一个小孩子（都赤身裸体）向他们打了招呼，科普完全不认识他们。哦，原来是那几个树洞小矮人。没戴帽子就认不出来了。他们闲聊了几分钟有的没的，科普也没有完全在听。并不是说他在听别的什么东西。他什么也没有去听，或者说最多听到了沙箱里水泵的吱嘎声。

谢谢你，亲爱的弗洛拉，你没有把从伽比家拿来的发霉毯子铺在他们的毯子旁边。

她终于开始看这个剧本了。科普又是什么也不做。这意味着：他在看着其他人，看着人们。他把眼睛眯成了一条缝，他是通过这条狭窄的缝看的。水、树木、天空，然后又是其他人，但他看所有这些都是漫不经心地看的。当他看到发生过的事情时，他就又立刻忘掉了。他也找不到欧科什一家了。是这个金发孩子还是那个？弗洛拉在看书。他现在也想做点什么。去上一会儿网吧。但在这里上网毫无意义。在他们离开之前，他把笔记本电脑藏起来了。锁在车里还是放在床上？他决定放在床上，然后把弗洛拉（！）的手机放在厨房桌子上作为诱饵。

是啊，我真的有点精神错乱了。比方说，我的钱包离它不到两步之遥。我却没有把它藏起来。车钥匙也没有藏起来。他对这么多混乱和不理性的行为感到恼火。然后他想起了亚美尼亚人的钱。

把它放在其他箱子之间是不是混乱和不合理的？

不，那很好。

一想到在某个他可以出入的地方有现金，即使不是他的，他就有了一种满足感。他咧着嘴笑了。

为了让这种感觉圆满，他现在还想把这事告诉别人。但告诉谁合适呢？弗洛拉已经知道了，其他人都联系不上。

现在几点了？手机上显示：2点。西海岸是早晨5点。比尔还在睡觉。估计他要睡到7点钟。然后他就会去慢跑，吃早饭，接他的孩子。或者他周五晚上已经把他们接来了。他的女朋友也来和他一起吃早餐。之后他们就来科普的酒店接他，然后一起开车去贝克海滩。风很大，水很冷，但你可以看到金门大桥，这就可以弥补大多数的不足之处了。他们吃的是自制的鸡肉三明治和沙拉。女儿已经15岁了，胸部很大。一开始她不确定是否要和我们一起来。然后她一起来了，因为她父亲告诉她科普是欧洲人。她问了他关于巴黎、伦敦和柏林的事。和她聊天很愉快。她叫迪尔德拉。男孩才10岁，还是个小孩子，而且吃着醋。因为没人跟他玩。然后比尔，接着是迪尔德拉和他一起玩了一会儿。科普忘了他的名字。那是一年多前的事了。所以女儿已经16了。晚餐有鸡腿、薯角、沙拉和葡萄酒。比尔为科普刻录了一张他非常喜欢的老爵士乐CD。

甚至还有一点网络信号，但科普没有给比尔打电话，也没有给其他人打电话，不过他浏览他的数据库来打发时间。在同一个小组里我们还有谁？所有人当然都是公司的，包括前同事，但哪里也找不到私人手机号码。如果我能上网，我就可以看看今天肯在做什么，或者维基在做什么。（然后呢？然后我就知道他们在干吗了。或者我不知道，因为我再也找不到他们了，这同样也可能是历史的教训。）

你在干吗？哔哔哔的声音真烦人。

不好意思。

他关掉了按键音，不过没有继续看通讯录了。他看着上面的树。一棵橡树。我甚至不知道这个穷乡僻壤的名字。沙滩派对。哦耶。而我的内心光明又广阔，就像旧金山的海滩上那样。亚美尼亚，这是里海和黑海之间一个完全不同的古老文化景观。那些山一定是令人叹为观止的。遗憾的是我们无法以第一手信息证实这一点，因为我们终究没有去过那里。没有去过。我们的知识来自互联网和其他媒体。塞塔坎这座城市有大约10万居民，气候是大陆性的，土壤肥沃，风景如画。塞塔坎位于一片美丽的盆地，这样的特征对于建设无线网络来说是很理想的，有着数公里长的直线距离。贝德罗西安、巴德里希和巴尔萨姆兄弟就出生在这里，并且直到今天，在他们生活在瑞士的时候，都觉得与这座城市紧密相连。他们在体育和通信领域特别活跃。关于后者的可获取信息很少，而且还不是最新的，但我没有时间进行更多的调查。是的，这是指责，弗洛拉。但科普不会去抱怨的。因为这毫无意义。

现在老实说，弗洛拉可能会问，在这种情况下，周一和周五有什么不同？

也许：一切都不同，亲爱的。

你能做什么？

能做的不多，这是事实。

你就是想毁了我的周末。

我为什么要这么做？我爱我的妻子，我希望她幸福。如果我妻子开心，我也开心。更何况，每次在外面，我都有一种被放逐的感觉。几乎脱离了"真实"的生活。可以说：多余的。

我们都是多余的，弗洛拉可能会这样说。

他不会明白，或者更确切地说，他不会同意，但他可能会再次保持沉默。这通常是最好的做法。

他睁开眼睛望着天空，这样当他再次闭上眼睛时就会有点目眩。现在我会轮番想起弗里斯科海湾前的沙滩和从未见过的亚美尼亚山岭，直到我睡着。山岭和海滩，山岭和海滩。

后来，弗洛拉用葡萄在他嘴边挠痒痒，就这样把他弄醒了。当他意识到是什么东西的时候，科普咧嘴笑了。截击，他说，然后咬了下来。

它们是哪儿来的？

一位老人骑着自行车带着篮子来卖的。

你带钱了吗？

显然。

贵吗？

还好。

那部戏剧怎么样?

哦,那戏啊。糟糕透顶。

怎么糟?

就是说,它绝对没有任何意义,也就是说根本不必要、没意义、不重要。为了掩盖这一点,接二连三地出现残暴场景,而语言则显得故作高雅文艺。作为读者我会说:浪费时间。作为翻译她也许还是会去翻的。人们总要开始做点什么。而且也没有差到让人恼火的地步。它就是,像我说的,没什么意思。但也许这是我的原因。问题是,我不知道这要什么时候翻……我知道!我知道我已经说过了,我也知道你想说什么,不要说了。我不能丢掉这份工作。靠一部平庸的戏剧我们可生活不下去。

回来的路上弗洛拉骑得很慢,尽管如此,科普在到达山顶之后还是气喘吁吁,声音太大了,以至于淹没了小鸟叽叽喳喳的叫声,这一群大概二十来只的鸟儿从他们身边翩翩飞舞而过,(可能)在寻找一个睡觉的地方。

我的喷雾呢?留在家里了。请分散你的注意力。看看风景。

在他们面前是一片已经翻耕过的向日葵田,它紧挨着一条有林荫镶边的乡间小路(乡下小青年,轻型摩托车,摩托车,汽车,鲜花和花环),后面是玉米地,但玉米也已经收割了。垄沟里闪闪发光的东西是什么?像是玻璃碎片。应该不是吧。在田中间有一棵洒下阴凉的树。那是什么树?像科普这样的人怎么会知道?在邻近的山岗上有三座风车。风车后面太阳正在落山。在田野这一边的尽头，在太阳底下，有一条满是干枯高草的沟渠，右边有一块老旧的里程碑，左边是弗洛拉，她靠在自行车上，屁股侧压在车座上，双脚撑在地上，非常老练。我不能这么做。摔倒然后脚踏板卡在腰背部的危险太大了。于是科普让自行车滑倒在地上，交叉着双臂。这样站在山丘上，让我有点像将军。但除此之外他身上就一点威风也没有了。夏末夜景中一个胖乎乎的金发男人。他头发中有几丝太长了，被一阵温热的微风吹动着，他的耳朵和鼻子油光锃亮。

他就这样站在那里，直到手机通过振动和哔哔声提示电子邮件和语音留言同步已经完成。

在邮件里面：除了新闻，还有制药业和性产业以及尼日利亚链接的骗人广告（所以，所以，他们想把50万美元的第一笔分期付款存入我的账户？）——没什么可看的。

语音消息：您有三条新的语音消息。

当他把电话拿到耳边时，正在落山的太阳把最后一缕光线照射到了银色的外壳上。上帝的光芒使人受孕。科普，一个土生土长的异教徒，自然往完全不同的方向上联想：仿佛这是从卫星直接向他射来的可见光束，给他带来了重要信息。

第一个打电话的人挂断了。
第二条信息是他母亲留的，她希望他一切都好。

第三条信息是他妹妹的，她也希望他一切都好，而她自己却近况不佳，谢谢询问！

山丘上的达留斯·科普叹了口气。

夜晚

小达留斯·科普 1965 年 9 月 28 日出生在柏林。他的母亲是一个像鹰身女妖哈耳庇厄那样贪婪的女人，他的父亲是个自私的人，这种情况很常见。他们是在工作时认识的。我叫达留斯。他是个混蛋。不得不接受一个波兰人作为父亲。奥尔佳奶奶保持沉默。父亲无所谓。在粗浅相识了一年之后，有一次公司庆典，他们在铺着灰色波浪石板瓦的屋顶下跳了舞。那天晚上晚些时候，他们造了他们的第一个孩子。他们结了婚，尽管，正如后来他们一致阐明的那样，他们心里跟明镜似的（或者说像清澄的团子汤一样），清楚他们合不来，但他不想在私生子这档子事里永远纠缠下去，她也根本不想开始处理这种事，不管是不是在 20 世纪 60 年代。几乎没有什么可以永远延续下去，达留斯不止一次这样强调，他强调他喜欢调节和改变，然而他坚持给他的儿子起一个和他自己一样的名字。达留斯，二世。小达留斯。通过这种方式，他自己当然就变成了：一世[1]。孩子的母亲

---

[1] 一世，原文为 der große。达留斯（Darius）即大流士，大流士一世又称大流士大帝（Darius der Große），波斯帝国君主。

认为这个名字太怪异了，她讨厌任何不同寻常的东西，引人注目是反社会的。我不管，孩子的父亲说，孩子就叫达留斯。我不管，母亲说，孩子就叫约翰内斯（Johannes）。于是情况变成了，他父亲叫他达留斯，他母亲叫他汉斯（Hansi）。考虑到这一点，我就变得不一般了，你不觉得吗，弗洛？

老达留斯是一个虚荣的人，他的帅气超过了格蕾塔作为女人的美丽。这带来了一些影响。他屁股口袋里时常装着一把小小的窄齿梳子（它还在纽扣旁露了一截出来！），他用它把浓密（！）的头发梳成一绺垂在额前的鬓发，后来也一直这么梳，即便鬓发已经过时了。还有些照片，照片里他留着浓密的连鬓胡子。还有坐在摩托车上的，用今天的眼光来看，（有点）可笑。留着连鬓胡子坐在摩托车上。

不能排除他们至少在一开始或者至少在一段时间内也喜欢过彼此身上的这一点或者那一点，可是他们对此从来不谈。我们只能这么推测，不过现在这也没那么重要了。（对于玛蕾娜来说，以前，也许重要。现在我们都可以对她说不了。我伪装得够了。）他们的生活也有点沉闷，但大多数时候他们并不介意。他们很穷，但很干净，他们要爬半层楼去接洗涤、做饭和洗尿布用的水，要在煤气炉上烧水，后来从他们自己家里的水龙头里就可以流出水来，此外他们也不缺什么东西了。

当然，除了我不能做我想做的，老达留斯说道，因为他假装在开玩笑，所以他眨了眨眼睛。

可是这对格蕾塔没什么用,她自觉受到了冒犯,问道:那你想做什么呢?

老达留斯一样样地清点:旅行自由、消费自由和创业自由。你看,我不是贪得无厌,三根手指就够了,言论和集会自由我就不去坚持了,我没兴趣。一辆有备用件和车库的好车,还有自己的小公司,这对我来说就已经足够了。

你的生活太乱七八糟了,你什么都做不了。而且你也很懒。

听了这话,这个平常总喜欢开玩笑的男人——你父亲有两件事一直让我很讨厌:他对自由创业的喋喋不休和他无聊的笑话;所有东西真的都能拿来开玩笑吗?——真的不开心了(这是他说的话。我真的不开心了,我的孩子)。他出了门,倔强地喝了很多啤酒。——我跟你说实话,我儿,他在这样一个罕见的不开玩笑的私密时刻说:如果我能够按我的想法去做,我会天天喝酒。自从我 14 岁第一次喝酒以来,这就是我隐藏的爱好,我一直克制着。不对,我第一次喝酒不是在 14 岁,而是在更早的时候,在我们家,男人们总是用酒来喂小男孩,看这里,你想来一小口啤酒吗?然后小孩子就得一口气尽可能多喝一些,这样他们就会大喊大叫,鼓掌,拍拍你的肩膀。只不过 14 岁的时候我才喜欢上这种味道,那时我吓坏了,因为我清楚地认识到我可以一直喝到死为止。——不过这一次他也没有喝他想喝的那么多,只是明显比他老婆愿意他喝的量要多。科普告诉他的父亲，他很理解他。就像他喜欢吃一样。一次能吃一块500克的巧克力。可不是扭捏作态地一块一块掰着吃，而是一大口一大口地咬，就这样。我要是不满足我的胃口，我可能早就死了。后面一句话他没有说，他只说了一块500克的巧克力，老达留斯会意地点点头，但他看他的时候眼神有点斜。——一个吃巧克力的男人和一个喝酒的男人还是不一样的。我知道他会这么想的，这让我恼火。——达留斯·科普有点想念他的父亲，但除此之外他状态很好。我不恨政府，不恨我的邻居，总体上来说不恨我身边的人，也不恨我的父母。

就这样，父母妥协的意愿最终变成了像仇恨一样的情愫。不，这才是关键所在。只有我母亲恨我父亲，因为他既不恨她，也不爱她。他们把这种情感隐藏了四分之一世纪之久，直到他们在柏林墙倒塌之后不久离了婚，以便，原话是，在新的可能性框架内最终为自己考虑一下。

触发因素是老达留斯失去了工作，但他并没有因此而不高兴，而是最终想要实现他的梦想，想去创业。我一直想做我自己的老板，人类不是为生产资料公有制而被创造出来的，53岁还为时不晚，十年、十五年之内我还能独立做一些事情，尤其是现在，最终只取决于你了。现在一切都取决于你了，老达留斯看着他的儿子说。（他为什么现在对我说这个？）格蕾塔那边则提前退休了。反正多年来她就已经受尽了一切的苦。女的要生孩子，做家务，然后她们还要工作到60岁，等等。她现在不这么说了，而以前经常这么说，所以她的孩子们送给她一个足部按摩器，里面的水会冒泡，这样她就可以在晚上保养她疲惫的双脚，不过现在说的不是这个事情。

玛蕾娜那时才12岁，还是个孩子，她还不会像今天这样尖声叫喊，她总是很爱哭，但那时她的眼睛里只是默默地流着眼泪——她的哥哥根本没有注意到这一点。他告诉他的父母，他们不屈从于他们这个年纪的一些人可能出现的恐惧性僵硬和退行性麻木，而是想做点什么，这很好，这很棒。他们究竟打算具体做些什么？

像他们这样，不想做任何事情，这才是真正的问题。

坦白说，老达留斯宁愿一个人度过余生。我一辈子都被捆住了手脚，堵住了嘴巴，孩子。现在该结束了。

"捆住了手脚，堵住了嘴巴"对格蕾塔来说太过分了。——你把这话告诉她了吗？！你这个笨蛋？！现在你捅了篓子，现在你还是可以去解释说他这话可能不仅仅是指婚姻和家庭。（事实上，鉴于当前的缘由科普原本想和他的母亲谈谈民主德国——不过并没有谈。）——是我们生下了孩子，并且照顾了他们！（这你已经说过了……）如果说有人被绑在这里，堵住了嘴，那么我才是那个人！作为一个女人你真是命不好啊，因为事实就是这样！

她真的说了命不好吗？科普不能肯定。（你尽管肯定。）

现在她声称这一切都是他的主意。但我也不想再和他生活在一起了！然后她又说，这段婚姻虽然不是她最大的梦想，但她原本确实打算坚持下去，和他在一起，直到她生命的尽头。好好走完一生。

如果我有一百条命，那么我可能会为了你母亲乱七八糟的规矩去牺牲其中一条，但我现在只有一条命。老达留斯早在很多很多年前就明白了这一点。是时候了，我准备好了，不如让我得胃溃疡吧。

她希望没有她的日子他过得不好，希望他的"拦路强盗公司"——用欧盟的钱给乡下小路铺沥青——失败，然而没有发生这样的事：他的事业蒸蒸日上。他做了他的工作，因此捞取了大量的资助——

你这个骗子，骗取就业促进资金！和当地政客进行幕后交易。

那又怎样？他们就是干这个的。

他们给员工的工资低于工资标准。

可他们终究是付给他们钱了。

尽管如此，有一次，某人还是喝醉了，站在花园篱笆旁——那不是他的花园篱笆，而是他生意伙伴的——然后大吼大叫地把烧烤派对搞砸了！

——他想怎么喝就怎么喝，想喝多少就喝多少，想和谁见面就和谁见面，想说什么就说什么——她总是害怕我会说错话。我甚至不能和我的朋友们说话。看在上帝的分上，闭上你的嘴。不为了你，也为了孩子们。然后她还说那曾是美好的生活。她疯了——一年去度假五次。都是乘的飞机。——我第一次坐飞机还是在54岁的时候，我的孩子。这些年来我过的是什么日子！

星期六　105

格蕾塔一开始同样也在说旅行的事情，可她当然没有去。像我这么大的单身女人！一开始玛蕾娜太小了，帮不了她，后来她有了自己的家庭。

当格蕾塔得知老达留斯谈了一个女朋友时，她大吃一惊，因为她觉得她明白了什么。他从一开始就骗了我。过了没多久，他的女朋友离开了他，格蕾塔哈哈大笑。笑过之后，她感到胳膊和腿疼。好像笑声是从那里逃走了似的，就像毒药穿过肾脏，带着一丝痛苦。但痛苦并没有溜走，它仍然在那。经过一些错误的推测（神经、关节）之后，医生最终诊断为外周动脉闭塞性疾病，或者说间歇式跛行，或者也可以说腿部血管狭窄。

这公平吗，我的儿子，这公平吗？从来不抽烟，却像大量抽烟的人那样腿部血管狭窄。而别人却毫不费力地得到一切！

（具体是谁？得到了什么？——最好不要问。）

好吧，既然情况已经到这个地步了，我们不能让它逆转，但是如果你有规律地锻炼……

我要去哪里锻炼？

……注意饮食健康……

我没别的选择，我必须吃我会做的东西：肉和土豆。

您的血脂水平也很重要……

是的，血脂很高……

……还有血压。

是啊。

您别忘了吃药。这些抗血小板药物可以阻止血小板聚集，预防血栓形成。从第二阶段（可以忍受 200 米距离以上的负荷疼痛，后期小于 200 米）开始，除了步行训练外，还可以给予磷酸二酯酶抑制剂。这些药物可以防止血小板聚集。从第三阶段（静止时疼痛，特别是在夜间）开始，通过静脉给予前列腺素。面对治疗大腿血管收缩的球囊扩张方案，这位 69 岁的女性患者畏惧退缩了。

我姐姐 69 岁时死于手术。

她得了癌症。医生又把她给缝上了。

细节。

你至少要做你的步行训练吧？你总得每天多次走你可以无痛完成的距离中的 75%，来刺激你的身体形成旁路循环吧？

旁路循环？（摆手拒绝。）

你让我抓狂，你知道吗？

这样下去，直到有一天，她疼痛、变红的小脚趾上出现了一个黑点，这标志着她已经处于第四阶段，即组织死亡。变黑是血红蛋白分解的结果。*死血*。细菌会迅速传播并感染周围环境。有以下替代方案可供选择。

1. 创伤性：大面积去除坏死组织，然后用水凝胶敷裹，给予抗生素，观察伤口。如果没有改善，必须再次去除组织，直到腐烂过程停止为止。

2. 无创性：蛆疗法。这里使用的是金蝇属丝光绿蝇的蛆。通常被称为大头苍蝇，不过就像在其他地方一样，这里为了说得好听些，我们还是说：金蝇。长话短说，

星期六　　107

这些蛆的特殊之处在于，它们有选择地以坏死的组织为食，消除坏死组织和细菌侵扰，而完整的组织得以保存，而且蛆不停地排泄出来的消化液中所含的酶甚至可以刺激创伤愈合。在这里，在这张图上，您可以看到可能会有什么结果。您可以看到一个 70 岁男性病人的会阴——也就是阴囊和肛门之间的区域：最初被一片扩散的红色溃疡所覆盖，三周后被一块柔软的、新生的、粉红色的皮肤所覆盖。

女医生和科普支持蛆，玛蕾娜不知道，格蕾塔反对所有方案。

我宁愿死！

不可能。

这不关你们的屁事，这是我的生命！

好吧，那你只好去死了。医生，我妈妈不想再接受治疗了，她想死……你看，现在你哭了。

这位鼻尖上翘（像是插座）、把金发扎成一个香蕉形状的（我竟然不知道我也会喜欢这种类型的女人……）女医生友好而耐心地重复了用蛆治疗的好处。

我非常非常非常感谢您。您是怎样赢得了我们母亲的信任的，她一般说来不喜欢任何女人！您别介意这话，因为她也不喜欢男人，或者至少不太喜欢男人。遗憾的是，之后她可能就会永远诅咒您，我、我的妹妹，甚至她的爱人，都会徒劳地试图为您辩护。她会对您一脸不屑，她希望您离开她的房间，然后下地狱，因为金蝇蛆白白地吃了她的肉，它们增重了一百倍，它们白白地在完成工作后停止进食,然后被新一批新鲜孵化出来的金蝇蛆带着它们的食欲取代——这无济于事。最终不得不进行切割,而且不仅是小脚趾,还有旁边那个没有名字的脚趾。哦对,他们叫它第四个脚趾。

那是一年前的事了。从那以后,住院,出院,盐水挂了一瓶又一瓶。

科普想做一个好儿子和好哥哥的抱负也许没有在其他领域那么明显,但确实是存在的。可这并不容易,弗洛。我不知道这个家庭怎么,从什么时候开始,在生活中的某个时候,就失去了正常的说话方式。我妈妈一直在抱怨,就像一部坏掉的手风琴,不过玛蕾娜曾经是个乖巧的孩子。到她4岁的时候,我骑着自行车去幼儿园接她放学,她坐在前面的儿童座椅上,一直唱着歌,按着铃向大家打招呼,左邻右舍都喜欢她。后来我们就不怎么见面了,因为年龄差异在这,她用粉红色的纸写了一些感人的信,信的右上角飘动着紫色的心,我只回了一次信,我花了六个星期零一天写了一页纸,我十分紧张不安——关于一次商务餐。有生牛肉片、葡萄酒酱炸大虾、基安蒂红酒、配着无花果和绿胡椒的冰激凌——然后一切就随之结束了,当她下一次注意到我的时候,两个人都只是大声抱怨和咬牙切齿。每次都好像她们一桶一桶地把热汤倒在人头上一样。哼!好像我是围攻的军队,而她们是勇敢的捍卫者。有时候当我听到她们的声音时,我真的很害怕。

星期六　109

他本可以推迟到明天再回电话，我们在一个信号死区，等等，但根据我对自己的了解，我还是会忘记这事，然后她们就会星期一往办公室打电话，就像我是一个公务员一样，那还是现在就打电话吧。

于是，达留斯·科普在山顶上叹了口气，站在夕阳的最后一缕光线下，拨通了生下他的女人的号码。

你给谁打电话？弗洛拉问道。

他没有回答。

（这很不好，你知道吗？

但你知道我爱你，即使我有时会忘记回答，不是吗？）

妈妈，他说，是我。这也回答了弗洛拉的问题。

（这不一样？为什么不一样？）

汉斯？是你吗？

是啊，当然是我。除我之外你还有几个儿子？

这是个好问题，我的儿子，这是个好问题。

别理会这个。放一百个心，你很清楚，这就是你在这个故事中的角色，总得有人来做，是啊，请你们让我成为你们的山，你们的雨水可以落在山上，请别客气，在这个意义上我用我温柔而关怀备至的声音平静地问，你怎么样，亲爱的妈妈，亲爱的妹妹，告诉我。

我能怎么样，我的孩子？我身上疼，几乎走不了路，也拿不起来任何东西，而你妹妹跟我说话的样子都不如我跟邻居的狗说话的样子。

她说了什么？

我说了什么？无非是我也有自己的生活，有两个孩子，要学习，有一个家庭和一个无业的——这是他的原话！——前摔跤运动员，当一段时间的伴侣——这也是他说的话，总有一天我会为这话掐死他！——如果一百年前他没有得椎间盘突出，如果他不是一直这么懒，他很愿意为他的岳母买东西，于是这就把她变成了整个家里最最强壮的女人，玛蕾娜，体重 48 公斤，她只恳求在她有时间的时候做这些事，然后可能的话但愿能听到一句谢谢，而不仅仅是批评、抱怨，或者像这样的句子：没有人强迫你在 17 岁的时候生孩子，你要是照顾得好好的，为什么默林又胖又像丸子那样不爱说话？——像丸子那样不爱说话？科普哧哧地笑了起来。她有理的时候总是有理的——所以洛尔厌食，像烟囱一样抽烟，每天晚上在莫里茨电影院门口勾三搭四。如果一个人听到这话还不大声呵斥，责问母亲心里是不是还有他们所有人，那他就不正常了。她怎么能这么说？

我根本没么说。我不是这么说的。

我会把它们录下来。用手机就可以。我要把它们录下来，然后放给她听，让她听听她是怎么说话的。真是越来越不像话了。她想说什么就说什么，而这些从来都不是客气话。我已经觉得她得了老年痴呆症，因为所有的东西里她都放盐放得像要咸死人一样。

盐和老年痴呆症有什么关系？

玛蕾娜之前看到，味觉衰退和恶心感增加可能是老年痴呆症的早期征兆。

科普请她不要这样吓唬他。

玛蕾娜让他冷静,她说她问了医生这件事,你知道她说了什么吗?孔雀鱼随着年龄的增长变得越来越粗鲁。

什么?孔雀鱼?

是的,鱼。

它们会随着年龄的增长变得越来越粗鲁?

据说。

科普再也忍不住了,不禁笑了起来。

其实这并不好笑……

孔雀鱼变得越来越粗鲁?

现在他们两个都笑了。

科普笑得比他的妹妹更久,不知过了多久她继续往下说道:她本质上说的是,第一,您母亲变老了,第二,她就是一个不怎么真诚的人。

说到这里科普也不笑了。

她当然不是这么说的。但你能懂这意思。

他们总是留着找回的零钱,我的孩子。我不想说什么,但这是不对的。正确的做法是:他们把零钱还给我,我再把钱给他们让他们去买东西。但他们根本不给我。尽管如此我也没说什么,直到他们把东西用力掼在我脚前——说用力掼一点没有夸张——喏,你要的东西,现在肯定够一个星期的量了,我不是一直都有时间,走几步路就是百货商店,你真的可以自己去。

a. 我们很忙,默林必须去踢足球,他完全不会踢足球，但他喜欢，而且他应该减肥。b. 100米她真的还能走，她只是不想而已。c. 我必须学习，我下周有考试，我现在快31岁了，这是我最后的机会，但没有人关心这事，她甚至忘了我学的是什么，或者她故意说错了，她说是按摩女郎，明明是物理治疗，物——理——治——疗，看在上帝的分上。

好了，别这样大喊大叫的。她是个老妇人，她有病痛，她想让人照顾她。

很好，你说到点子上了，亲爱的哥哥。

是的，是的，好了，我会照顾的。我最近有很多事情要做，现在又有新的事情要做了，情况就是这样。

嗯，玛蕾娜说，只要和她无关，她就不会去关心的。

嗯，格蕾塔说，她不太了解这些事情，她也不想了解这些事情，她最好不要听这些事情，主要是她不想听到困难，每一次改变对她来说同时也是困难，她总是假设最坏的情况。真是半夜说鬼鬼就来，我自己知道这一点，我的儿子，这是我的本性，所以我只想听好消息，只想听你说你很好，说至少我不用担心你，你是我的孩子中最不用人担心的那个，而担心是我唯一能做的事，我帮不上忙，我该怎么才能帮忙呢，我自己也不能进不能出的。

当然这通电话不是这么打的，而是他先打给这个，再打给另一个，然后再打给这个，最后再打给另一个。与此同时，弗洛拉在等待着，在那里散散步，看看植物

星期六　　113

和动物,最后看着星星,它们一个接一个地睡觉去了,又一个接一个地出来了。科普总是在两通电话之间短暂地骂骂咧咧……!——她看向他这边,但什么也没问,也来不及问,他就又开始打电话了。最终弗洛拉受够了。她一直走到了他的视野中——这真不容易,亲爱的。你总是转向我不在的地方。——她不得不在走来走去的时候改变方向,就像在跳现代舞一样。她向他表示她渴了:空手做出拿玻璃杯的姿势,嘴巴张开,头向后倾斜,指向他们住的地方,再次表达"喝水",然后又指向前面。科普点点头,伸出 5 根手指——5 分钟后。

按照科普的感觉是 10 分钟后,根据弗洛拉的说法是半小时后,同样的事情又重复了一遍,这一次她更加不耐烦了:口渴!我现在要走了!他请求原谅,然后屈服了——好吧,我跟着你,5 分钟后。她骑着车下了小山丘,她的裙子飘动着,她消失在了树林里。

顺便说一句电话真的只打了 5 分钟。如果我快点,我还能赶上她。科普现在也很渴——筋疲力尽,就像做了一个星期的弥撒,他的耳朵里嗡嗡作响,眼睛灼热,嘴巴像是一片沙漠,沙漠一直延伸到食道和气管里,洗不掉的汗水黏在所有皱纹里面,尤其是脖子上,汗黏糊糊的,他的手也黏黏的——他一刻也没有耽误,也没有看一眼风景——那里,看啊,一架小飞机,它正从树梢上飞过,一架飞艇——而是立马跳上坐垫。确实:是跳上去的,就像它是一辆男式自行车一样,但它不是,所以它开始危险地摇摆，我马上要摔倒了，但他没有摔倒，他救了自己，双脚踩在踏板上，现在赶紧蹬，否则你真的会摔倒。他蹬着车，自行车往前走了，下山了。当他坐上去的时候，他注意到他屁股很疼。这让他感到不舒服，他被激怒了，但滑行随即开始了，他别无他法，只能当作享受。

弗洛拉已经表示了口渴，口渴，可能是去了郊游小酒馆，那就在森林外面的左边。滑行已经结束了，他又蹬上了踏板，在平坦的路面上感觉好些了，现在他一度很享受：发挥力量，提高速度。期待着郊游小酒馆，期待着炸肉排和啤酒。让人欣慰的是他已经打完了家庭电话。我至少赢得了一个星期的时间。（我这样是不是很好？并不。不好意思。）太阳早就落山了，但是在这北方，黄昏是漫长的，即使骑着没有照明灯的自行车在乡下仍然可以走得很远。达留斯·科普骑行在一块块田地之间，穿过废弃的铁轨，经过一片老旧的合作社场地和一座墓地，进入一个村庄，村里的方砖路面高低不平，他停在了橡树下，那里就是酒馆。

人们坐在户外，男的比女的多，有乡村居民、中高年级的大学生，弗洛拉不在那里。她在里面吗？不在。在女厕所？这一点我们无法用合法的方式确认。所以科普又出去了。我宁愿在外面等。橡树下微热的傍晚，大啤酒杯。得留意没有上锁的自行车。这些人真是让人费解，他们竟然偷又旧又锈的女式自行车。

他终于脑子清醒了。弗洛拉的自行车不在那里。所以她也不在那里。所以我没能赶上她。她肯定没有领先几英里和几小时,我打电话的时间也不是很久!纯粹就是一个误解,她根本没有来这里。你有没有看到她在森林边往左拐了?没有。她在树林里消失了。白痴。口渴,所以就想到了郊游小酒馆。你怎么想到的?就因为你想吃炸肉排和喝啤酒?消耗了这么多体力之后,你就应该在,哇哦,如此优美的大自然里,享受炸肉排和啤酒,这对你来说是必然的吗?瞧你现在站在那儿的样子,光屁股。当然不是字面上的意思,而是说没有钱。钱包在伽比家厨房的桌子上,众所周知连死都不是免费的。

科普亵渎神明地骂着(但是声音小一点,我们不想引起不必要的注意),然后又骑车走了。

即便在北方黄昏也有结束的时候,现在黑暗在肉眼可见地扩大。此时最亮的是:粗糙的柏油路边有白色的精制石英砂,有一部分在路面上。沙滩,科普想,沙滩和沙子。后来当路又有点往山坡上延伸的时候,科普想到了:山。他骑车穿过乡村的夜晚前往他借来过夜的家,为了让自己的注意力从令人沮丧的此时此刻中分散开来,他想象着外国的风景。风土人情,比尔和贝德罗西安兄弟,鸡肉三明治(饿!),还有鲜榨橙汁和箱子里的钱——我还得告诉尤里!——尤里,过去四个星期,酒吧,弗洛拉,独臂人,尤利西斯,梅拉尼娅,蹦床,沙滩排球比赛,又是尤里,尤里要在阿姆斯特丹待到星期天晚上,我以前去过一次阿姆斯特丹,但我连一张照片都没了，我们去阿姆斯特丹好吗，弗洛拉？弗洛拉，玛蕾娜，妈妈，爸爸，你也应该给他打个电话，我最后一次和他说话是什么时候，我最后一次和比尔说话是什么时候，和安东尼又是什么时候，安东尼，斯蒂芬妮，桑德拉，其他同事，阳光明媚的加利福尼亚森尼韦尔周围的风景，山坡上的松树和羽扇豆，公司所在街道上的梧桐树，还有吃的，来一份海陆大餐和一大杯啤酒。

　　最后他来到一条用旧的混凝土轨枕铺成的小路。他还在想：是我老爸的工作，如果他还在给乡间小路铺柏油，他为什么不再给土路铺柏油了呢？直到那时他才明白，他从来没有走过这样的路，这样的铁路枕木，今天和从前都没有，从来没有，所以他迷路了。这是在哪里，什么时候，怎么会迷路的？我不知道。他认为他一切都是完全按照来路——意思是，完全反过来——那样做的。尽管如此，他现在就在这里，而不是他应该在的地方：在山脚下，在森林边。这早就已经在森林里了。地球上有多黑暗。你害怕吗？害怕，但只是对具体的东西害怕。我可不想门牙掉了。

　　他停下来，拿起手机。我这黑暗中小小的方形蓝光。就只有光，没有别的。没有网络。一只蚊子落在键盘下方达留斯·科普的手腕上。他伸手打蚊子。他让蚊子跑了。畜生！

　　有奖问答：在这种情况下，人们是继续前进，希望能回到他熟悉的地方，还是回去，直到回到他熟悉的地方？通常情况下达留斯·科普可能会选择第一个选项（如果有什么东西我忍受不了，就回去……），但是在铁轨枕木上骑车是不可能的，所以他掉头回到了最后一个十字路口。这并没有让他变得更明白，他甚至不确定他是从这些路里面的哪一条来的，他为自己感到难为情，我不可能是这样一个傻瓜，男人是猎人，他们能够找到方向。真倒霉。最后他干脆随便走了一条路，这条路就是沿着森林边缘走的那条。

至少过了一会儿，这条路再次通往森林里面。科普骂骂咧咧的，但这次并没有转过身来，而是在逐渐增长的绝望和愤怒中向着他的霉运骑了几分钟，与此同时他只想着：我正在逐渐增长的绝望和愤怒中骑向我的霉运。如果我整晚都在这里四处找路，该怎么办？如果弗洛拉因为在找我而整晚都在这里四处找路，该怎么办？想到这一点，他又停了下来。他站在林间小路上，能看到两条白色的条纹，总比什么都没有好。他只是站在那里，仔细听了一会儿。有东西沙沙作响。弗洛拉？但他不敢叫她，因为在那一刻他已经想到：一群野猪。一群个头和人差不多的野猪，正在狂怒中，在保卫着它们的一窝幼崽和它们的领地。

但那是一只鹿，它在一段永恒的（实际上：短暂的）困惑和逐渐加快的心跳之后，慢慢走上了这条路。慢慢走到这条路上，站在那里，用一双吓得要死的明亮眼睛盯着达留斯·科普。

他们俩都站在那里，心跳得很厉害：科普和那只鹿。

一只鹿，只是一只鹿。别动。

他没动。

（走开！）

但它没有走。

直到科普终于想出了解决办法。（动一下）他动了一下，把头转向一边。当他再次把头转回来的时候，那只鹿已经消失不见了。

科普骑车继续前行——同时努力保持安静——一会儿之后他来到了一个十字路口。在这个十字路口，有神灵赐予的文明！一块指路牌，它告诉他必须向右拐。于是他向右转了。他还在想，如果有人，比如一群村里的小青年，两个醉醺醺的护林员，一个爱开玩笑的孤独徒步者，把路标整个转了一个方向，该怎么办，他会怎么想，但这时他已经看到村里三盏路灯中的第一盏亮了起来。

倒了大霉！

发生什么事了？

你怎么能把我留在那里？

发生什么事了？

我打了个电话，然后我骑车去了露天啤酒馆，因为我以为你说过你要去那里。

我什么时候去过露天啤酒馆了？

我以为你渴了。

是的，所以她骑车回家了，家近得多，然后对着水龙头喝了水。

星期六

真倒霉！然后我迷路了。

你迷路了？

是的，很经典，在树林里！我怎么去的，就怎么回来的，然而并没有什么用。我差点撞到一只鹿。

你差点撞到一只鹿？

她说她很抱歉，但她笑了。

别笑！

我没笑。

整个森林都黏在我身上了，我不知道该从哪儿开始抓痒痒，我抓胳膊肘，膝窝就开始痒，还有脖子，我屁股疼，我的阴囊都麻了，你知道这有多不舒服吗？

我怎么会知道，我唯一的宝贝？

她笑了，抚摸着他的脸。

他说他又渴又饿。我的肚子都已经松了，你看。我们家里还有吃的吗？

他拍了一下他的额头，只是啪的一声：我想烧烤！

她认为现在烧烤太晚了。

胡说！他开始忙起来了，弄木炭，等等，到了午夜他真的在咬着一块肋排了。他把它拿给满月看：你看到了吗？你看到了吗？他得意扬扬地挥动着那块啃了一半的骨头，下巴上全是油脂。你看到了吗？

他们又一次笑了起来。

星期天

白天

在大自然中过了一个周末之后,达留斯·科普变得面目一新。

当然没有。

他本来想跳过星期天的,但这是不可能的。你不可能比时间更狂热。从私人生活到公共生活和商业生活的回归可能是漫长的,无论你是否愿意。尤其是当人们像达留斯·科普在这个星期天所做的那样早早开始的话。这天才刚刚过去一小时——他正在扑灭炭火,小心翼翼地,我们是在树林里,湿了的灰向他迎面扑来,黏在他身上,和这一天剩下的时间一起——这时他意识到:一切都结束了。就他来说,他的周末结束了。

弗洛拉已经上床了,额头带着皱纹睡觉了。她已经到了年纪了,眉毛之间的皱纹已经开始再也去不掉了。(你对此有什么感觉?——温柔。)科普上半夜都醒着。下半夜也是。他躺在伽比(睡塌了的!)的床上,弗洛拉的旁边，开始工作。就像我们计算机工程师所说的那样，运行一项任务。准备：下一步要做什么，具体是什么内容，什么时候。

这比科普原本设想的要复杂得多。当他试图在他内眼睑的黑色背景下显示任务时，一行行白色的文字在这个空间里飞来飞去，旋动翻转，就像在（该死的）快闪动画中一样，在数小时之内他都没能成功迫使它们聚在一起，整合成应有的上下层级结构。他愤怒了，小睡了一会儿来恢复状态，后来又起来了，继续进行计划。他花了几个小时才成功地建立了以下——初步——顺序：

1. 再次调查亚美尼亚人和米海利季斯，也许我们会有更多发现。（这里没有电话，也没有网络，那么我们打算什么时候离开这里呢？这不取决于我，而是取决于她，她会想要在这个种着玫瑰和蔬菜的绿色田园小屋之梦中榨干最后一分钟。等吧，做出耐心等待的样子。）无论如何这仍然可以在星期天（晚些时候）完成。星期一就会获得最新的信息：

2. 打电话给伦敦。

3. 把钱拿走。

回到 2。不仅要打电话给伦敦，还要打电话给森尼韦尔。散播信息和责任。我必须和安东尼谈谈，还想和比尔谈谈。注意时差。伦敦减 1，森尼韦尔减 9。不可能同时告诉他们这个消息。必须有个先后。所以让我们按照一种顺序，而且是一种离我们的心最远的顺序：

1. 安东尼，2. 比尔。假设，他 9 点在办公室。我们这里是 18 点。而钱却到处乱放。办公室里的钱。确实是这样。别把钱带回家。40000 呢。尤里也还不知道。尤里整个周末都在阿姆斯特丹。你什么时候回来？我想我们得谈谈。我需要你的建议，想说说我的心里话。

我想说我的心里话，达留斯·科普可能会这样说。

亲爱的，你知道你可以跟我谈任何事情，尤里可能会这样回答。或者在不同的日子有不同的回答方式：如果你一定要说的话……

我有种感觉，嗯。事情又开始纠结了。还有很多事情，至少有些你不知道，因为我自己都恨不得对此不闻不问。（反正在弗洛拉面前我保持沉默。）

但你在想象中和我进行谈话会有帮助吗？

是的，想象中的谈话。这可能比实际的谈话更有帮助。

好吧，尤里可能会说，那就开始说吧。

总之，达留斯·科普睁开眼睛，看到一个裸露的屋顶结构，积满灰尘的横梁，蜘蛛网，从现在开始，他会交替看着那里和他闭上眼皮之后的黑暗，一句话，他们欠我钱。

谁欠你钱？

公司。

公司欠你钱？从什么时候开始的？（尤里也许会哧哧地笑出来。）

从一开始。

星期天

从一开始吗？这怎么可能？尤里可能会假装惊讶地问道。

很简单，意思是，挺复杂，官僚主义的纠葛。你想听听细节吗？

那要看情况了。它们有趣吗，还是说挺无聊的？

不能这么说。

那好吧，我就冒险听一下吧，你说吧。

很好，科普或许会说。听好了。是这样的。两年前，如你所知，菲德利斯公司收购了艾洛克西姆公司。他们解雇了其他人，留下了我。也就是说用新合同重新聘用了我。这意味着，不，确切地说，我和他们签了合同，但我还没有受雇于他们。中间发生了一些乱七八糟的事情。他们够蠢的，为了建立全新的菲德利斯办事处，他们彻彻底底拆散了艾洛克西姆办事处的外壳。他们想通过国际知名的咨询公司"白色灯塔"来做这事，他们想要在这样那样的条件下做这事，无论如何这事情拖得比所有人预计的都要久。没问题，我说，关键是你们每个月把合同中规定金额的十二分之一转账给我，当然，别忘了，把你们作为雇主应支付的保险费汇付给相应的国家机构。他们没有对此做进一步的评论，他们每个月都很乖地汇转了十二分之一的金额。我：感谢到目前为止的这一切，也提前感谢你们汇付作为雇主应缴的税费，这样我就有了健康、养老、失业保险，我就预缴了税款。我不想无谓地拖延这些事情——半年过去了，办事处仍然没有正式成立，雇主应缴的税费仍然没有缴纳，我又问了他们。他们反问我：什么雇主应缴的税费？我解释说，雇主代扣税款和社会保险应缴款，并相应缴纳自己的那部分税费，等等。哦，是这样啊，他们说。漫长的几个星期和几个月过去了，他们发现，如果没有正式的办事处，他们就不能汇付这些钱，我就问他们，可不可以替他们做这些事情？他们告诉我，我不被允许这么做。随后几个月音讯全无。我发火了，我打电话给比尔，也向他解释了这些情况。如果这笔钱不是固定岗位的工资而是给自由职业者的酬劳的话，那么它肯定就太少了，那么我领着的就可能是一个女秘书的工资了。还是说得有点太客气了。我不介意做一个自由职业者，我说，但那就请支付一份比现在高二分之一的金额。比尔理解我的气恼，他站在我这边，他要我耐心些，说办事处几乎就要成立了，等等。几个月过去了。最后我说，好吧，随便吧，请你们把钱转给我吧，我来替你们进行后续汇付。因为这是可行的，如果只涉及预付税款，而且，请原谅，与获得保障相比，这并不是那么重要。考虑到不断变化的比率和波动的汇率，我甚至计算出了他们每个月要多付我多少钱。他们礼貌地表示感谢，并继续支付合同金额的十二分之一——直到今天。这期间总是有一些事情发生：更换软件、首席运营官、首席财务官，以及极其和善却极其无能的一半的会计被炒了鱿鱼，一句话，一切都乱七八糟。总而言之，今天他们欠我钱，如果我算对了的话，因为我承认，3个季度以来，从去年12月以来，我就没有呈报过任何更新报表了，将近

40000 了。

吓死了。你老婆知道这事吗？

这不是问题所在。（知道。上次在 12 月份谈过。好像是在一家果汁店。从那以后我就不再用这事去打扰她了。）问题是：现在亚美尼亚人的钱就在那里。也是 40000……

我明白了，尤里可能会这么说，他停止了哧哧笑。他板着脸说：你不能这么做。如果你这么做了，你就给自己脸上抹黑了。正确的方式是，你必须遵循正确的方式——你礼貌地鞠一躬，把亚美尼亚人的钱给他们，然后他们礼貌地鞠一躬，把你的钱给你。

白痴！我不是在说这个！我不是傻子！我说的是：就他们那一方而言，有时会发生这种情况，有时会发生那种情况。但是，如果我老实说，如果他们没有发生什么意外的事，那么我这边也可能会发生什么意外的事。我所知道的是，我没有完成预估业绩的 75%……

尤里可能会表示拒绝。

……或者没有做安东尼想做的事情，或者做得太晚，等等等等，你知道总会发生一些事情，一些小事情——这些小事情会导致一天的时间变得支离破碎，有时甚至当你一部分一部分做得很好的时候，但在一天结束的时候，整体上来看不是它本来可以／应该／必须达到的状态——但是我承认，如果有足够的空余时间来过问的话，我没有做，因为，我就是没有做。现在又出现了这样的情况：亚美尼亚人给了我 40000，我说，你好，这里有

40000，但我能马上把它再拿回来吗，因为你们欠我的钱差不多就是这么多。这有什么问题？问题是，科普最后可能会表示，很长一段时间以来亚美尼亚人是我唯一的进款来源，或者说，不是唯一的，而是唯一值得一提的，你现在明白了吗？

是的，现在我明白了。你这是零和博弈。这看起来确实没那么好。

好吧，这样说也不对。零和博弈，不是的，这也说得太过头了。不是的，我给他们带来的收益比我给他们制造的成本还多（这不对……），那就更好了，我现在不会当着你的面把这些详细算给你看。我想，我说得太笨嘴笨舌了，或者说一下子让我觉得很傻：这里40000，那里40000，但这只是一个细节，这不是全貌。当然。我会这么做：把他们的给他们，把我的给我，这是一件明了的事情，我不知道对此有什么可诉苦的。有时候你就是这样，有点困惑。谢谢你，我的朋友，你驱散了迷雾，撩起了面纱，让我睁开了眼睛。

我很高兴我能帮上忙，尤里可能会礼貌地鞠一躬然后这么说。

科普同样也很高兴。他释然了。这事一直在折磨着我。

他如释重负地动了一下，睡塌了的床垫卷起了波浪，弗洛拉的额头又皱了一点，她转过身朝向了另外一边。现在她背对着他躺着。她穿着一件小碎花衣服。这是一件老式的睡衣。科普本想抚摸她的背，但他不想吵醒她。

星期天　　127

是的,他本来想叫醒她的,他本来想轻松愉快地做一次爱,但他振作起精神来。保护自己免受(总是、一直、到处潜伏着的)干扰。把事情做完。

第一,第二。第三:把钱拿走(如果现金金额超过一定数额——查一下!——别忘了你的身份证!)……

当然也可以这样做:只和伦敦谈那些亚美尼亚人,只和比尔谈欠薪事宜。

这个想法是有才的、大胆的,科普的心以更快的节奏跳动起来,他睁大了眼睛:积满灰尘的昏暗横梁。有办法了。一切都有办法了。不对,这不对。有些事情从来就没有对过。……我的勇气有多大?问题不在于此,而是:我的道德如何看待这种做法?他轻轻地闭上眼睛。

我想做个正直的人。是的,我想这么做,它能给我满足感,就像小的欺诈行为给其他人带来满足一样,通过这些骗局,他们给自己带来了相对于一种遥远、抽象的权力或者他们的同胞(陌生人和亲属)而言的好处。我倒是想圆滑一点。但我并不圆滑。我能给公司和其他所有人的最宝贵的东西就是正直。科普被自己感动到了,这使他振奋,给了他力量。人与人之间必须可以有一种信任关系。我相信比尔。所以:只告诉伦敦亚美尼亚人的事,因为另一件事与他们无关,而比尔与所有事都有关。这样就对了。

达留斯·科普在对自己满意的温暖盐水中徜徉了好一会儿工夫。我是个好员工。

他想了想,然后又立刻冷静地滑落到良心不安的状态，因为他想起了过去四个星期无所事事的状况。那是不对的。不管 A 是不是一个混蛋，不管他们是否让我几乎不可能完成他们雇我做的事，我都不能停止努力。或者至少不长时间地停止努力。这是法则。我很坦荡，我不天真。科普明白，事情可能会恶化的时刻已经到了，或者说现在已经到达了可以用简单的努力抢在情况恶化之前采取行动的最晚时间点。在这个意义上：谢谢，亲爱的亚美尼亚人，你们用你们的钱迫使我采取行动。他很高兴终于回到日常工作中，达留斯·科普闭上眼，却感到自己目光炯炯，他这样替自己做了总结。因为我其实很喜欢工作。我喜欢这三件事：我的工作、吃喝、弗洛拉。（按这个顺序吗？该死的问题……）

人们都希望故事能在这个地方有一个飞跃，主人公毫不犹豫地开始做点什么。达留斯·科普也是这样。事实上前面还有一整个星期天。它将是漫长的一天——就像每天那样漫长，不是吗——而且我们必须在场。在场，有耐心，等待，直到我们无法改变的事情自行过去。直到你爱的女人愿意和你一起离开你讨厌的地方。（如果我有驾照的话，我也会这么做的！不过当然我会做更多的事情，因为没有她的话他就走不了了。或者更确切地说，这还要更长时间。）

一个男人，一个女人，一座花园，在匆忙中停留。

她，就像所言的那样，还在努力从这种自然状态中榨干最后一分钟，但她无法将她的眼睛从时钟上移开：

还有 4 个小时，还有 3 个……而他可能已经放弃了一切……只是这里没有任何东西属于他，所以他也无法放弃任何东西，他只能等待，做出耐心等待的样子，希望她也可以平静下来。说得好像这种做法曾经奏效过一样！还没有奏效过。最后，他对她的爱明显比开始时少得多了。她显然让他心烦意乱。

如果我不回去的话呢？……如果我就这么坐在这里呢？

但是，亲爱的，那我怎么办呢？

（对此她什么也没说。）

到了中午，她终于准备放弃了。从那时起又过了两个钟头，他们才终于出发了。伽比的房子不是旅馆，他们之前就知道，但是他们没想到要花这长时间才把所有的东西都整理好，清理干净，搬走，填满，换好，检查完毕，上锁，存放起来。弗洛拉以一种几乎已经快得很搞笑的速度在忙活着，科普早就已经把控不了全局了，有时指令会大声向他喝来，他会尽他所能地听从这些指令。当他们终于坐在车里时，他如释重负地呼出的气息打在仪表板上，呼呼作响。（她当然听到了。但她没有做出评论。）

事实证明，这种轻松为时过早。他们刚开了一公里，就遇到了交通堵塞。在（箭头一样的！）乡间小路！科普强力保持着镇定。

怎么了？现在还不是星期天傍晚，那时所有人，真的是所有人，才都回城，根据他们的不同性格，有些人沉浸在快乐的疲惫状态中，有些人又已经是飙到每小时180公里的状态！他们到底在干吗？是不是又有一个人在光天化日之下没能把住方向，偏到了洒下树荫的行道树一边？还是有什么大事？参观样板房？印第安节庆？卡丁车赛道开放？教皇弥撒？还是有什么东西免费，顺手牵羊时还能捡到天上掉的馅饼？在这种情况下他们从来都不能抵抗诱惑。你们竟然要花买两件的价格带走三件，这种价格虚高的、劣质的、毫无价值的垃圾?！（我鄙视你们！我鄙视你们！）

你为什么这么烦躁？我得去工作。

我也要做事情啊！我必须上网！我三天前就必须上网了，就这样，现在你知道了！

所以你没必要冲我大喊大叫。（歇斯底里地尖叫。）再说我们出去还不到三天。

那就是两天！

我真的相当抱歉。

你不必抱歉，我……只是说说而已。

之后有一会儿他们什么都没说。他们停了下来。在努力工作的空调发出的呼啸声中，在刀锋一般凉快的空气中。太阳就在树梢后面，阴影完全显现了出来，但科普还是觉得天气太热，光线太亮了。我那副照着我眼睛度数配的太阳镜在哪里？他一点都不知道。对此他又动气了。当他意识到他绝对不是对自己生气，也不是因为自己的缘故对现在的情况生气，而是暗地里把一切的责任都推给弗洛拉，他感到难为情。别生气了。别再对现在不满了。这没有意义。关掉那个风机,打开窗户,让自然的空气进来,打开门,哪怕下车去看看被困住的原因是什么,最重要的是,和她说一些和解的话,因为她对此真的无能为力,而且实际上还有足够的时间。还没到4点。直到午夜还有一整个工作日的时间……别,最好不要提这事。那另一件事呢?不和想象中的朋友们谈,而是和他的妻子谈?另一方面,她已经知道整件事情了。借口。是的。所以我才不想再引起新的混乱。那你就机灵一点……

对不起,他开始了……是因为亚美尼亚人的钱。我想准备好……知道必须知道的和要做的……你明白吗?

当然,弗洛拉说。我当然明白。我其实也想做所有的事情,或者说我已经做了在我能力范围之内的所有事情,但我不会施展魔法。

我知道,你当然不会,我也不指望你会,抱歉。

你没什么好抱歉的。我只是说说而已。

他们笑了一下。

我理解,她说,双手放在方向盘上,一边看着堵塞的情况。一方面我真的再也不想回去,另一方面我也不想他们因为我不守时而把我解雇了。

科普愧疚地把一只手放在她的膝盖上。他用另一只手把风机调到小一点的档位上,然后本想接着做他之前想象过的事情:开窗,开门,站在夏天的路边。但突然车队慢慢开动了。

他们永远不会知道是什么导致了交通堵塞。他们开开停停，一直到了下一个村庄，围着一个转盘缓慢挪动了四分之三，从那儿开始又开动了。弗洛拉每次都超过了速度限制，不过并不是太不守规矩，而且——在最极端的情况下——我们也不必担心太高的惩罚（市中心 10 公里／小时，城外 20 公里／小时）。科普并没有公开唆使她这样做，但他很感谢她这么做。他打开收音机，在剩下的旅途中享受着宁静与平和。

夜晚

后来，而且就在那一刻，当他的手指接触到清凉的，非常清凉的，有一丝冰冷的啤酒杯时——他周围是愉快安逸的温热夏夜，整个世界都处在自由的天空下，情侣们在打乒乓球，一群年轻人坐在一辆黄色建筑用车和一根广告柱之间的草坪上抽着大麻，几个女的骑着自行车经过，她们的小裙子飘动着……——愧疚向达留斯·科普袭来，但此刻已经太晚了。我围绕着这一天有用还是没用小题大做，而且……

发生了什么事？

简而言之：他打开了笔记本电脑，他也已经打开了浏览器，所以他离完成第一点只有一步之遥了——然后呢？

我也不知道。并没有完成第一点，可以这么说。正如这一天的前半部分时间太多，而后半部分似乎时间太

星期天　133

少。在他们到达这座城市的那一刻,速度开始加快了,科普不太能接受这种快节奏,就像之前他不太能接受强加于他的缓慢那样。

弗洛拉没有时间把他送到家里或办公室,只好带他去了沙滩。这对科普来说无所谓,办公室就在步行的范围内:20分钟,半小时,最多了。在路上我可以打电话给尤里,和他约好晚点见面。在告别时他们相互亲吻了嘴唇,相互祝愿对方度过一个愉快的夜晚。

达留斯·科普毫无保留地享受了前半段的步行路程。这是我的城市。我仔细地看着她,就像一个返乡者仔细看着他的家,同时又像一个第一次降落在这里的外星人。街道宽阔,建筑不高不矮,沙土色,路面用小方砖铺得很好,保洁也不错,废气得到过滤了,地面上铺着铁轨,天空中飞着飞机:一个技术水平高度发达的富裕社会。营养全面、健康快乐的人民。穿着得体,在漫长的夏天里,越往市中心走,人就越多。人们去看电影。去饭店。去听音乐会。跳舞。去赌场。他们就这样走着。闲逛。消磨着他们的时间。带着骄傲的喜悦咧嘴一笑,因为他们能够这么做。达留斯·科普,有点醒目地穿着凉鞋、百慕大短裤和T恤衫,手里拿着一个银色的手提包,有时顺着人流,有时逆着人流,就这样向着他的目的地进发。穿过女人的香味,男人的香味,饭店里飘出的食物香味——无论人们走到哪里,都有令人垂涎的味道。科普沉醉了,知道(观察到了)他流口水了,而这给他带来了更多享受。是的,我很高兴来到这里,对此我很高兴。他又一次感受到了过去四周的轻松，仿佛这四周又开始了一样。

但它们并没有重新开始。科普觉得自己被迫停了下来，以便更好地消化这种确定性。他迅速就变成了一个路障，闲逛的人们撞上了他，有的开心地道歉，有的根本没有注意到。科普站在一家街头咖啡馆前，在他的视野中央，一个他只能隐隐约约看见的人（一个男人）点了一杯鲜榨橙汁和一个三明治，炸得松脆的肥肉边缘卷起来了，正从三明治里面向外张望。科普嘴里流口水了。他明白了：之所以一切闻起来都很诱人，是因为他饿了，也渴了。因为匆忙，午餐不得不取消了。（再一次：偷偷指责弗洛拉。再一次知道这是不公正的、荒谬的。抱歉。）他站在那里，盯着那张放有食物和饮料的桌子。点这些东西的那个人情况一定和科普本人的情况相似，因为酒杯放下之后几秒钟，橙汁就已经又消失了，除了一些黄色的条痕和一些泡沫，杯子空了。看到空空的（用过的！）杯子，科普终于又回过神来。他拿起手机，一边继续走一边给尤里打电话。尤里告诉他两小时后到。我们去吃点东西怎么样？

两个小时，也许能够忍受！只要稍稍振作起来就行了。科普不再慢悠悠地散步，现在正以他能力所及的最快速度向目的地走去。办公楼已经可以看到了，他以目光盯住它，这是有助益的。

他在楼层厨房里给自己倒了一杯橙汁，他立刻就把

星期天

它喝了下去，让我们跳过这一段。他把第二杯橙汁带到办公室，但马上把它放在桌上的一个空角落里，然后从一堆箱子里把钱箱捞了出来。

他数了两遍。第一遍是40000（多余的那张50元呢？谁会拿来40050？），第二次是39850。这让科普有点崩溃：为什么总是这个样子？

他决定不再数了。他又把钱（大概）压成一沓，塞进纸箱里。他让箱子滑落到桌子底下。没有直接滑落到（满满的）纸篓旁边，而是另一边，尽管如此：小心！总是这样：让人生气——越来越混乱。不是我自己想到这点的。弗洛拉看到了。谢谢。通过这种方式，我至少能够不时地纠正自己。所以这次也是：

他把箱子重新从桌子底下拿上来，把钱拿出来，这次把钞票整理得更加仔细，把复印纸紧紧包裹在外面，小心翼翼地把这沓钱塞进箱子里，把箱子重新放在窗边的纸箱堆上。他向外看了一眼广场。外面一成不变地喧闹，而在这里，在屋里，他被寂静、凉爽、黑暗包围着，笔记本电脑是唯一的光源。外面的世界和里面的世界，这两个世界达留斯·科普都喜欢，无论是单独的还是组合的，而且这种肯定使他充满了新的能量。当笔记本电脑启动时，他把第二杯橙汁喝光了。

这时距离尤里告知的见面时间还有一个小时。他在网上度过了这一小时。他开始了，像往常一样，"主页"。

欢迎，欢迎，欢迎，欢迎……[1] 来到您的主页，也

---

[1] 这里的"欢迎"原文分别为英语、意大利语、瑞典语、马来语。

就是您公司的主页，端到端宽带无线网络的领导者，拥有超过二十年的经验。**我们保证您的无线局域网安全！来找我们吧。**（我会的。）

主页上有什么新闻和事件吗？正如在预览窗口中可以看到的那样，最后一条新闻是两周前的，所以科普已经看了好几次了，尽管如此他也只能点击这条新闻。（仿佛它是一扇真正的窗户，人们可以把它打开，可以把头伸出去，这样就能够看到更多东西一样。）在上上个季度，我们的营收为1.51亿美元，按照GAAP[1]计算的总收入较截至3月31日的季度的1.02亿美元增长了约47%，较截至去年6月30日的季度的1.69亿美元下降了约11%。（这到底是什么意思？我承认：我不知道。）之前，在6月，我们非常友好地赞助了以下四个美国小城市的无线网络，在这之前，在5月31日，我们获得了创新奖。我们有理由为此感到自豪。除此之外就没什么新鲜事了。

科普转到新闻页面。这是我们习惯了的顺序：主页，新闻页面，商业新闻，股票市场。在过去的48小时里面，也就是当我被困在信息技术灾难中的时候，发生什么重大的事情了吗？内政，外交，财经新闻？引人注目的是：在周末有关每日新事的报道比周内少得多。好像大事件也和编辑们一起过周末了。作为交换，人们更详细地关注世界的普遍状况。展望：《人类未来是这样工

---

[1] 全称为Generally Accepted Accounting Principles，即通用会计准则。

作的》。这篇文章中没有什么科普不知道的内容——"随时随地"——尽管如此他还是在点击下一步链接之前看了一会儿这篇文章:《305个职业——工资大比较》。与医生、建筑师、律师、银行从业者相比,信息技术工程师的收入是多少?那要看情况了。《金融危机影响到了纽约顶尖收入者》。高级餐厅里的空座。我们的组合投资摇摇欲坠。别提新兴市场股票了,在我有生之年它们不会再往上走了,但即便是我们投资水务领域的新尝试也没有带来预期的快速回报。我们只能希望股市专家是对的,他们说:这是一个停顿,而不是经济衰退。场外交易行情——官方的证券交易所交易周末暂停,但接收证券新闻的全自动电传机从不暂停,似乎有什么事情正在24/7酝酿中!——显示政府收购两家信贷银行将改善市场情绪。(尽管如此或者与此无关)《以下公司可能很快被接管》。有来自我们行业的人吗?这次没有。2家汽车制造商、1家银行、1家能源商、1家建筑商、2家化工制造商、1家制药商。对大流行病的恐惧被徒劳地煽动了起来,以便能销售更多的流感疫苗。(你相信吗?部分而已,部分而已。)好像不是每年都有新的传染病出现似的。《安全诊断的三个步骤》。西方人还害怕什么?第二害怕贫困。《海上演习:俄罗斯和委内瑞拉在加勒比海地区进行战争演习》。

到这里他已经看够了,准备不往下看了,或者更确切地说正准备开始,但正如我在上文所说的,亲爱的朋友:发生了一些小事情,比如在屏幕的右下角出现一个小窗口，上面写着"您收到了新邮件"。最小化浏览器，打开邮箱。

其中大部分是新闻通讯——星期天是新闻通讯日——其中有两篇关于网络安全问题的一般性文章和三篇来自竞争对手的新闻稿，目的是让我们不忘记他们。《连网前进行检查》。《您的无线网络有多安全？》。科普本可以挥霍他的时间，了解最新情况是专业人士的职责之一，这通常是我周日晚上做的事情：坐在电视机前看新闻通讯，但最终是另一条消息把他引诱到了森林里。

事由：您在BizNet[1]的个人状态更新。

上周您的个人资料访问次数：3

访客留言簿记录：0

您认证的联系人：58

您联系人的联系人：8626

您没有新的联系人请求。

您有1条新消息：托马斯·沙茨更新了他的个人资料。

看！小沙茨！你还好吗？

托马斯·沙茨是一个所谓成为好友的竞争对手，我每年都会精准地在博览会上见到他一次。并不是一个特别重要或者说真正认识的人，但因为这样的见面已经重复了15年，而且我们通常使用的是彼此靠得很近的博

---

[1] 一家社交网站。

览会展台，相互交换过一两个免费样品（测距仪、抗压球、电缆切割刀［！］、毛绒动物玩具），喝了一两杯啤酒，所以他就像是老朋友一样了。看看！你为什么要更新你的页面？科普打开网页想要看一眼。

一秒钟后就很清楚了，一眼是看不完的。托马斯·沙茨建立了一个办事处，这是科普在他认识的所有人当中从未见过的。沙茨尽可能完整地展示自己，并让人可以感受到优雅品位。他没有隐藏他发展经历中的任何一段时期以及任何一个细节。从收获诸多荣誉的小学到今天 32 个团体的成员身份，它们的标志占据了这份表格式简历的整个第五页。看到这许多小徽章时，科普首先哧哧地笑了起来，然后，当他意识到当中没有一个是他熟悉的时，他陷入了沉思。一个人怎么能成为 32 个团体的成员？为什么一个人就不可能这样呢？这很容易。你认为你什么都不缺，你感觉完整，直到这样的事情出现在你眼前的那一刻。32 个，这也太夸张了，这本身就是一份工作，为此一个人必须能够培养一种激情，这种激情是我们所缺乏的，但为什么我们，作为一个专业人士，至少不是这一堆团体中少数几个团体的成员呢？我是不是可能做错了什么？与之相比，当我想到我自己的个人办事处时……最起码，上一次求职信里附带着复制的表格式简历。具备：创业经历、信息技术安全、安全设备、安全解决方案。[1] 托马斯·沙茨也具备

---

[1] 此句冒号后的部分原文为 Startup-Experiences, IT-Sicherheit, Appliances für Security, Security-Lösungen，英德双语混合。

同样的素质和技能，而且他在该死的牛津大学提高了他该死的英语水平！他有 129 个认证联系人，其中有 4 个为他写了介绍信。他这样描述他本人：

一位有魅力的书面和口头交流者，对完美和信念充满激情。
一位在快节奏的环境中最为自在的主动作为者，在有限的高水平指导下既能独立工作也能与团队密切沟通。
一位对胜利充满热情的自我激励者，对公司愿景和相关技术具有清晰、透彻的理解。

清晰、透彻的理解？你可别这样说！（我觉得你很可笑，非常嫉妒你，我会记住这些话，或者记住下次我可以从谁那里复制这些话。）当然你同样是一个运动健将：特别是羽毛球、网球、壁球、帆船、高尔夫。但你也很关心家人、朋友、美酒和美食。（这倒是可以这么说。）

沙茨的自我宣传把达留斯·科普从自己的生活中带离了几分钟。他无法进行思考。他的头脑完全被发挥到极致来费力地思考上面那些英语词汇：完美和信念，主动作为者，最为自在的，对胜利充满热情，清晰、透彻，清晰……同时他用鼠标在页面上漫无目的地上下滚动。

纹影。
纹影。

纹影。

在明亮的背景上一片明晃晃，看不清任何东西。

我唯一的光源。

滚轮的咔嗒咔嗒声，就像一辆手推车，一个儿童玩具。

科普摇了摇头，好像他耳朵里进水了一样。振作起来，朋友。他把鼠标移到上面，再次发出咔嗒声，他关闭了这个页面。现在他眼前又是新闻页面了，左边是文章，右边在一个方框里是股市图表，他点击了它：一种下意识的动作。他还是什么也没看到，向下滚动页面，然后又向上滚动。买入、持仓、卖出，已经超过时限。天哪，真是个白痴！再次把鼠标向上移动，把这个页面也关闭了，现在浏览器完全关闭了，好吧，歇一会儿吧……手机铃声响了，尤里过早地站（！）在了门外。这时候科普还能做什么呢？

他们又把笔记本电脑关上了，以便他们有足够的地方放钱。尤里仔细看了看，说：我爷爷奶奶的 50000 块钱看起来更多，我们去吃饭吧，我快饿死了。

他们选择了一家澳大利亚烧烤店，就像过去四周常去的那样。他们头顶上是一片人造星空（精致的深蓝色金属丝网，节点处有 LED 灯），在他们周围是愉快安逸的温热夏夜，恋人，年轻人，骑自行车的女人，她们的裙子……

兄弟，尤里说，如果夏天不快点过去的话，我会发疯的。

啤酒拿来了，当他的手指接触到非常凉爽、几乎已经冰冷的玻璃杯时，内疚感向达留斯·科普袭来：你没有做你打算做的事。你之前已经很接近目标了。转错弯了。迷失在了网络链接中。那是你自己的过错。是的，我知道。现在已经太晚了。他用安慰的口吻大声向他的朋友说道：

据说这周天气会变得凉快些。

尤里点点头。星期六我们要去古巴。两周全包，挺合适的。

科普的不安一直持续到了饭菜端上来。尤里把刀和叉放在一起磨了磨，他们笑了起来。星期天晚上和这些肉是我的，我也只是一个人而已，科普想，然后向他的T骨牛排猛扑上去。

尤里说了阿姆斯特丹，说了阿姆斯特丹的一个女的，科普只注意听了一小部分。剩下的时间他做了什么？什么都没做。食物有助益，他把宝藏意外事件以及被耽误的亚美尼亚人调查工作都放在了一边。没什么可改变的。他把自己完完全全交给了当下和尤里，尤里像往常一样接过了主动权。我们可以去看电影，晚场半小时后才开始，我们最后一次去看电影是什么时候，下一次又去看电影会是什么时候？但后来他们确实路过了电影院，坐在酒吧前，为了喝一杯夜啤酒。一杯变成了三杯，最后又太晚了，科普不想再坐城市快铁了。他叫了一辆出租

星期天　　143

车，让司机把他送到弗洛拉的酒吧。（此刻又是：一趟安静的行程，但现在已经太晚了。他已经喝得太醉了。）他一直等到弗洛拉下班。他们是大约3点到家的。她去洗澡，他看电视，然后他上床睡觉，然后她上床睡觉，他还醒来了一次，他们做了爱。当他们终于睡着的时候，太阳已经升起来了。

星期一

白天

楼层的电话应答机上有周末的时候您的两条留言，拉佐卡先生说。（据悉巴赫夫人在接下来的四周内都在度假。她在委内瑞拉有一个情人。——巴赫夫人在委内瑞拉有一个情人？一个人是不可能什么都知道的。）

楼层的电话应答机上有给我的两条留言？这怎么可能？科普闷闷不乐地闭紧了被亮光刺痛的双眼。

在无边无际的星期天之后不用期待别的（？），周一早晨准能让他大吃一惊。当他醒来的时候，已经快9点了。这怎么可能，手机闹钟怎么没有响？达留斯·科普骂骂咧咧，摇摇晃晃地从床上爬起来，跟跟跄跄地走进浴室，在那里摸索了好一会儿之后才找到了所有的东西：这个在哪里，那个在哪里，新的刮胡刀片，以及牙线、鼻毛修剪器、指甲刀、自己卷的烟（＝哮喘喷雾剂）？该死的，这是最后一口（＝最后一剂），得去看医生了，我什么时候才能去看医生？摇摇晃晃地回到卧室，盲目地在抽屉里翻来拨去：内裤、袜子、汗衫，在炎热的天气里需要汗衫吗？女士穿长筒袜，全世界的男士穿汗衫？那衬衫呢？

他找到了衬衫，甚至还不少，白色的、蓝白条纹的、蓝色的，每种都有十来件，但都是长袖的，短袖的在哪里？一位绅士是不穿短袖衬衫的，即使在40摄氏度的高温下也不穿？我不在乎，我也不是女士。这熨过了还是没有熨过？在拥挤的衣橱里又皱了。应该扔掉一些衣服。是的，我应该扔掉一些的。再买些新的。这件呢：熨还是不熨？

熨衣板被架起来时发出咯嗒咯嗒的声音。

继续睡吧，亲爱的，我还得快点熨一件衬衫。

他已经快要完成了，最后还在领子上用力地熨了一下——熨烫男式衬衫的正确顺序是：领子、袖口、有胸袋的前片、没有胸袋的前片、后片、衣袖、领子——这时他开始怀疑，这件衬衫难道不是已经泛黄了么？

每天早晨下面一层都晒不到太阳。于是来到露台上，但那里的太阳已经太刺眼了。又下来了。把衬衫扔掉，从橱里拉出了另外一件。这怎么可能？突然间，衬衫一件都不在了！确切地说，那里有一些，很多，但突然间它们中的每一件都有了某种瑕疵。是会有这样的时候。这个时候东西的破旧就显露出来了。发黄，发灰，袖口磨损，纽扣缺失，太小，胸袋上有污渍。我没有好衬衫了，弗洛拉！

他拨拉着他的衬衫,洗衣店的细铁丝衣架互相勾住了,他拉着,咒骂着。衣架叮当作响,有些掉下来了,掉进橱里,掉进那深奥莫测之境,有些他自己费力地拉出来了,马上把它们扔在地上,它们像是一群降落了的纸飞机,他窸窸窣窣地穿过它们——最后手里拿着一件战利品。当然这时汗水已经从所有的毛孔里冒出来了,我的汗巾在哪里,弗洛拉,我的绿色汗巾在哪里,我的红色汗巾在哪里,或者至少得是一块手帕。自然了,做这一切的时候都是赤身裸体的。裸体女人看起来很性感,裸体男人看起来很滑稽,这是众所周知的。(摇摇晃晃!)但不会裸很久了!他擦了擦身子,穿上衬衣,又脱了下来,穿上汗衫(至少这样汗水就不会立刻印到表面上来!),然后又一次窸窸窣窣地在放在地上的衬衣中翻找着——马上,马上我就会把它们捡起来的,在我走之前,最迟。

该死的!她猛地坐了起来,把耳塞从耳朵里扯下来。你为什么总是这样?该死的每天早上?为什么,告诉我!我甚至能透过耳塞听到你的声音!透过耳塞! —— 每只手都拿着一个粉红色的小团,她把它们拿给他看。—— 我还能怎样?往我耳朵里灌铅?

对不起……

啊!

她把耳塞随便一扔,把毯子随便一扔,冲了出去 —— 光着脚,头发蓬乱,睡衣飘动着。你这么生气,把我扔给狮子吃了吧,我觉得那样很魔幻。我忍不住要笑，希望她没有看到……——他悄悄地（笑着）寻找领带，这是男人的饰品。他用左手翻着领带，同时用右手扣领口的扣子来节约时间。不行。他不得不用双手，费力地将纽扣从纽扣孔里嘎吱作响地挤过去。达留斯·科普松了一口气，注意到：没有地方了。纽扣压在喉头上，发生了什么事，我又变胖了吗，没有，他起床后称了体重，没变，106公斤，那现在是怎么回事？我又长高了吗？在我这个年纪，可能吗？在训练有素的恐慌中再次开始解纽扣，然后骂骂咧咧，因为它解不开。科普决定使用暴力，这不是他的做事方式，他小时候从来没有弄坏过他的一件玩具，其他孩子做了什么，这是一个谜，他甚至给他的泰迪熊缝了一个纽扣在裤子上，用的是脏兮兮的白色线，现在又是一个纽扣，不知道是谁缝的，而且缝得太紧了，他都扯不下来。在他的困惑中，他开始从下往上解衬衫扣子，他边解纽扣边跑上楼去。

弗洛拉？

她不在露台上，不在客厅里，不在厨房里，也不在她的浴室里。你在哪儿？天哪，我是个白痴，她肯定在她的房间里！他又跑下楼梯，衬衫在他的两侧飘动，最上面领口的纽扣还没有解开。弗洛拉？！

这时，当他喊"弗洛拉？！"的时候，他滑倒了，从楼梯上摔了下来。他运气好。在他胳膊肘着地之前，他就已经屁股着地了，然后又往下滑了三四个台阶，最后停了下来。

妈的！！！达留斯·科普喊道。掉下来的衬衫从卧室涌到走廊里，几乎一直涌到他的脚边。

弗洛拉的门开了：你在那儿干什么？

当她看到他在干什么的时候：你疼不疼？

他确实疼。尾椎骨会疼好几天，但他在去乘城市快铁的路上才注意到疼痛，现在的主要问题仍然是纽扣。

他用垂死的声音说：我要窒息了！

别慌。她蹲在他身旁，解开纽扣。她的手指很凉。

我澄清一下，我不是变胖了。我称了体重的。这件衬衫怎么会不合我身呢？

因为身体在高温下膨胀？或者当一个人激动的时候脖子就会变粗？

我知道，达留斯·科普说，虽然他根本没想到过这个解释。

他内疚地坐在她面前 —— 没有你我会怎样？你还是你。还有其他后续 —— 她双手把住他的头，擦去他额头上的汗水，吻了他。最后一下吻在嘴巴上。她放开他，笑了。

你为什么笑？

你很搞笑。

最后她不知怎么的就让他振作起来了，他也振奋精神，终于上路了。星期一，一个工作日，3×8=24，其中有多少时间已经损失了？走路时尾椎骨疼。并不总是疼，有时疼，不规律，这样中间就可以忘记疼痛，以便下一次你会更加不适地感到惊讶。一种幸灾乐祸的疼痛。

再者他最后穿的衬衫似乎在脖子周围太紧了。虽然绿化带里没有人，但科普还是感觉总有人在看着自己，以至于他不敢采取行动，松一松衣领，更别提在城市快铁上的时候了。别理会。想点别的。利用升高的位置，看看别人家的庭院和房间，重新整理自己的心情。

1.，

2.，

3.，

还有 4.，找到一个懂些专门知识的新增值分销商，或者至少找到一个直接发货商，这样那些纸箱就可以运走了，我就能更好把控全局。

别忘了 5.，进行日常整理，做账单，处理差旅费和未结款项。

当他乘着自动扶梯来到外面时，他已经完成了计划安排，但他的情绪仍然没有好转。尾椎骨、脖子、脑袋、脚后跟（鞋子！），到处都是潜伏的疼痛。他闷闷不乐地闭上眼睛。

这怎么可能，拉佐卡先生？一个打电话给我的人怎么会在你的答录机上留言？为什么没留言在我的手机上？我可是特别设计了程序的。

拉佐卡先生当然不可能知道这一点。他只能猜测：也许他没有您的直拨号码？

谁没有我的直拨号码？

拉佐卡先生没完全听懂是谁。这位先生说话带着口音。

第一条信息是：

我在城里，你想去听音乐会吗？马蒂厄不想。好座位。哥德堡的交响乐团。然后有三个词，拉佐卡先生听不懂。（梅西安、厄特沃什、斯克里亚宾）

第二条是：

昨天的音乐会很好，今晚我没有时间，不过星期一中午怎么样？那是亚历克斯。

哪个亚历克斯？（闷闷不乐，总是闷闷不乐。我应该停下来。拉佐卡人很好，但也无济于事。）

他们又一起听了一遍这些消息，终于科普想到了一个朋友。哦，阿里斯！阿里斯·斯塔夫里迪斯！阿里斯·斯塔夫里迪斯打电话来了！他在城里！他想星期一中午约我见面！现在几点了？10点30分?！谢谢您，拉佐卡先生，我真心感谢您。

走进办公室，把领带解下，那儿有个衣帽架，科普往那一扔，挂上去了（！），这让他的心情更好了一些。他微笑着站在小路尽头的窗边，向外望去。

阿里斯·斯塔夫里迪斯。

他是前巴黎办事处与科普最要好的前同事，负责近东和北非事务。在我第一次参加森尼韦尔的销售会议时，他选中了我，做我穿梭职场表里的向导。用日常语言说就是：我像父亲一样的朋友。当我到达酒店内院时，他已经坐在热水浴缸里了。院子里一片荒凉，两棵棕榈树种在盆里，四周都是硬纸板墙，就像美国的墙一样，后面是街道，科普也注意到了这一切，但我不是一个轻易让这种事情破坏心情的人（有热水浴缸是好的，不管它在哪里）。科普不知道说什么好了，在他让自己躺倒在斯塔夫里迪斯旁边之前，他不知道自己是否已经向斯塔夫里迪斯打过招呼了，有没有至少点头示意过。达留斯·科普咧嘴笑着坐在热热的按摩浴缸里，望着天空，这片有时差的天空，十分欣喜并心存感激。他就这样睡着了，当他醒来的时候，他看到斯塔夫里迪斯坐在他旁边，因为他不想吵醒他，但他不也能把他一个人丢下，以免他万一淹死了。对了，我是巴黎办事处的阿里斯。

谢谢，你救了我的命。

谢谢，阿里斯说，我现在可以这样把你介绍给大家了：这是柏林办事处的达留斯，我救了他的命，这样一来 a. 每个人都会大笑，b. 因此不会忘记你，c. 记住我是谁。

为了回报我（！），他第二天慷慨地邀请我在旧金山湾上空体验一次观光飞行。因为我是最胖的，我被允许坐在前排的飞行员身边，当著名的金门大桥从著名的雾气中浮现出来时，飞行员说，我要握着我这一边的操纵杆并使飞机保持直行。晚上晚些时候是海鲜和肉类双拼，还有公司的真实故事，作为热场。毕竟我们不想自欺欺人：这公司既是企业历史中的崇高神话，也是流言蜚语中的低劣传言。阿里斯·斯塔夫里迪斯欣然扮演起了传播信息的八臂家神角色。用世俗的话来说，在你面前他们可能会把我说成是我们这家小公司最厉害的长舌妇，这其实是肯，他说，他指着他们身边的第三个人，一个叫林肯（Ken Lin）的中国人（后文都写作一个词[KenLin]）。林肯哭笑不得。

从前有两个朋友，阿里斯·斯塔夫里迪斯开始说道，山姆·莫贝尔，被称为莫贝尔先生，丹尼尔·金，从前叫作金姆，被称为金先生。他们从高中时代就认识了，后来又在大学里相遇了。根据传说是在一个电脑俱乐部里面认识的，但实际上那是个酗酒俱乐部。我们说的是80年代中期，说的是一个极为普通的学生地下室，每个人都站在那里喝啤酒。因为喝啤酒要很长时间才能喝醉，所以他们去了山姆家，继续喝龙舌兰酒。山姆是这个故事中的书呆子，他研发出了无线访问接入点，菲德利斯股份公司就是在这个基础上成立的，山姆喝酒来抵抗忧郁，丹尼尔，他是最有魅力的合伙人，他喝酒来对抗腼腆和言语困难症。当丹尼尔·金过于清醒的时候，他说话就非常含糊，以至于他说的话中有很大一部分其他人都听不懂。所以要是明天只让你听到十个词，你别介意。在大多数情况下这也足够了。从本质上讲这样的销售会议是为了让人们相互见面；所以这些人是和我在一条船上的。公司会给你设定无法实现的目标，作为交换，他们承诺给你天文数字的奖金，以便让你在一个季度剩余的时间内在恐慌和贪婪的希望之间摇摆不定，无论如何你以后会以备忘录的形式收到这样的目标的。顺便说一句，当丹尼尔有点醉意的时候，他说话倒是很精彩。非常迷人，非常令人信服。在这样的时刻他几乎是很讨人喜爱的。根据斯塔夫里迪斯的观察和估计，这种讨人喜欢的酒量介于少至两杯到多至五杯龙舌兰酒之间。

林肯哭笑不得。

当然，斯塔夫里迪斯说，他短暂地闭上了双眼，因为他不会挤眉弄眼，我只是在开玩笑。

你想知道全部真相吗，斯塔夫里迪斯后来问道，当时只有他们。也没什么令人震惊的事情，但你看看清楚还是好的。我们是在10年前想出了我们自己的最后一条理念。更确切地说，是山姆研发团队中的某个人有了这个理念，他的名字现在已经被人忘掉了，他自己也消失在某个地方，这不重要。关键是，我们骑错了马，以为家庭射频技术会是下一个大事件，但它并没有成为下一个大事件。这种事经常发生，即便是在最优秀的人才那里。这对于山姆来说是不是最后一滴酒，还是说他总归会输掉与忧郁和醉酒的战斗（忧郁终结于醉酒，醉酒终结于忧郁，忧郁终结于醉酒……），我不能告诉你。事实是，他出现在一次董事会聚餐的时候，状态非常阴郁，以至于他骂金是"黄色垃圾"，并端起中国火锅向他的大腿泼去（幸好没泼中，只溅了几滴），然后退隐到私人生活中去了。从那以后人们对他一无所知，甚至连在互联网上检索都没有什么新的结果。这可能意味着他没事，也可能恰恰相反，不是么。对公司来说他的离开倒不如说是件好事，因为这让金明白了他必须改变策略。改变后的策略既老套又熟悉，也很简单而机智，前提是，只要你有必需的小钱：如果你没什么想法，就买有想法的那些公司的股权，或者，虽然不是那么好，但有时也是不可避免的，干脆从市场上把它们并购下来。正午科技公司、米科利克、麦肯基、芬利与和平，以及最新的成就：艾洛克西姆控制盒。热烈欢迎！顺便说一句，这是一个很好的产品，700万是一个非常低廉的价格，如果你问我，芬兰人本可以借助它变得非常富有，但这可能就需要工作和承担风险，不是我们所有人都注定要这样做，没有理由做出如此悲伤的表情。不要难过，这就是生活，难道你不知道这就是生活吗？

我不难过，我知道这就是生活。我只是在思考。

然后呢？斯塔夫里迪斯口齿不清了，他现在已经达到了他的酒量，他注意到了，忍不住扑哧一声笑了出来。然然然然后呢？他更加清楚地重复了一遍，用的是德语。你在想什么？

这就是生活，达留斯·科普说。

阿里斯·斯塔夫里迪斯笑了起来，好像这是他很长一段时间以来听过的最好的一句话。他把那只非常温暖的肉手放在科普的肩膀上。

我很喜欢你，斯塔夫里迪斯说。更确切地说，他说：我对你挺有好感。[1]这句话科普当然听不懂。

一年后，当巴黎办事处关门时，他失去了斯塔夫里迪斯。这一步是斯塔夫自己走出去的，他问，他是否有

1　原文为法语。

可能在雅典照管他负责的地区。他给出的理由是他母亲在那里快去世了。

是真的吗?

是的。

他没有告诉几位上司但告诉了科普的是,他的第二段婚姻同时也快完了。他为之住在巴黎的那个法国女人受够了他,这也是常有的事。孩子们都长大了,现在我不用再待在那里了。虽然他喜欢巴黎。无所谓了。他也喜欢雅典。更喜欢伊斯坦布尔,但这不是重点。

然后发生了一些不那么令人愉快的事情。公司经过深思熟虑、复核后得出结论:由于该公司近年来减少了在北非和中东地区的业务,或者更确切地说,减少了在所有伊斯兰国家的业务,斯塔夫里迪斯的工作范围已经缩小到伊斯坦布尔、希腊、格鲁吉亚和亚美尼亚,为这么小的市场额外雇用一个人是没有意义的。在巴黎和另外两个人一起办公——他们的名字是:伯纳德和阿梅莉——这倒不是那么惹眼。只待在希腊就引人注意。于是,公司判定科普分到了归在"东欧地区"标签下的伊斯坦布尔人、希腊人、格鲁吉亚人和亚美尼亚人。(这是不是意味着我升职了?你可以自己回答。)不久之后,他又分到了瑞士法语区,法国和地中海地区归入了伦敦,巴黎办事处被关闭了。

这就是生活。[1] 阿里斯·斯塔夫里迪斯说。

---

1 原文为希腊语。

因此他一分钟也没停止照顾他的下属。科普也从此一再被给予机会。最近的是和伊斯坦布尔的一笔交易。

你去过伊斯坦布尔吗，弗洛？

你知道我没去过。

伊斯坦布尔海峡的壮美是每个人都应该亲眼看一下的。根据斯塔夫里迪斯的说法，这么大一笔生意，1500台无线网络接入器，科普亲自来到伊斯坦布尔代表公司洽谈是绝对有必要的。土耳其方面的联系人，比伦特先生，一位英俊的年轻人，一开始科普就对他很有好感，在和阿里斯享受了比伦特极其热情的款待之后，科普就更喜欢他了。他们领着他穿过帐篷，帐篷顶是金色布料做的，侧壁绣着树木，地上铺着极为精美的波斯地毯，给他看了先知的武器和胡须，最后邀请他参加了一场奢华的盛宴。在这一过程中，他们把谈话引到不同的主题上，不管谈的是什么主题，比伦特先生的谈吐都显得知识丰富、有理性、品位好，因此科普从一开始就对他产生的良好印象被再次加强了。

你在开玩笑吗？安东尼问道。你朋友的朋友的公司和叙利亚关系密切。如果防窃听无线网络借助我们的产品在叙利亚，唉，怎么会发生这样的事，或者在伊朗出现，你知道会发生什么吗？不管它们是否被换了标签，都不重要。我们不是在说薯条和可乐。这种事反正会出现。顺便说一句，你本应该知道这一点的。或者说如果你不知道，就去查一下。互联网是干什么用的？

它应该是土耳其东部的一所大学……

你去过那里吗？你看见过吗？

（没有，我只是在伊斯坦布尔吃得脑满肠肥。）

可即便是你看到了什么东西：事情也太不确定了。顺便说一句，这不是你第一个这么做的朋友了。（永远是这句你的朋友。就像一个标记一样。夸张。责备。）你觉得他为什么被解雇了？

那真的是一所大学，斯塔夫里迪斯后来在电话里说。

科普表示非常抱歉。

不需要，斯塔夫说。这只是生意。还会有其他的机会。

一想到安东尼，达留斯·科普脸上的笑容就消失了。另一方面他也给了他一个回到此时此地的机会。他转过身背对窗户。现在几点了？快11点了。斯塔夫里迪斯的消息当然对已经计划好的日程安排产生了影响，但影响很小。反正我也会去吃午饭的。到那时（估计）只有两个多小时了，科普又调动起了积极性。他坐了下来。

打开主页，看呐，它在过去12小时之内没有变化，离开主页，打开搜索引擎。搜索：贝德罗西安＋塞塔坎＋Wi-Fi。

接下来的一个钟头就这样过去了。一开始感觉挺好。首先找到了已经找到过的东西，这很好。这让人觉得自己走在了正确的路上。因此科普再次阅读了关于这兄弟俩最重要的内容：出生日期、体育生涯、广告合同、慈善活动。虽然他们生活在瑞士，但他们是全心全意尽一切力量为他们的家乡塞塔坎服务的，主要是通过"互联城市"的计划。这就是说我们了。科普耽搁了好一会儿，在好几个网站上一点一滴地搜索有关目前亚美尼亚人口的无线网络覆盖状况的信息。这很累人，因为大部分都是英语的，也可以选择俄语版，很遗憾，很遗憾，科普的英语不是很好，以至于过了一段时间他就不想费力地去看这些英语了。我应该停止在我的简历上写我会说俄语——因为我是在学校学的。不要了。但他还是坚持下去，咀嚼着多得像山一样的（有时相互矛盾的）数字，找到了公司和个人的名字，但由于缺乏对当地情况的深入了解，几乎无法将它们与任何东西联系起来。看起来（据称）还有一些空白可以填补，但这些空白变得越来越小越来越少——难道谁还能指望这些空白越来越多或者不变。除了睡觉以外，竞争对手有更好的事情要做。这事我们在一年前也已经知道了。我们也收集了有关亚美尼亚和这一地区的大量基本资料。格鲁吉亚冲突导致光纤电缆时不时被割断，互联网服务被中断。这指的是埃里温（耶里温，埃里万）的情况。航拍照片显示了市中心美丽的圆形城市结构，背景是令人叹为观止的亚拉腊山。塞塔坎周围的山地景观也同样美丽，一条河流穿城而过——它叫什么名字，它有多长，它的源头在哪里，它的河口在哪里？——岸边的垂柳。哦，在这个网站上甚至有一项服务，可以让浏览者体验现场地震！不同的颜色表示地震的年份和强度。关于 Wi-Fi，唯一较为详细的信息是，在阿万·索拉杰特酒店的网络上漫游 1 分

星期一　　159

钟花费 8 亚美尼亚德拉姆。在建筑物或其他知名点位通过肉眼搜索无线局域网天线自然是毫无意义的。即使有什么东西，它也会在这个分辨率下和背景融为一体。尽管如此，达留斯·科普也只能使劲用眼睛寻找，直到它们生疼为止。

他们是遮挡了还是埋藏了我们的部件，这似乎并不是无所谓的。

当然不是。

同时他什么都做不了，只能在内心为这片风景的美丽而欣喜——比森尼韦尔还要美丽，美丽得多。总有一天我们得去那里，弗洛拉——科普同样什么都做不了，只能为无法在现场找到他自己（间接）工作的痕迹越来越郁闷和担忧。于是他离开了这个地方，转而去搜寻萨沙·米海利季斯。他搜索了所有可能的变体、写法——"您是否要搜索：萨夏·米海利季斯？"——找到了一位神经科医生和一位建筑师，他们至少名字相似。搜索论坛、博客，最后甚至搜索图片，尽管这没有意义。我不知道他长什么样。而且巴赫夫人在委内瑞拉。顺便说一句，在图像搜索中，出现的主要是用螺钉固定的人体四肢 X 射线影像。科普想起了他的母亲，她的胳膊和腿，他站在一座炎热的黄昏小山丘上，手里把着一辆自行车，山谷里是尘土飞扬的圆形废墟，他渴得要命，他放开了自行车（鼠标），好像它被太阳烤得太热了，他坐着转椅把自己撑离了桌子——控制！纸箱很近了！——为了使键盘从手边移走，让眼睛从屏幕上移开……我今天还没有吃早饭！快到厨房去，补吃早饭！

一杯橙汁、一杯加了双份糖的卡布奇诺。今天，第一次出现：水果酸奶。一盘水果酸奶，上面有一张黄色的纸条：抱歉，每人一盒。是拉佐卡先生的笔迹。我认得拉佐卡的笔迹。科普认为这个请求以不必要的方式制造了狭隘（小气，几乎不要脸），出于反抗拿了：0个。但是第二杯卡布奇诺，他把它带回了办公室。

他在门后停了下来，想要喝一口咖啡沫。把嘴浸到杯子里，上嘴唇残留下了沫子，用舌头和下嘴唇把沫子弄了下来。他的目光落在了窗户旁边一堆箱子上面亚美尼亚人的纸箱上。他小心翼翼地把杯子放在桌子的一个空角落上。他从一堆箱子上面取下箱子，打开封口，往里面看。他看到了那张白色的复印纸，认出了他前一天晚上自己弄出来的折痕。他没有把钱拿出来，他贴上封口，把箱子放了回去，坐了下来。这时，笔记本电脑上的屏幕保护程序已经激活了。它显示的是一张度假照片：多云的天空，前面是绿色的小山丘，中间是长满了鹅掌楸的山谷（非洲鹅掌楸，红色），前景是一座蓝色的小木屋。科普想象着萨沙（夏）·米海利季斯，他刚刚在这片风景中下了公共汽车。他穿着一套不适合当地气候的深色西装，手里拿着一个铝制小手提包。

不对，那是我的手提包。

我们估计米海利季斯的更像是猪皮做的。或者，恰恰相反：最新的高科技面料，来自最新的宇宙空间研究成果。对这种虚荣，阿里斯·斯塔夫里迪斯只能笑笑。他背着廉价塑料挎包（所谓的笔记本电脑包）走来走去，里面装有信息技术领域某一家公司的广告传单。他从这样的包里拿他的礼物出来分发给人们。他总是带着礼物来。

阿里斯·斯塔夫里迪斯。他——什么力量控制着他？——总是能够在正确的时刻出现。还是你在说服自己相信？因为你很高兴。是的，我很高兴，我喜欢和他在一起，他人很好，而且总是知道所有的事情。不是所有的事情，而是许多事情，而达留斯·科普就算会注意到，也是在几周之后。自从斯塔夫离开公司以后，我们的信息供应明显变得更少了。尽管我们还会偶尔打个电话。然而自从伊斯坦布尔的事情之后就不打电话了。这对科普来说太尴尬了。好像我对他做了什么一样。

啪！科普打了一下额头，但这么突然这么响亮，任何在房间里的人肯定都会吓一跳。当然了！突然间科普认为这事比太阳还要明了：如果得有人知道，那就是斯塔夫！不是因为一个希腊人认识另一个希腊人，而是因为亚美尼亚的生意是由他介绍的。他只是为了不给我添麻烦才把这件事保密到现在！

很高兴这一切是多么美好地关联在一起，很高兴发现了这一点，达留斯·科普笑了起来，喝完最后一口卡布奇诺——泡沫流得太慢了，他放弃了泡沫——用力靠在椅背上，以至于他的椅子有力地弹了回来，然后他做出了选择。

七.

2. 伦敦。

伦敦的电话响了,科普背诵道:嘿喽[1],没说你好,斯蒂芬妮,你怎么样,哈啰,安东尼,你怎么样,我有一些有趣的消息,亚美尼亚人已经把钱带来(?)……亚美尼亚人确实支付了……(该死的怯场。为什么?)

铃声响了大约15次,这时科普意识到没有人去接电话,甚至答录机都没有接通。

拨错号了?接错线了?再打一次。

同样的结果。铃声在响,没人接听。

现在几点了?11点40。周一例会?你们开这样的例会,在只有两个半人的情况下?还是你正好在洗手间,斯蒂芬妮?

科普想象着伦敦的办公室、走廊、洗手间的门……(怎么了,今天我这么富有想象力……)他很快地转向笔记本电脑,还没来得及发挥更多想象——斯蒂芬妮的白色膝盖,斯蒂芬妮膝盖周围的黑色紧身短裤:快,打开浏览器!当你让时间流逝的时候——两个电话之间有15分钟是合理和明智的——检查你的消息和邮件。

证券市场开市情况如何?

收购房利美和房地美带来了一些宽慰,但总的来说

---

[1] 嘿喽,原文为Hellou,是英文单词Hello的误拼。此处暗示科普的英语不好。

在一周展望中人们期待的是《不会强烈亢奋的一周》?

艾克希尔帕克公司喜迎新老板?这是他的电话和传真号码,还有他的电子邮件地址,要是您想给他写信的话。"亲爱的克劳斯,恭喜你升职"?

《对冲基金瞄准戴姆勒》?

油价上涨 2 美元。酋长们拒绝承担任何责任?投机者负有责任?

"食品价格上涨的责任不在于投机者,而在于失误的气候保护和过多的肉类"?

又找到腐烂的肉了?它们掉到高速公路上了?消防队清理的时候需要防毒面具?

在一次抽奖中,一位亿万富太太赢得了一次马略卡岛之旅 —— 并想保留奖品?

离开新闻页面,最小化浏览器,打开邮箱。

星期天新闻通讯和一些今天早上晚到的邮件。博览会和会议邀请。《外国暗中侦察德国经济——安全会议》等等。

当然有广告。《浪漫地迎接秋天,飞向爱情之城!》,只要 29 欧元。标记星号。

警报。达留斯·科普论网络安全。这篇题为《展览馆里的雾霾》的专题文章是我写的。那已经是 6 个月前的事了,为什么我现在收到这方面的通知原因不明,尽管如此我还是很高兴的。干扰数据通信的最大危险是……

他看了一会儿自己的文章,尽管他已经熟记于心。

谁来打断我一下！

他自己打断了自己，给伦敦打了个电话。

电话铃声响的时候，他向空卡布奇诺杯里看去：干枯的棕色水坑，干枯的棕色纹路，棕色的尖齿形边缘。直到伦敦的铃声中断了，变成了占线信号。

我渐渐感到奇怪。

他又试了一次。同样的结果。铃声响了很久，最后占线。现在几点了？

您收到了一封新邮件！

我承认，达留斯·科普有些释然地挂上了电话，目的在于假装这是一封重要的邮件。此刻他已经看到，这是托马斯·沙茨的另一封邮件。它报告说，托马斯·沙茨显然不仅更新了他在 BizNet 上的个人资料，而且还在普莱克斯网站，它的新商业门户网站上面，创建了一个新的个人账户。

科普现在对这个消息真的没兴趣。这意味着，如果你想一下：这背后的原因是什么？他要么就快失业了，或者已经失业了，要么纯粹只是不满意，到处看看。这反过来又引起了科普的兴趣（给了他一点安慰）。我不想看这个账号第二眼，但也许可以直接给他打电话。因为事实上，在个人交往中，托马斯·沙茨是一个令人愉快的人。抛开恼怒总是或者通常是好的 —— 因为：你想要什么？只与天才和圣人谈判？—— 友好地询问：你好吗，小沙茨，等等。无论他这边是什么情况，这样都是得体的。顺便说一句,也许还能推进一些自己的事情。例如,(半公开地)问他分销商(4.!)是否合适。

科普没有打开沙茨的个人资料,而是打开了后者的雇主埃克萨公司的网站。网站上沙茨仍然是一名系统工程师。科普轻松地发现,他的释然占了上风。几秒钟的时间。

喂?一个闷闷不乐的声音,低沉,但不是男人的声音。是一个女人。一个闷闷不乐得几乎不友好的女声,科普听不出来是谁。他被惹恼了,克制住情绪,和她说话,就像是在和沙茨本人说话一样(随和地,友善地):是托马斯吗?

谁?

托马斯·沙茨,科普友好地说。我甚至准备……自报家门了。

但那个闷闷不乐的人没有兴趣。她打断了他的话:

沙茨先生不在这里工作了。

哦,科普说着,又看了一下公司网站。上面写着他的名字、头衔和这个电话号码。

哦,达留斯·科普说,困惑地:对不起。

没关系,他的谈话对象说着,然后挂了电话。

达留斯·科普摇了摇头,好像耳朵里有水似的。

是啊,她脑子不好吗?没人是这样打电话的!这终究不是一个政府部门,而是一个公司!

他的手指头很痒,想打电话到某个地方,把这事告诉别人,一个他推断地位比那个女人高的人,尤其是托马斯·沙茨，但沙茨已经不在那里工作了。

科普决定中止这个令人困惑的插曲。我们会搞清楚这件事情的，总有时候，或者永远不会。（他又对沙茨有点生气了。好像他对这事有办法似的！然后他又同情他了。）他也不再去查看谁是埃克萨公司的分销商，他迅速关闭了网站，仿佛他能够把恼怒关掉一样。

他又试着给伦敦打了一次电话。再次没有结果。准确地说，是与之前相同的结果。他让铃声响了很久，直到电话公司把他的空线路切走了，把它给了可能更加需要它的人。

科普小心翼翼地挂上了电话，为了真的把电话挂断。因为否则你就可能不会注意到你是如何与世界其他地方隔绝开来的，这种事情是可能会发生的，不是吗，斯蒂芬妮？或者问题出在其他地方。事实是，电话出问题了。我必须给他们写封邮件。

他想想而已，然后就没有然后了。医生，我该怎么办，我每天至少会有一次这样半死不活的片刻。或者说：瞬间。不管我是在做我喜欢做的事，还是做不喜欢的事。似乎完全与是否喜欢无关。每当科普清楚地感觉到：一条路已经结束，一股干劲已经耗尽，这一刻就会到来。即使我远远地预感到，理论上下一步可能会做什么事情，恰恰就是这下一件事情做不起来。我需要我的身体来随便做点什么事情，而它现在的感觉就像有6吨重一样。6吨重，双臂瘫痪，我黏在我那张完美的羽绒扶手椅上。现在只有分散注意才能起作用。就像人们到处都可以读到的那样，现代的办公室雇员因持续不停地被打扰而苦恼。每 11 分钟，最迟，就会有人想从别人那里获得些什么东西，或者人们自己准备好了……但另一方面，被打扰也可以是富有成果的。新生。重新找到方向。获得一个或多个新的视角。比方说，很简单，你可以从窗户往外看。

科普朝窗外望去。他什么也没看到。那里是广场。是的，我知道。什么都没有。

回到桌边。显示加勒比海屏保图片的笔记本电脑（什么都没有），周围是乱七八糟一堆纸条。不过这就是一件事：5. 你自己的账目。

现在不行。我累了。而且很饿。现在几点了？至少已经12点了。斯塔夫里迪斯到底什么时候来，还不知道。我们假设：1 点。这时科普想到了那一盘酸奶，水果酸奶，至少含有一种糖类，还有蛋白质和脂肪，简而言之：能量。他毫不犹豫地跳了起来，但还没来得及迈出一步，电话铃就响了，于是上午又有了一个意想不到的新方向。我本以为斯塔夫里迪斯的出现已经是当天的轰动事件了，能给其他一切事情都留下它的印记。但这次是佩卡，投资顾问。

佩卡先生！

科普感激地向他打招呼（因为他分散了我的注意力，因为我可以和他一起度过去吃午饭之前的这段时间，至少在这段时间里我不必为稍微复杂一点的事情而绞尽脑汁),因此又高兴起来:佩卡先生!您近来如何?

佩卡先生挺好的。他之前去度假了,现在他正在打电话给他的忠实客户,通知他们自己已经回来了。

(6. 打电话给联系人,报告度假归来……当心!你根本没去度假!……别说度假回来,就只要平常地说回来了,打听消息,趁热打铁……)

那不错啊!您去哪儿度假了?在冰岛骑自行车了吗?科普不知道他的投资顾问是这样一名体育健将。去年他去芬兰淘金了?您是认真的吗?您这位银行家去淘金了吗?您不知道这里面的幽默吗?咳,知道,但您不是出于这个原因才这么做的吧,而是因为您是一个非常亲近自然的人,那是纯粹的自然,有数不清的蚊子,有一把折叠铲就可以当作厕所?他们都没有完全明白对方的意思。

佩卡先生打电话从根本上来说是为了安抚。他接到了紧张的客户们打给他的很多电话吗?房地产危机正在拖累所有人。科普的基金里面也只有两只获得了极为低微的收益,其他所有的都处于亏损状态,甚至是我们寄予厚望的水务基金。

是的,这个科普知道,我昨天又瞄了一眼基金仓。人们还能做什么呢,佩卡先生,情况就是这样。就这方面来说,我不是一个特别紧张的人。(事实上每次谈到钱的时候我都紧张得要尿裤子,是我母亲教育得不好,但然后每次我会更加振奋,我想到我的父亲,他知道:没胆量的人就不会赢,他花了55年的时间才实现这一

星期一　169

点,最终他做到了这一点,我为他感到骄傲,我希望,他也……)我赞成不去管它。水务行情会起来的,如果有什么东西是肯定的,那就是水务行情会起来的。

佩卡先生同意这话。水务我真的会原封不动。但他推荐了别的东西。也就是赎回两只产生了一些利润的基金,转而购买一张押股市进一步下跌的期货合约。

您的意思是它还会继续往下走?

无论如何都会继续往下,佩卡先生坚定不移地说。其他所有股票都会跟着金融市场股票。

科普已经在看银行股页面了,屏幕上有说到的选项,不过他当然不怎么明白(什么都不懂)。但您知道吗,佩卡先生,我太喜欢这种犬儒式的行为了。您就去做吧。我该在哪里签名?寄过来或者您在回家的路上顺便把它送过来,因为您坐班的地方真的就在附近。如果我们办公室在别处的话,说不定我们甚至都可以看到对方。我们每次都讨论这一点。事实上,我看不到任何人,只看到广场,十字路口。也是有东西的。是的。也祝您工作愉快,佩卡先生。

当他挂断电话时,他想起来他本可以问问佩卡先生亚美尼亚人的钱的事情。他又给他回电话。现在事情是这样的:

是的,佩卡先生说。那不是问题。你只需要你的身份证明和钱的来源证明。

您说钱的来源,是什么意思?

正如科普所知,佩卡先生说,有洗钱法。

是啊，然后呢？

这里面写着，概括来说就是，如果现金金额超过10000，人们必须证明这笔钱是从哪一次，我称之为"交易"中来的。

您不用打着引号说话，佩卡先生，一个客户付了现金，而且……有10000多一点。喏，现在您知道了。

这一点是多少一点？佩卡问。

四倍，科普承认。

这并不是很多，佩卡先生说。

不多，科普说。（但这是一个让人放轻松和抱希望的理由吗？不是的。）

好吧，佩卡先生说，实际上，不管10001还是100000。您必须向银行提供证明。

在这种情况下"您"的意思是：我？

储户。储户必须有证明和其他所有东西。在您的情况下：客户向您证明自己的合法性，您向银行证明自己的合法性。

如果没有呢？

如果没有什么？

如果没有证据。

那么这笔钱会在有关政府部门审查的情况下被没收。是否也提起刑事诉讼由检察官决定。

没收？！检察官？科普不敢相信。这是……我们有一笔合法的应付款项！

您的应付款项是合法的，佩卡先生说，这与此无关。

意思是：您给客户开的账单不是证据。存款人必须证明这笔钱来自一个干净的账户。这就是重点所在，不涉及别的。

明白了，科普说。谢谢，佩卡先生。

不用谢，佩卡先生说。

这时候几点了？12点30分。半个钟头，来整理我们的思想，至少是粗略地。这个问题科普立刻明白了，没什么不明白的。大量现金，证明，否则非法收取，损失，控告。在最坏的情况下。不过无论如何都会有很多争执。科普对新获得的观察这些事情的视角并不开心。不开心，他在骂骂咧咧。这种事偏偏就发生在我身上，而我在官僚主义这方面是如此缺乏天赋。那个愚蠢的希腊人。随钱附上的信连签名都没有。但即使有又如何。我们深表遗憾，我们不能接受这张想怎么写就可以怎么写的破纸片作为清白无辜的证据。

科普站在他的一摞摞纸箱之间。它们离他：很近。纸箱上，纸箱之间，都是灰尘。窗户从来不打开，这些灰尘都是从哪里来的？（通过门。裂缝。——可是有这么多？）为了不再继续害怕，科普踮起脚尖，再次从窗户边的那堆箱子上取回了亚美尼亚人的纸箱。他小心翼翼地不碰到别的箱子。

再次拿起纸板，再次揭开封口，看看里面的白色复印纸，贴上封口，再次放下纸箱。然而没有再放在最上面，而是放在往下三排的地方。现在没有更好的地方放这个箱子了。

坐到椅子上，摇晃着。在他面前广场在摇晃着。在对面的人行道上，靠近楼房墙壁的地方，在红白相间的带子做成的遮挡物后面裂开了一个洞。今天看不到任何男人。风比前几天大。带子在跳舞。红白，红白。

最后科普鼓起劲来，强迫自己找到米海利季斯的号码，打了个电话。不出所料没人接听。他不在了。他可能在我的屏保图片里，或者倒不如说在其他地方。还有贝德罗西安兄弟，钱的真正来源。科普概括了一下他曾经从米海利季斯那里听到的关于贝德罗西安兄弟的信息。顶级运动员……来过，带着一个手提箱……您知道……可爱的高加索人……也欠我一部分运营费用……也欠我一部分……

于是回路就以此结束了。我们又回到了开始的地方。科普上网，再次搜索贝德罗西安兄弟。但这一次的问题不一样了：贝德罗西安兄弟是不是值得信赖的商业伙伴，是或不是？

像以前一样，搜索，然后没有发现任何有用的东西。很多关于体育的信息，很多关于慈善活动的信息，没有关于其他商业活动的信息。

当他想不出别的办法时，他在搜索引擎中输入了：贝德罗西安＋非法。

他至少得到了836条结果，他通过输入两兄弟的名字来限定它们，出现的结果是0条。他省略了名字，得到了他之前的结果，开始读这836条结果——粗浅地，不耐烦地，心不在焉地。因为：方法不对，方法不对。还有：为什么我自己没有注意到这个问题，没有立即注意到这个问题？（开心点吧。这样一来至少你度过了一个尚且可以忍受的周末。）以及：为什么我现在感到内疚，好像事情变得这么复杂是我的责任一样？

即使他没有发现任何东西，甚至没有一条与这个话题相关的谣言，他也确信：贝德罗西安兄弟是不可信任的。你宁愿相信一个形迹可疑的黑心希腊人，还是纯粹根深蒂固地有偏见？纯粹根深蒂固地有偏见。不总是，有时。现在，具体地说：一种本能。你会怎样，比如，要是他们说：我们真心道歉，那个希腊人对一切都有责任，请您把钱还给我们，我们按规矩把钱转账过去。想都别想！达留斯·科普咬牙切齿。我会为我们捍卫这笔钱，不惜一切代价。好吧，也许没那么多代价。比如不会付出我的生命。英勇的储蓄银行出纳员。但我力所能及的事情我还是想做的。我力所能及的事情是什么？

他正处于这种状态之中，此时斯塔夫里迪斯打来电话，节奏又变了。

我都饿死了！ 阿里斯·斯塔夫里迪斯对着电话喊道。我已经开了两个会了！10分钟后到！坐出租车！你在楼下等着！

如果那是半个小时前的事，科普就会飞奔而下，走楼梯而不是乘电梯，身手敏捷而热情澎湃，像一条煎鱼，他的休闲西装的下摆可能都会飘起来。前厅的门卫不知道他是因为高兴还是担心而飞奔，科普应该在奔跑中转过身来，挥手以抚慰人心。而现在他慢慢地走着，按了电梯，下了一层楼来到下面（灰色拉丝金属墙，凉爽，安静，背靠镜子站着，休息一下），鞋后跟在地上发出敲击声，穿过前厅。

外面很亮，像一堵墙，他撞到了它，不得不停下来，眯起眼睛。一辆出租车按了按喇叭，他把头转向那个方向。有人挥手，科普定睛朝他一看，那就是他：斯塔夫里迪斯。比他记忆中的更矮，更胖，头发更白，戴上了眼镜。他站在车旁，替他打开车门，像个穿着盛装的门童，但在他紧紧把他抱住之前，他不让他上车：

你气色不错！

你也是。

一个很直接，在这里比在任何地方都直接，身体和思想都在当下，而另一个虽然真诚地在心里感到高兴，而且为此付出了所有努力，但仍然受到极大的影响，得拿着一个包裹（咳！），因此暂且只能坐在旁边。

斯塔夫里迪斯叫司机去这座城市最好的（但不一定是最贵的）一家意大利餐厅。斯塔夫知道，尽管他不住在这里，科普却不知道；人们终究不可能什么都知道。斯塔夫里迪斯如前所述，饿得像头熊，如前所述，他开了两个会，吃了一顿丰盛的早餐，我们当然什么也没吃，我想这家伙在节食，只喝了水，斯塔夫里迪斯喝了一杯橙汁，它能让人更饱一点，而且还含有维生素，但你当然不敢吃，这看起来怎么样：满嘴煎蛋卷。斯塔夫里迪斯哈哈大笑了，科普笑不出声。

斯塔夫里迪斯在说天气，雅典的气温，柏林的气温。

斯塔夫里迪斯给他们两人点好了全部的菜：

开胃菜：萨拉米香肠，奶酪，火腿，佛卡恰面包，裹了面包屑的肉馅橄榄，朝鲜蓟生牛肉，用柠檬和油腌渍的香肠，烤西葫芦、茄子和辣椒，鲔鱼小牛肉和沙拉配鳀鱼酱。

意大利面：烟花女意面。

主菜：甜椒脆烤小牛排。

我们外加一杯清冽的基安蒂酒。虽然斯塔夫里迪斯目前最喜欢的葡萄酒是梅托奇·克罗米扎[1]，这有一瓶用精致木盒包装的，送给你。

不用了……

你不喜欢希腊葡萄酒吗？

喜欢，喜欢……

这，是一个MP3播放器。你可以看到它不是最新的型号，但也许你的侄女会很喜欢。或者你侄子。或者你妹妹……

你还记得这一切……

……或者你。

谢谢，阿里斯。你太客气了。

---

[1] 梅托奇·克罗米扎，原文为Metochi Cromitsa，是一种希腊葡萄酒。

制造商破产了。我尝试着把它们卖掉,卖得不太好。我还有很多这样的MP3。

他们肯定会很高兴收到这个的。

菜来了,他们吃着菜。餐馆里面只有他们两个,其他人都坐在外面,靠着街边,但我告诉你,那里比这里热,而且有臭味,声音也大,自己都听不清自己的话,在雅典没有一个有理智的人会自愿坐在街上。

在这里停了一下,斯塔夫里迪斯不得不喘口气。他吸了一口气,呼气的时候他说:

我妈妈最近去世了。

科普终于清醒了过来。此外,开胃菜也吃了,这也有帮助。

哦,他说。我表示最真心的哀悼。虽然我不认识她。但我知道她对你有多重要。

谢谢你,斯塔夫里迪斯说。我把她照顾到最后。那很好。是的,很好,真的。最后她很糊涂了,她都没认出来我们在雅典。她以为她在她长大的村子里。和我一起坐在内院,院子里面,在一个黄色波纹塑钢屋顶下,桶里面种着几棵夹竹桃,她总是对我说:看,这花园多美啊!说,今天小羊羔和小鸭子做了什么,当住在我们上面的那个女的把水泼到塑钢屋顶上的时候,你知道,她不应该这样做,她就把水这么,哗啦,泼到了窗外,因为她也是从村子里来的,水掉到黄色的屋顶上,然后从那里流下来,滴下来。于是当她这么做的时候,我妈妈就高兴得尖叫起来。她笑得像个小姑娘。说到小姑娘，伊里妮生了一个女儿。克里斯蒂娜。所以现在我是外公了。

真好。恭喜你。

她不想嫁给孩子的父亲，这样他们就能从国家拿到更多钱。斯塔夫里迪斯也继续在经济上支持她，尽管她已经30岁了，但情况就是这样。儿子们也是。瓦莱里的专业是外交，一个完美的绅士，你会惊讶的，马蒂厄刚高中毕业，来雅典找我，他还不是很清楚要学什么，现在我们稍微各处玩玩。

当然阿里斯·斯塔夫里迪斯并不是为了他单纯的乐趣而旅行的，尽管这也会给他带来乐趣，而是因为他正在弄一些新的东西。和伯纳德一起。

哦？好人伯纳德怎么样了？科普问道。

就那样吧。他在一家安全技术公司工作，不太开心。这个行业本身很好。就像殡葬行业。永远不死，呵呵。人们总是感到害怕，不管是国家、公司，还是个人，而且往往不是没有理由的。

是的，科普说，并提供了他前几天听到公寓入室盗窃的消息。

斯塔夫里迪斯点点头，继续滔滔不绝地讲伯纳德的工作场所。他们的产品种类繁多，从刀（！）、警棍（！）、手铐（！），到音频监控、视频监控和电话监控，但在测向发射台、GPS定位、GPS拦截器、手机拦截器等方面略为落后……

这时科普的注意力又开始下降了，或者更确切地说，注意力远远地撤回到了他不得不执行自己任务的地方。并没有取得多大进展。他一直在想同样的事情：新情况＋存款不行＋什么可行？＋我得打个电话。当他用叉子搅动意大利面的时候。面条之间还有其他食物，红色、橄榄黑、绿色和凤尾鱼色，科普看起来像是全神贯注地想要抓住所有的东西。他有时点点头，就像一个在倾听的人。

……伯纳德，他是一个有抱负的小伙子……在这样一个"传统"的公司里，结构是如此固定……进行每一点极为微小的变化都要付出很多……好比要把珠穆朗玛峰铲到其他地方一样……每个人，伯纳德说，那里的每个人都比我蠢。

可怜的伯纳德。每个人都比他笨。

……此外伯纳德的生活也不是很阳光灿烂……周末与妻子发生冲突……当他们解散菲德利斯巴黎办事处时……一些东西剩了下来……和谐牌路由器、天线、不值钱的小东西……任何一张清单上都没有……所以伯纳德把它们带回了家……花了点时间……在网上出售……他有一个房间……塞满了各种电脑和零配件……第一部移动电话,像一辆小型轿车那么大……你知道的。

斯塔夫里迪斯笑了，科普也笑了，但还是有点吃惊。（他去过我家吗？我还是应该专心一点。）

于是，伯纳德被周末搞得相当疲惫，星期一来工作了，新的麻烦等着他。在他看来，两个产品，有着相应两个生产编码的两套刀具（伯纳德对此无法理解，每当有人买这种刀具套装时，他都觉得很荒谬；他的话：我觉得如此荒谬），实际上就是一个东西。只是一套刀具而已。但有两个产品编号。不管在你有别的事要做的时候，还是在你没有别的事要做的时候，你对自己说，烂狗屎，你就在两套当中选一套，就完事了。但是伯纳德，他刚刚因为规章制度问题被严厉批评过，他想对这件事情追根究底，于是他去了样品仓库，想要一劳永逸地看清楚：是两套刀具还是一套刀具。正当他在那里，在巨大的逻辑混乱中——因为仓库里大体上来说是逻辑混乱的——四处乱走的时候，他接到一个一百年前的客户的电话，他告诉他，他是他最后的希望，他急需24台和谐牌路由器。就在那一刻，伯纳德一击战胜了在他生命的这一阶段给他带来痛苦的所有人。因为他想出了一个主意。非常感谢！

这是向收拾盘子的服务员说的。

这个主意就是，斯塔夫里迪斯说，他提高了一点声音，以引起更多的注意，服务员转过身来，看到不是在说他，于是继续往前走，斯塔夫里迪斯俯身靠近桌子，凑到刚刚放着盘子的地方，这个主意就是，他当着他的面说，成立和经营一家稀有信息技术产品公司。

什么是稀有信息技术产品公司？斯塔夫里迪斯反过来问。

稀有信息技术产品公司将是欧洲第一个在正常市场之外展示"寿命终止"产品、剩余库存、再销售产品以及演示设备可用性的电子数据处理产品交易平台。它将为整个欧洲的电子数据处理经销商提供最佳的可能性，来调整他们的库存，搜索超过 150000 种停产的产品，并直接向供应商问问。现在是时候为信息技术零售商提供寻常渠道之外的透明度，并建立与新供应商的直接联系……诸如此类，用一种官方的腔调，我不想对你这么说话，我只是今天早上把这事告诉了 Wießies。

什么是 Wießies？

V. C.，风险投资。

哦这个意思。

伯纳德已经设法在法国弄到了一些钱，阿里斯在雅典设法搞到了一些钱，但他在这里也认识一个人，然后通过一个女的又有了第二次接触，你知道我识人多门路广，她以前的一个商业伙伴，现在就是为这样一个投资方干活。那家伙是个巨人。

什么？

就是阿里斯今早遇到的那个人。两米一四，红头发，小胡子。外加名字：希莫尔鲍尔[1]！对一个风险资本家来说，这难道不是一个好名字吗？

斯塔夫里迪斯低沉的隆隆笑声让餐厅里无法与之抗衡的结构（玻璃杯、盘子）响了起来。

那个女人爱上他了！这种事我好久没见过了。她比他大。都快有我这个岁数了。坐在我们身边，五体投地地仰望着他！

---

[1] 希莫尔鲍尔（Himmelbauer），在德语中可以理解为"造天者"。

斯塔夫里迪斯笑了。

顺便说一句（？），我们去别的地方吃甜点吧，散散步对我们有好处。另外我着急去洗手间。不好意思。

这时候科普已经不再想同样的事情了。现在他什么都没想。他的头很重，食物，酒，两者？他失去了时间的感觉，只是坐在那里，然后他觉得好像醒来了似的。我睡着了吗？无法验证。他看了看钟，钟上有时间，科普头昏脑胀地看了看，却不能把它和任何东西联系起来。他把剩下的水喝完了，又清醒了一点。他也有足够的时间做这些事情，因为斯塔夫里迪斯离开了，信不信由你，20分钟。因为科普不停地环顾四周，所以服务员来到他跟前。

您还需要什么吗？

科普仍然口渴，但他没有再点水，而是要了账单。这使他恢复了一点活力。支付是希腊人的荣誉，直到今天科普还从来没有，从没有一次，从来没有机会成功邀请斯塔夫吃点什么喝点什么。甚至有一次，斯塔夫里迪斯假装上厕所，但实际上是去付钱了！这次不是。科普给了15%的小费。

所有这一切都已经结束了，斯塔夫里迪斯却还没有回来。为了打发时间，科普在手机上同步他的电子邮件。他刚想同步他的电子邮件，这时他看到，明显是弗洛拉打过了电话。我没听见电话。本来想给弗洛拉回电话的，但这时斯塔夫里迪斯突然站在他旁边。

抱歉。我的痔疮犯了。现在我们可以走了。我知道一家不错的冰激凌店，只要沿着河往下走15分钟。要我拿酒吗？

这不合适。

他们沿着河边走。它在下面流淌，在高高的黑墙之间，在岸边有一条新铺好的方砖小路，小路上面有不少闲暇的人，在9月初的灿烂阳光下，做着与斯塔夫和科普一样的事情：走路，说话。观光船的磁带录音重复着单调的声音，一句接着一句，构成了背景音乐。

所以呢？你怎么看？斯塔夫里迪斯问道。

什么？

当然是稀有产品公司。

唉，那个。还不错。不对，是个好主意。虽然我是个更加喜欢新东西的人。但我知道我不是标尺。你向我很好地解释了这事情，很有说服力。但这个想法是不是你们所拥有的全部？如果有人偷走你们的这个想法呢？或者先你们一步呢？更快地凑够钱呢？

斯塔夫里迪斯一个劲地点着头。

当然。你说得没错。尽管是这样，但是我们根本不需要这么多钱。也可以直接自己掏钱。遗憾的是阿里斯和伯纳德自己没有钱。但他们不想和单一一个大投资方合作，他们，尤其是伯纳德，担心人家可能轻而易举就把他们踢下船去了，因为他们自己几乎没有什么贡献。所以他们更喜欢和若干个不那么大的资金来源方合作。而这又需要更多时间。尽管，我还是要老实说，情况并不是说有一个大投资方想强迫我们接受他，然后我们把他给拒绝了。我们必须拿到我们应得的。斯塔夫里迪斯本人，坦率地说，对第二阶段更感兴趣。什么是第二阶段？在第二阶段，这是我的想法，当我们赚了一些钱的时候，这会很快实现的，你知道这些旧东西有多受欢迎吗，特别是在东边和南边？！我很了解这一点！所以说，真正的目标是什么，或者说下一个任务，但我们也想一起做，我们开发一些自己的东西，一些不是异想天开的，却是实用的东西，主要就是，对于那些买不起你们的贵东西的国家来说负担得起的东西。因为那是你们的问题。你们人为地削减供应，为了抬高价格。你们的高傲会让你们付出代价的！斯塔夫里迪斯激情澎湃地反对这样的策略！而我们，斯塔夫里迪斯喊道，却想为穷人做点什么！当然这会比第一阶段贵得多，但我相信到那时我们已经有钱了。如果还没钱：投资人是干吗用的，不是吗？

斯塔夫里迪斯笑了。

当然我们认识一些会支持我们发展的人。你还记得西尔弗吗？他以前在我们这里，也就是说在菲德利斯公司，一个非常有才华的年轻人，连一年都没待满。

不记得，科普不记得了。

伯纳德也认识一个人，且看看吧。还有马蒂厄，我儿子，他也很机灵，才 18 岁，但已经仿制了一个天线，完美无瑕。

他从谁那里仿制了什么东西？

嘘！斯塔夫里迪斯把一根手指放在嘴唇上，笑了起来。

（我必须明白吗？我没有明白。）

在这里又有了一个停顿，他们小跑着往前走。也就是说：斯塔夫里迪斯在散步，科普在小跑。

直到科普觉得不舒服，他开始怯场。这个死气沉沉的点已经持续太久了。斯塔夫里迪斯最后肯定会注意到我有什么不对劲，注意到我心不在焉、心情压抑、沉默寡言、没有兴致，这一刻就在眼前了。科普想避开这个时刻，先发制人，说些什么（说真相怎么样？阿里斯，我有这样那样的问题，直到不久前我还以为你能帮我解决这个问题，但最近的事态发展又把我弄得一团糟，所以现在我不知道该相信谁……不对，不能这么说……），但是斯塔夫里迪斯自己切断了延伸开来的沉默：

你呢，斯塔夫里迪斯问，你过得怎么样？

挺好的，科普说。

你亲爱的妻子怎么样了？

很好。

婚姻呢？还好吗？

挺好的。

你们还在努力生孩子吗？

（他怎么知道的？我告诉他了吗？）

是啊，是啊，你知道的，差不多吧。

差不多？斯塔夫里迪斯笑了，尽管不像开始时那么真挚了。这件事你们必须做对了！

是的，科普说，我们做得对。只是不管用。

会成功的！斯塔夫里迪斯立即准备好安慰。他认识花了4年时间才成功的人！还有其他人，他们用了7年！说怀孕就怀孕，别担心！

不担心，科普说。

这就是我说的店！

他们每人要了三个球，放在杯子里，而不是放在蛋筒里。但这样就太复杂了：红酒、MP3播放器、杯子、勺子……他们坐在长凳上，脸朝向河边。他们坐下的时候，水看不见了，只能看到驳岸，然后是对面的驳岸。他们舀了一勺冰激凌。

天哪，就像一个儿子和他的星期天父亲在一起！他在我的酒里放了什么？科普已经多愁善感了一会儿。先是提到了孩子，现在他也想起了他的父亲（每当我和阿里斯在一起的时候，这种情况就会发生），43岁的他感到心口一阵刺痛。他又想到了孩子——我们都想要一个男孩——于是他打算做点什么。这让他热泪盈眶。天哪，我眼里含着泪水，舀着我的冰激凌。香草、巧克力、椰子。

他又错过了阿里斯一半的话。

什么？对不起。我光顾着吃这冰激凌了。

斯塔夫里迪斯又说了一遍，他和伯纳德都很愿意再次与科普合作。不是现在，现在还太早了，以后，进展顺利的时候。

我受宠若惊。

我们都应该在巴黎碰一下面！你有时间一起去巴黎吗？我们可以住在伯纳德那里。他有一套可以眺望埃菲尔铁塔的公寓，虽然只是从侧面，但总是能看到。

从侧面看到海景？

科普笑了。他非常喜欢侧面海景房，以至于几个小时后他终于能有机会从他的洞穴里爬出来，这时斯塔夫里迪斯问：

公司运营怎么样了？

对这个问题科普又只能回答说"很好"。

就在这时，一艘经过的船，不是游览船，是一艘空的小驳船，在他们那个高度按了喇叭，没有任何明显的理由，而且音量很大，科普吓得脊背一震，骂骂咧咧，捂上了耳朵（用手里一只这时幸亏快要吃光的冰激凌杯捂住了耳朵……）。斯塔夫里迪斯也是，但他哧哧地笑着。一秒钟后科普就又十分感激了，首先是因为他被唤醒了，其次是因为他能够在喇叭声下隐蔽几秒钟的时间，在那里集中心思，以便能够在另一头重新开始，这一次好好说：

也就是说：我得问你一件事，阿里斯。你认识一个名叫萨沙·米海利季斯的人吗？

这是谁？斯塔夫里迪斯问道，他们边说边扔掉杯子，又开始走了起来，远离他们被吓坏的地方，继续沿着步道往前。科普拿着礼物，斯塔夫里迪斯背着一个挎包，上面写着广告语，包里现在是空的，溜达着。那是谁？一个希腊人？那么它应该是"迪斯"。米切利迪斯。迪。

我所知道的是他叫"季斯"。你知道他有别的名字吗？

我根本不认识他。这是谁?

也就是说不是你的领导?

我的领带?

科普终于解释清楚了。

斯塔夫里迪斯说，他既不认识希腊人，也不认识那两个亚美尼亚人。但为什么这么问?

哦，我只是在想，科普说，又开始犹豫了——难道我没有义务保持沉默，至少不把这事告诉每一个人吗?这些都是钱的问题，棘手的钱的问题——另一方面他需要建议，此外他注意到斯塔夫里迪斯也开始心情沮丧，他再次决定说这件事，确切地说，从一开始说起……

他从一开始讲述了亚美尼亚人事件，包括与安东尼的冲突，尽管这不直接属于其中一部分，但他也希望为此得到让人宽慰的评论，即便只是一句话（但你难道不了解他吗!他已经跟你说过他的评论了："别去在意。他不尊重任何人。"——所以说他不尊重我?是这样吗?如此简单，如此直接?），直到暂时的、有点酸涩的结局。斯塔夫里迪斯的眼睛每转一下就更加明亮，太阳反射在他眼镜的镜片里，他的脸颊发红，最后他发出了一声高昂得让人出乎意料的清脆笑声。

这段往事使他想起了他在巴黎的第一份零工!在某位（科普先生听到的是：）阿尔马利先生那里。他总是用现金支付所有账单，从不记录任何东西，尽管如此他总是知道他为谁付了多少钱，他是一个正儿八经的罪犯，这位名字大概是这样的先生。一个正儿八经的罪犯。

斯塔夫里迪斯高兴地咯咯笑着。

科普一起咧嘴笑笑，终于有人为这个故事报以笑声。斯塔夫里迪斯只是在大笑，咯咯地笑，咻咻地笑，欢乐得很，笑了两分钟后，科普的头皮开始发麻，因为不耐烦，因为咧着嘴笑使得脸变成了怪样：现在这也没那么好笑了，确切地说，因此我从前才没有讲过这事。

别担心，最后斯塔夫里迪斯说道，他站在那里，温柔地，科普感觉是这样，看着科普。科普立马原谅了他。斯塔夫里迪斯把一只手放在他的胳膊上。别担心，他又说了一遍。这不是什么大问题。第一，银行的那个人说得不对。或者说得准确些，他当然必须那样说。但事实上银行根本不是每次都进行检查的。第二，你可以分批存。当然你必须和公司商量一下。你得开一个额外的账户，然后你一次存个9000，下一次，六个星期之后，再存一些进去，就像这样继续存进去。他们也必须等待一段时间，反过来说，他们取款的时候也要这么做。你知道，我不是在争吵中离开的，我还是和他们相处得很好的，但一直到三个星期之前，我催了他们几十次，他们才给了我最后一笔奖金。

什么，科普说。真的吗？（你拿到了奖金？）

是的，斯塔夫里迪斯高兴地说，又摇晃着走了。他们一直都是婊子，不是一直这样说的吗？还是太刻薄了？

不刻薄，科普说。对一个女人这样说是很刻薄的。对公司没问题。

他们笑了。谢谢,阿里斯。为了他的建议、安抚,还有回归的轻松。快乐的紧张,它通过展望一项非法小游戏的前景而产生,而人们在玩这个游戏时——假设——并没有太多恐惧。我演匪徒的机会。当然是只有顺势疗法的剂量。顺势疗法剂量下的匪徒,你又在想什么呢?达留斯·科普哧哧地笑了起来。

我希望,这对你来说没有问题吧?斯塔夫里迪斯问道。

什么?科普问道,因为自己哧哧地笑变得有点麻木。

薪水的问题,斯塔夫里迪斯说。我希望,他们付酬是规规矩矩的。

是的,科普说,然后闭上嘴了。他的头皮又开始发麻了。

这就好,斯塔夫里迪斯说,把鼻子往上抬了一点,以便多吸一口空气。如果他们到处收款的话,至少我们也应该从中受益,不是吗?

科普忍不住(愚蠢地)问,斯塔夫里迪斯从哪儿知道这事的。第一他总是无所不知。第二这不是什么秘密。能传开的,就传开了。

还有,斯塔夫里迪斯愉快地问道,这次并购清单上的是谁?

什么并购清单上?(我真的是越来越蠢了。)

斯塔夫里迪斯笑了。(我知道你知道,你只是不想告诉我。)

不,科普诚恳地说。不是这样的。我们想建第三条生产线。

斯塔夫里迪斯笑了笑，像教授一样摇了摇头。

这时科普终于渐渐变得厌烦了。准确地说，他想起来了。阿里斯，当我说每次和你在一起都像是欢乐的节日时，我说的就是实话。可是，每次你都开始玩我，这也是事实。猫和老鼠。暗示、小挑衅，但如果我问起来，你又给你的嘴唇插上了门闩，或者你说只是个玩笑。尽管我和你走在一起，但是我感觉像是只腊肠犬一样跟在你后面。这太累人了。有一次科普试图对抗这个人，他向斯塔夫里迪斯请教，如果有一个虚构的人，他喜欢操控别人，那么该怎样和他打交道。斯塔夫里迪斯笑着说：你必须让人操控你！（我必须这样吗？你知道答案。）

也许，他听到斯塔夫里迪斯在他旁边说，科普不再看着他，他看着他脚前面，灰色的鸟绒在运河驳岸和人行道交会的地方抖动，也许是真的，斯塔夫里迪斯说，这次你们真的不会再并购了。控制盒，你们并购艾洛克西姆时买下来的。哦，你是说这个，不错：这是一件好事。问题是，人们什么时候能够意识到他们是否及时采取了行动。你知道，斯塔夫里迪斯若有所思地说，一开始，一家公司最重要的是一件事：一个想法。一个产品，产品以及研发和营销产品的人。当然，它从一开始就是，并且一直都是：钱。在运营顺利的公司里人们会注意维持平衡。产品、想法、人、钱。在你们那里，产品、想法、人都在倒退，那么还剩下什么呢？钱。所以你才必须收款。很简单。这就是答案。你们收款，因为公司就是钱。你想喝点什么吗？我又渴死了。太热了。有个酒店露台,我们去喝点吧!

事实上,科普的嘴也干了,看到鸟的绒毛,他有点恶心,他把嘴唇紧闭在一起,只是点点头。

他们点了两杯苏打水。纯粹的理性。我本想喝杯啤酒的。科普的手有点黏(因为冰激凌)。他握着玻璃杯,松开它,握住它。他朝河边望去,以便看上去仿佛他有个方向似的。而他内心却在旋转着。来来回回,来来回回,在他的脑海里。斯塔夫里迪斯的最后几句话听起来很理智,也很让人感到宽慰(他喜欢我,他不想伤害我,他只是喜欢八卦),但科普又说不出来让人安慰的点是什么,它们是如何发挥宽慰作用的。如果他完全理解了对方所说的话的话,也许倒可以说得出来。但我没听懂。我越来越听不懂了。他现在已经再也说不出什么话来了。他们坐在那里,喝着他们的苏打水,彻底陷入了沉默。这很好,让科普有机会再次聆听周围的环境。借此把自己带回到现实中。科普在仔细听。不是听近处的声音(水、船、咖啡馆的热闹),而是听远处的声音:最近的大街在哪里,汽车在哪里行驶,现在到底几点了?

斯塔夫里迪斯看了看他的手表,说:快 5 点了。

他的航班 7 点起飞。

科普正要为他惊慌,这时斯塔夫里迪斯说:

啊,那是马蒂厄!

一个招风耳的瘦小年轻人向他们走过来。斯塔夫里迪斯向达留斯·科普介绍了他的小儿子。

你能拿上我们的行李吗,马蒂厄?这儿就是我们的酒店。谢谢你一直陪我到这儿。

科普露出的表情当天第二次激起了斯塔夫里迪斯的清脆笑声。他把科普拉过来，把他紧紧地压在胸前，以至于手机硌疼了科普的肋骨。

马蒂厄拿着两个小登机箱从酒店出来了。

和你在一起很开心。我们保持联系！你一定要去雅典看我！

科普还没回过神来，他们就走了。

1. 给弗洛拉回电话。

他坐上了一辆正在酒店外待客的出租车，让司机送他去办公室。

2. 打电话给伦敦。

或者反过来，不过在我站着睡着之前先来一杯卡布奇诺。但后来他只是路过厨房，径直走向他的办公室，因为他感到时间已经太晚了。他几乎是闭着眼睛到达办公室的，他身后的门一关上，他就抬起脚后跟，脱下一只鞋（轻微的疼痛，很快就会消退不见的擦伤），然后脱下另一只鞋，躺到地上，躺在深蓝色的地毯上，立刻睡着了，就像被打趴下了一样。

夜 晚

他睡得很好。很沉，有助于身心恢复。他本来打算睡 20 分钟，结果睡了一个半小时。睡得真好。他没有做梦。尽管如此，他还是从梦中醒了过来，猛地一下子，突然坐了起来，口水正要从他嘴角流出来，他很快把它吸溜回去，不过没有完全成功，他不得不用手背去擦干净。

现在几点了？他眯着眼，定睛看了看手表：晚上 7 点半。弗洛拉已经在工作了。伦敦是 6 点半。他有点头晕，坐在那里，没有看窗外，窗后面只有万里无云的天空，那更让人头晕，他往下看了看他穿着西裤的腿，周围是深蓝色的地毯。它真脏啊。他们根本不打扫这里了吗？纸篓也还一直都满着。在一个星期一。这怎么可能？

他振作起来，伸手去够椅子，坐到上面。在广场上，生活仍在喧嚣——白天的交通越来越少，晚上的交通开始拥挤起来——太阳仍然全力以赴地照射着，在午夜之前人们几乎还可以塞进一整个工作日的时间。

伦敦时间 18 点 42 分，再次打电话。

直到电话铃响第五声的时候还没有人接，然后科普不得不挂了电话，因为在第一声铃声响起的时候一股强烈的尿意突然向他袭来。他跑到厕所。

他从眼角看到楼层接待处的拉佐卡先生还在那里，但已经在整理他的工作区域了。他带着认可和些许同情从背后看着我。我看起来像个奋力工作的人。汗流浃背，衣衫凌乱。又穿着袜子。那又怎样呢。每个人都有他的怪癖。人们认识的科普是个总是穿着袜子在办公楼走来走去的人。（它们臭了吗？我没注意。）

他用闻起来有铃兰香味的液体肥皂洗了手和脸。他将湿手插入自己的发丛，把手擦干了。水流到了他的衣领里边。这如此惬意，以至于他——看了一眼后面、大门口之后，那里看起来像是锁着的——都快要把衬衫和背心脱下来，把整个上半身都洗一洗。他克制住了。顺便说一句，镜子是有色的，有着抛过光的金色表面，左边的一只小花瓶里（今天）插着一朵粉红色的兰花。达留斯·科普小心翼翼地抹掉脖子里的水，同时看着自己。我是个胖子，但我看起来还是有点好看的，尤其是在这面镜子里。

回到办公室之后，他没有再打电话，而是写了两封邮件。一封写给桑德拉，抄送安东尼：请用简单的英语告知有关当前交货时间和账户情况的信息，致以最好的问候。第二封只发给了安东尼：请回电，亚美尼亚的重要新消息。他犹豫着要不要秘密抄送给别人。放弃了。我再给你一天时间，安东尼。准确说是一个晚上。

最后看一眼电子邮件。广告永远没完没了。多件混包公司再次成为首选合作伙伴！我们给你找到正确道路的自由！非常感谢。

他想到给弗洛拉买一朵花，一朵红玫瑰。或者是一朵特别的玫瑰。他故意步行，那样的话在路上看到花店的机会就更大。你倒不如直接去购物中心，就在你面前，或者在你脚下，去卖食品的地下室，那里有一个花摊。但他没有想到。一路上当然没有出现买花的机会。没有

星期一

商店，没有售货亭，没有小摊，没有边走边卖的玫瑰花小贩。这座城市沸腾了，不，沸腾需要水，这里是干燥的，这座城市散发着炽热，到处生锈了：在人行道上，在树干周围，在阳台上，在门上，在汽车上，在建筑护栏上，自行车，自行车停靠架，系缆柱，桥梁栏杆。金属桌椅。我通常不会注意到这些东西。他可能渴了。是的，他口渴了，甚至在办公室里睡的好觉也没有像他最初想象的那样使他神清气爽。最重要的是他的脚又变得太热了。和斯塔夫里迪斯一起走的几公里留下了它的印记。我真的需要新鞋。或者至少是新袜子。

总之，去沙滩的路，因为炎热带来的口渴以及不想停歇的交通高峰期，是一次不大不小的磨难。看，我浑身汗淋淋的，弗洛拉，别告诉我我原本可以更轻松。在到达前不久，就在他以为我可以把厕所里的兰花拿来的时候，就在沙滩旁边的那块地方，他终于找到了他的玫瑰。大门的左右两边长着两株攀缘蔷薇。科普决定不四下环顾。如果你四下环顾，你就会失了方寸。如果有人问我，我会用我最有魅力的微笑说，我要给我的妻子采一朵花，这非常重要，我刚刚得知她怀孕了。在这种情况下还有谁会一把抓起你的领子？

没有人抓起他的领子，但那朵玫瑰花不听话，刺了他。他免不了骂骂咧咧，扯着它。它摘得不干净，茎的下面还连着一块树皮，而且它太短了，别人会看出来我是在什么地方偷来的这朵花。可这难道不更加有魅力一些吗？

弗洛拉显然很生气，因为她甚至没有靠近他的桌子。可能她根本没看到这朵玫瑰。

但梅拉尼娅来了。

你好，你是故意不坐在弗洛拉服务的区域的吗？

这不是弗洛拉的区域？我可能是个笨蛋。谢谢你，梅拉尼娅。

他换了位置，弗洛拉来了。

对不起，我没能及时赶到，我像边跑边拉撒的野狗一样到处转，不过你看看，我给你偷了什么来。

正在拉撒的狗是不会到处乱跑的，恰恰相反，谢谢你的花，是旁边的吗？不然的话，又能怎样，我已经习惯了。请问你要喝点什么？

你们店里的最大杯啤酒，我快渴死了。

她把啤酒拿来了，他问她为什么打电话来。老板不在，他们说话可以比平时更加轻松一些。

没别的。也就是说她——这不是第一次了——被一个愚蠢的广告电话吵醒了。

什么广告电话？

我不知道。保险，电话，什么的。我立马就挂了。但她很生气，因为她已经请求了他一百次和她解释在她的机子上如何关闭电话，或者至少调成静音。

我也不知道。肯定在说明书里。

那么说明书呢？

科普不知道。

肯定在你垃圾堆的某个地方……总有一天，这些乱

星期一　　197

七八糟的东西会把我们吞没的。弗洛想象这样的情景就在眼前。它看起来像一个儿童故事中的怪物，一大团肉乎乎的东西，手臂、腿都不重要，重要的是肚子，它是由一个胃和一张巨大的嘴合而为一的，嘴张开：哈姆一声就吃掉了！

科普笑了一下。

另外有税务顾问的一封信。

税务顾问的信？他为什么给我写信？他为什么不打电话？

弗洛拉不知道。

上面写了什么？

我没打开。但会是什么呢？你已经两年没报税了。帮我个忙，整理一下你的财务状况，好吗？这也是乱七八糟。真的。帮我个忙。

好的，好的。只要我有时间。我甚至没时间去买一瓶新的喷雾。

对此她什么都没说。（对此我能说什么呢？这事我不能替你去做。法律禁止我这么做。你必须自己去看医生。）

他很清楚这一点，也不再说什么了。

她走了，她去忙了。只要他跟她一有眼神接触，他就挥手叫她来。她来了。

我送了你一朵玫瑰，我能喝杯水吗？

她走了，端着一杯水回来了。

你干吗激动？我们是分开定税的。

但我们有共同的预算。如果你必须再付几百欧元或几千欧元的罚款，这对我来说也是有影响的。

是的，对的，好的，他向她承诺他会处理的。

他坐了一会儿，看着她。爱信不信，他又饿了。但他什么也没点，连啤酒也没点。

在城市快铁车站，下车后，他买了一个土耳其肉夹馍。他在走回家的路上把它吃了。他没有走光线不好的绿化带，而是走在街上。天还没那么晚，但这里已经没人在路上走了。只有他的鞋跟敲击地面的声音。

弗洛拉也买了些吃的。香肠、奶酪、蔬菜、水果、面包。没买巧克力。科普拿了一瓶威士忌。斯塔夫里迪斯的葡萄酒呢？他把它忘在办公室了。这样更好。否则我也会喝他的酒的。伯纳德有生以来第一次喝伏特加时，事后吐在了酒店走廊的墙上。第二天早晨他向我们道了歉。不过我们根本没看到。

税务顾问发了一封提醒信。您还是没有支付我上一次的账单。到现在两年了，税务顾问觉得向他收取利息是合适的。此外他还通知，他将不再为他代理。最后他还指出，如果科普继续不提交纳税申报表，他将面临着在不久的将来由有关政府部门做出的评估，而且是在最后一次的应税收入基础之上。科普把信扔回桌子上。他拿出熨衣板，在电视机前面架了起来。他一边熨衬衫，一边百无聊赖地看着电视。

后来,熨完之后,他又拿了一杯威士忌,坐在沙发上。

为什么你不能停止一遍一遍地从头开始换频道,虽然什么节目都没有。最主要的是他根本不看,他只是自己盯着屏幕。这个问题已经出现几个星期了,直到现在他一直都忽视了这个问题,以避免生气。屏幕中间出现了两条深色条纹,好像它是波浪状的,就像一张绷得很糟糕的(旧的)电影院幕布。我学过无线电机械构造,用的是现在没有人使用的电子管电视机,但许多东西他还是清楚的:修是不可能了。这么贵的烂货坏掉了。要换一台新的。但也许情愿买一台投影仪。

他拿出笔记本电脑,搜索起了投影仪。

后来,他饿了,从冰箱里拿出一根小香肠,从韭葱秆子上撕下一片绿叶,把两样东西都拿在手里,咬着,一边用另一只手上网。后来他又喝了第三杯威士忌。

早点上床的想法突然浮现,但随后他还是不停地上网,同时不停地看电视,随着时间的推移,节目也变得更好了一点,他把笔记本电脑放在一边。他看了一部枪击追捕片,看着看着就睡着了,在另一部枪击追捕片中醒了过来,过了一会儿他才明白过来这不是同样的汽车,不是同样的大炮。之后放了一部西部片,后来又变得不好看了,就放了几乎一点都不色情的奶子、屁股和烧脑的游戏。如果您把这些字母——FELPA 排列成一个有意义的单词,您将获得 40000 欧元(星号:2000 是有保证的)。

嘿!现在赶紧的!快去电话旁边,打电话!您怎么了？您为什么不打电话？

因为我也许会想、会说、会做很多愚蠢的事，但我不是白痴。他固执地关掉电视，上床睡觉去了，在弗洛拉还没到家之前。

星期二

他从一场梦中醒来。我不喜欢回忆我的梦。在梦里，他是从一次飞机硬着陆中醒来的。然后又跳了一次。就像他们在上面放了一个小弹跳器。可能它又跳了一次。或者说科普只能再次这样去感知。科普感知到了，带着轻微的恶心、头晕和寒战：这个梦不好玩。皮肤在飞机上浑身汗津津的夜里冷得让人不舒服，鼻子、嘴巴和喉咙却干得发疼。他把椭圆形小窗上的遮光板拉起来，以便获得一点温暖（！），然后立即躲开了。外面亮得刺眼，以至于他什么也看不见。之后是一条飞机跑道。它是用灰色的混凝土板拼接而成的，接缝处填满了沥青，它在混凝土里闪闪发光。边上是修剪得短短的、乱蓬蓬的草，棕色的，绿色的。

后来他已经站在楼梯上了。飞机停在外面的位置上。楼梯上刮着风，风很热。一股持续了数周的热浪。可能是个有着相应气候的地方。这时他知道他在加利福尼亚。他的心跳加快了。我不知道我是怎么来的，什么时候来的，为什么来的，但我很高兴。我喜欢待在阳光明媚的加利福尼亚。

他从楼梯上能够看到的机场大楼——它很近，没必要乘摆渡车——是一座两层的低矮建筑。我想旧金山机场应该更大。准确地说，根据经验我知道它更大。这里的大楼有点不同。这儿可能是一个较小的机场，可能是一个私人机场。众所周知，这样的机场多得就像海边的沙子一样。飞机也很小。我睡过头错过转机了吗？肯定是这样。转机，齐腰高的黑色带子，贴在地板上的黑色带子，一个接一个，移民局长官。如果要我在度假和商务之间做出选择，为了保险起见，我选择度假。没人能禁止你这么做。我只带着一个银色小手提包出行，因为我只待一个周末。这可能不常见，但也没有人能禁止别人这么做。

后来，他站在行李转盘边，透过一道玻璃墙回望飞机跑道。后面是修剪过的草地。干草卷成了一大捆一大捆，长边的这一面用白色塑料薄膜包着，圆形的侧面没有被包裹起来。这里也继续刮着风，但那是空调，所以这风很冷。

可是既然他没有行李要取，手里拿着银色手提包，他干吗还站在那里？

我为什么在这里？他们是出于现实的因由把我匆忙召唤过来的吗？我是自愿来的吗？他记不起来有什么人喊他来，这使他的心跳再次加快，这次是带着一种不好的征兆，所以在这种情况下我们也不会说：更高。或者会不会是亚利桑那州凤凰城的销售会议？那就是说我们

星期二　203

要四周后才开会!

是的,可能是这样的,你认为你在某个地方生活了20年,但后来他们告诉你,不,那只是暑假,或者你病了一个星期,但现在又在这儿了,在12年级,这种事情经常发生。或者恰好反之亦然。你恰好记不清什么时候了。这可能是好的,也可能是坏的。

是的,是亚利桑那州凤凰城的销售会议,我提醒你想一下楼梯上的沙漠热风。达留斯·科普很高兴发现了这一点,尽管如此:要小心。你现在一定要很仔细才好。你必须在会议期间通过巧妙的行为来确认是什么、怎么样、什么时候。他希望得到阿里斯·斯塔夫里迪斯和林肯的支持。他希望能和他们单独待在一起,因为很明显,当其他人都在的时候,他们不能给他任何指示。他看见他们都围坐在一张非常大的椭圆形桌边,斯塔夫里迪斯和林肯尴尬地咧着嘴笑着。也不奇怪,因为他们已经不在公司了。他们纯粹是希望不会被发现。当然,他们早就被发现了。现在他们希望没人公开说出来。没人会对他们做什么,但可能会很尴尬。而且对我不利。幸运的是我们坐在离董事会成员很远的地方,以至于人家只能隐约感觉到是他们,如果有人说话,只能大概猜测是谁在说话。这样看来桌子根本就没那么大。我们大概在十米开外的地方。看不到比尔。安东尼也看不到。安东尼还在度假!温暖的轻松感充盈着达留斯·科普的身体,冲散了他在长途飞行中僵硬、潮湿的寒冷。他转身朝向出口。

自动门，嗞，打开了，嗞，又关上了。他期待着会议室就紧挨在门后面，他想在里面向众人致以友好的问候，并为他的迟到道歉，他的椅子就在他面前。或者是他跟阿里斯和林肯约定碰面的酒店走廊。但他站在大楼前面，在一个遮雨棚下，总归是在阴凉处，在另一栋大楼的对面，也许是一个停车场，前面有两条过去的车道，两条过来的车道，几条斑马线可供选择，头上，像下阵雨一样，吹着热风。他明白了，他可能必须乘出租车，他明白了，即使在梦中他也必须工作，在车流中挣扎着前行，说着英语。（再次：怯场。这样的歌舞女郎。[1]）

　　但后来就什么都没了。他已经坐在里面了，他们已经上了一个坡道，直到他们能看到下面的机场大楼。他们的正前方写着：**乞力马内**。

　　科普又开始心慌了。该死的乞力马内到底是什么，它在哪里？

　　他无法看清楚司机，但他知道：你绝对不能让他意识到你不知道你在哪里，不知道你要去哪里。

　　他向窗外望去，他仔细地看着一切。有线索吗？他认为他至少可以确定这是美国，更准确地说：美利坚合众国，高架道路和地下道路、汽车、红绿灯和招牌（即使他看不懂其中的任何一块招牌，或者立刻忘记写了什么），看起来像是在美国。但不可能是加利福尼亚州的

---

[1] 原文为Sö Kabarett Görls。Sö应为So，Görls应为Girls，此处可能指科普的发音不准确。

旧金山,也不可能是亚利桑那州的凤凰城。我去过这两个地方,那里可以看得到山。这里没有。一切都很平坦。即使有高架道路和地下道路、大楼等等,科普还是能够清楚地看到这里是平坦的,就像人们嘴里说的木板一样。一座没有哪怕是最最矮小的山丘的城市。

人工建设的城市就是这样,科普在心里告诉那些知情者。

可哪个城市又不是这样呢?司机用德语问道,他笑了起来。

科普终于搞明白了。我们在拉斯维加斯!乞力马内是凤凰城的机场,拉斯维加斯的一个郊区!整个森尼韦尔办事处现在就在这里。不是永远,只是现在,在会议期间。我们现在就去那里。我会再见到凯瑟琳,比尔的秘书!斯塔夫里迪斯在背后说她爱上了比尔,但我认识比尔的女朋友,反正这不重要!科普确信他能从凯瑟琳那里了解到所有东西。她会是我第一个见到的人,她会给我写信,而不需要我打听来打听去,我将以一个知情者的身份面对比尔,仅仅这一点就很重要。而斯塔夫里迪斯、肯和安东尼将不会在场,金也不会在场,比尔会是在场的级别最高的人,他现在可能已经成为主席了。

他们仍然一直行驶在钢梁之间,就像在一座长得没有尽头的桥或高架道路立交上一样,除了钢梁什么也看不见,但科普并不在乎,或者说相反他不希望看到更多东西,比如说那些可能会反驳他的漂亮结论并磨灭他快乐的轻松和期待的东西。现在他也可以承认他在做梦,这是这么做的最有利时机，因为这样的话他也能够利用这一点。在梦中一切都是有可能的，比如，保持在这个轻松的点，只要有必要就让梦留在这一刻。我会坐看这个场景出现的。

多久？在梦中是不可能知道的，也许很久，也许只有一瞬间。在某个时候他会意识到他失去了必要的警觉，意识到他滑倒了，在出租车座位上睡着了，当这种情况发生的时候，谁知道你会在什么情况下到哪里，他变得焦躁不安，抗拒着，受到了惊吓，醒了过来。

白天

这时莱德尔先生已经起床好几个小时了。他比太阳起得还早：5点。这是有可能的，因为令人羡慕的5.5小时睡眠对他来说已经足够了。同时他还不老。他和我们差不多大。莱德尔先生住在城外——一个热爱大自然的电气工程师！——办公室也在城外，但是在别的地方，而且乘车转车很复杂。他必须先乘车到城里，然后再出城：这样一来需要20分钟。不算远。6点45分他肯定到那儿了。早上7点30分，就在他正要按照约定时间动身去接达留斯·科普的时候，他在做最后一件事情——这事情其实也可以之后再去做，对于此刻来说是多余的，拆开用胶带捆扎的包裹——的时候，手里拿着刀滑倒了，割伤了自己的手。沿着虎口划了一个半圆。

他看到了他的手,手是柠檬黄的。看到眼前有一只柠檬黄的手,他就倒在了地上,地毯上,就像人们说的,像一块黄油那样融化在阳光下。震惊之余的好事是他几乎没有流血。他盯着伤口看,伤口的底部是深色的,黑红色的,他感到惊奇。他联想到了一个峡谷,想象着现在他要掉进去了,他很害怕,同时又高兴地期待着:让自己掉进去是件好事。我这辈子从没让自己摔下去过。然后流血了,鲜红的,让他清醒了过来(有些遗憾,有些释然)。他没有晕过去,只是把头靠在墙上。粗纤维墙纸上显出了汗水印成的荣耀光环。那位秘书,7点30分到岗,把他的腿抬起来,用厨房用纸把他的手包扎了起来,在上面又包了一条厨房毛巾,因为纸巾不能绷得很紧。然后她才拿来包扎工具箱,在打开箱子的时候折断了两个指甲,惊慌失措得不知道该怎么办才好,不想在老板面前承认这一点,于是她,虽然颤抖着,右手的中指和无名指上都有裂开的指甲,行动起来,仿佛她知道自己在做什么一样:卷纱布,按压,使用纱布绷带,包扎,把腿放下,把手臂抬起来,把椅子放在胳膊肘下。然后她给达留斯·科普打了电话。

科普15分钟前就站在露台上了,手里拿着咖啡杯。多亏了这个梦,他比平时起得要早,所以正好很及时。他也很快清醒过来,很快就明白了:梦结束了,现在我醒了,而且远不像平时那样迷茫。恰恰相反:稳重,细心,专注。今天的状态打磨得很好。别再让它溜走了,起床吧。他在洗澡和穿衣服的时候动作都很利索。第一次找衣服就拿出了一件熨烫过的白衬衫，没有发黄，没有发灰，纽扣完整，接缝完好无损。配一条轻便的灰色西装裤，因为现在是夏天。所有这些事都是轻手轻脚地做的，弗洛拉还在睡觉。踮起脚尖在楼梯上轻盈地跳跃，楼梯也可能会轻轻震动。没有太多的骂骂咧咧，就找到了面包、黄油、小刀、萨拉米香肠、奶酪、咖啡，并把它们攒成了一顿早餐。他在露台上站着吃完了，以免他的裤子在上班之前就起皱。他看着轻轻摇晃着的树梢，当他看着那里的时候他又想起了那个梦，他开始：想家了。他接着抱怨道：为什么那里只有钢梁？为什么连一棵五针松都没有，不管在遥远的山冈上随便哪个地方？这种多愁善感是从哪里来的，我不知道。他低头看着自己，看到自己的穿着无可挑剔，试着回想起他在梦中穿了什么。但他看到的不是裤子，而是坐出租车时放在膝盖上的手提包。他拍了一下额头，笑了起来。他破解了这个梦：手提包里有钱！我把钱非法带进了美国。这就是我感受到的恐惧！达留斯·科普笑了起来，为自己感到骄傲，享受着事后出现的紧张和放松，把目光又从树梢上移开了一点。你们现在也没那么好看。现在屋里响起了莱德尔工程师事务所打来的电话。

秘书呼吸急促。她的老板正经受着可怕的疼痛，因为发生了一些事情，是一个小事故，我们自然会负责取消与客户的日程。

科普，一直在笑着，然后克制住，以免产生误会：

但我们为什么要取消日程呢？因为必须送莱德尔先生去医院，让医生缝合他的手？好的，这我理解，我赞成这么做，请转达我对莱德尔先生的同情，并告诉他不要担心，这种事我已经自己经历过千百回了。

莱德尔先生通过电话免提功能听到了他说的话，他说了些什么东西，但科普听不清楚，女秘书在口译。莱德尔先生说之前是他设法和客户取得了联系的，并且认为因此他是不可或缺的。客户可能有问题要专门问他，他是安装人员。

科普不想冒犯莱德尔先生，不想说我告诉您，我能做任何您会做的事，至少在理论上如此。我可以告诉客户是怎么回事，而您无法告诉客户别的任何事。既然，如我所说，我不想冒犯您，所以我就这么阐述理由——大声并且清楚地，以便您听明白我的话，因为您仍然坐在地上，靠在墙上——我不认为第三次推迟这个日程安排是明智的。虽然是他们推迟了前两次的日程，然而，总的来说可能会给人一种印象："这不应该"。莱德尔先生，我们会在今天挖出看起来悬在这笔生意上空的坏星星。（挖出一颗星星？现在无所谓了。）请您相信我。我戴着我最时髦的领带，极其谦虚地说，我也略微知晓实用的一面。您知道我是个训练有素的无线电机械师吗？不错，我也曾经在凌晨 5 点起床，整整 3 年。所以，别担心，莱德尔先生，您留神看着别失血过多，之后我会和您联系的。

他迅速挂了电话，迅速但谨慎地走下楼梯（为了不滑倒，也为了不发出太多隆隆声而把弗洛拉吵醒），套上和裤子搭配的休闲西装，把手机放在西装内口袋里，抓起银色的小手提包，匆匆离开了公寓。仿佛他能够逃离一个可能会紧追着他打电话的人似的。但是莱德尔先生，或者更确切地说是他的女秘书没有再打电话过来。

当他走出大门时，一群麻雀从"狐狸和鹳"酒馆前面的水坑里飞起来。科普善意地看它们杂乱地扑扇着翅膀，直到它们再次降落下来，他才最终离开了。

在去出租车停靠点的路上——因为我们不想尝试乘坐公共交通工具走一条事先没有经过调研的路线，拿我们的好运气冒险——他还看到人行道上躺着一个圆圆的、闪闪发光的东西。当他辨认出来，那是一枚硬币时，他把它捡起来放在口袋里。拜托，这是一枚幸运硬币。

直到开上环城高速公路前不久，一切都很顺利。然后从那时起一切都不顺了。在一天中的这个时候，交通堵塞并不奇怪，因为其他人也想去赚钱或花钱的地方，或者单纯只是因为他们可以堵在路上，你必须把这一点算进去。但是，如果一辆装有一台小型挖掘机的卡车在躲避障碍物（到底躲避什么东西从来都不清楚）时摇摇晃晃，并且在三条车道中的任何一条上面停下来，那么，然后达留斯·科普也会保持平静，为什么呢？因为他很高兴能在没有莱德尔先生的情况下完成约定的日程。请您别生我的气，莱德尔先生，您是一个诚实的技术人员，

星期二

但遗憾的是在说话方面完全没有天赋，而且总的来说：如果我一个人的话，我会更好。达留斯·科普笑了笑，闭上了眼睛。

后来他不得不重新睁开眼，因为他觉得恶心。事实证明交通堵塞比所有人想象的还要持久，事实证明这位出租车司机太缺乏想象力了。他试着拐进狭窄的小路来摆脱一般的纠缠，但在小路上他们也只能慢慢悠悠地往前开，因为总是有人把车停在第二排，如果能够至少停得可以让人弯弯绕绕地回旋蠕动，我们也会很高兴的。很遗憾，司机是以这样一种方式完成任务的，他快速往前开几米冲向障碍物，仿佛那儿根本没有障碍物似的，然后急速刹车，让车子绕过障碍物，然后再次飞驰，再次刹车。就这样他们渐渐地又回到了大路上，然后面前又堵车了。他们几次试图突破，急急忙忙开到北，开到南，开到东，但只是在开到西边的时候没有进入死胡同，他们没有死，就像——耶稣，弗洛拉，我现在真的这么想，请听我说——就像在城市中央有一堵墙！飞驰，刹车，飞驰，刹车。科普被绑在安全带里前扔后抛，汗流浃背。

您能把空调打开吗？

它坏了。需要清洁。它有臭味。

随着温度升高，车内其他一切东西也在升温。陈年的香烟味、香水味、清洁剂味。在遮阳板里，科普现在才注意到有一张小圣像。科普打开侧窗。他吓了一跳：一名骑着自行车的快递员，背着一个黄色的背包，骑得飞快，离他的脸只有10厘米。真是个流氓！（愚蠢的混蛋！）一开始科普理所当然很生气，然后他（也是理所当然地）嫉妒地看着他。后来他又生气了，就在交通拥堵开始疏散，他们刚想开始正常驾驶的时候，同一个背着黄色背包的快递员突然挡住了他们的路，以至于他们不得不再次急刹车，科普感觉到他的胃都到嗓子眼了。后来他搞清楚了不可能是同一个快递员，但话说回来这也无所谓了。我有个商务安排，我迟到了10分钟，浑身汗津津，衣服皱巴巴，我快吐了。如果我自己可以开私家车，那么这一切都不会这么糟糕。（就是顺便这么一说。）

他终于站在了人行道上，深深吸了一口气。他试着想象有一阵微风吹干了他的额头和脖子。没有。他叹了口气，这时又觉得胃里很难受——别管胃了——用他熨好的干净手帕擦了擦脖子和额头，直到他再次感觉有点清醒。他最后深吸了一口气，寻找着正确的门铃。

他找到了门铃，他按了门铃，他们让他进去，他在电梯里最后整理了一下状态，微笑着，在三楼下了电梯，在那里遇到了一位友善的年轻女士。

她从来没有听说过他，也没有听说过他要找的人。

这不是信息技术部吗？

是的，是的。

这科普就不明白了。他重复了这个名字。很普通的名字。穆勒或者施奈德。那个年轻女人不认识他。

您看，这是他的电话号码。

哦，这个啊！那位年轻女士笑容满面。这不是研究所的号码，而是行政管理处信息技术部的号码！他们不在这里办公，而是在主校区。

现在科普明白了。这个莱德尔可能是个白痴吧！我也是！研究所，信息技术部，不能把它们搞混淆！他难为情得无地自容，连脸都红了，他低下头看着他的鞋尖。它们没有擦干净。总会忘记什么东西。为什么？

他用不着担心，他听到这位年轻女士说，那里并不远，20分钟就可以走到那里，坐地铁的话很快就到了，这位笑容满面（科普从她的声音中听出了满面的笑容，他还是没有看她）的年轻女士会帮他打个电话，他用不着担心。

谢谢，科普低着头说。

行程的第二部分我本来想略过，换了任何一个人都可能想这么做的，但事实是，你要去地铁站必须先坐公共汽车，虽然只有3站路，尽管如此，打电话给出租车服务中心让他们派辆车过来看起来更加便利。如果一辆要停3站的公共汽车从地铁站到这里需要5分钟（然而它每隔20分钟一班！），那么等一辆出租车从最近的停靠站过来要多久？他打电话给服务中心。

我已经等了8分钟了。

对不起，调度员说，这是出租车，不是直升机。

您说什么呢（你这个蠢女人）。

不过随后出租车恰好就到了。

如果科普知道这时他等来的是怎样的司机，他就只会让他把他送到地铁站。但他不知道。这个司机倒没有毫无意义地飞驰和刹车，而是滑行，总是比允许的速度慢 10 公里/小时。当红绿灯是绿灯时，他还会放慢速度。同时他使劲大声咀嚼着口香糖，以至于科普（不像弗洛拉），他对别人充满生机的声音并不敏感，都开始起鸡皮疙瘩，感觉有一种酸味蔓延到了他全身各处。再加上到处都是红绿灯。仅仅要转过这个街区：就有两个红绿灯。还都是先绿灯，再红灯。我来捂住耳朵。看看他会怎么做。

司机甚至嚼得更响了，因为即使捂上耳朵也能听到。您能放点音乐吗？

司机都没斜眼看他一下就随便放了一首叮叮咚咚的东西。科普陷在座位里，他对这一刻放弃了反抗。嚼啊嚼，嚼啊嚼，吧唧吧唧，叮叮咚咚，我们太晚了，我看起来就像一坨屎，嚼啊嚼，嚼啊嚼，叮叮咚咚。至少他们没有遇到交通堵塞。

9 点 45 分的时候，达留斯·科普本来可以站在他的联络人面前了，但他又一次在造得像迷宫一样的建筑里迷路了，他以为他在一个圆形走廊里，门边的数字会在某个时候下降而不是上升，但他撞到了一扇锁着的玻璃门，不得不再次回头。

他 9 点 55 分的时候站在他的联络人面前。他解释了这场误会，并提到了交通和天气的原因，不过有位女士代表我给您打了电话，您知道的吧。他用现在已经破了的手帕擦了额头的汗水，笑了起来。

联络人是一个和科普年纪相当的男人，肥肥的，稀

星期二　215

疏的金发，红脸。他们第一眼看上去很像。除了这家伙是个脾气暴躁的人。他说，科普怎么敢迟到整整一个小时？他说，不知道，他不知道有什么电话，没有人给他打电话，但这完全不重要，科普的托词也不重要，它们引不起这位联络人的兴趣。您以为我整天除了等您什么都不用做？15分钟，他还可以接受，尽管他个人并不认同这15分钟的所谓学术时间[1]。如果一个人想要卖东西给某人，他就必须准时！毕竟他是想卖东西的。

我很抱歉。城里面堵……

一个地方，一个时间，这可不是核物理！但人们总是用可能耗费的最短旅行时间来进行计算！好像从来不误点，从来不会错过下一班车，从来没有交通堵塞！必须把这一点考虑进去。迫不得已的情况下宁可很早就到。那样就没那么糟糕了！

我很抱歉，达留斯·科普说。我只是一个人而已。

我才不在乎您是不是个人！您根本不是一个人！您是一个想卖给我东西的人，这样的人数量多得就像海边的沙子，他们中的每个人都有某种创新奖！

他真是这么说的吗？

是的，他是这么说的。他说，他对面的人根本不是人。目瞪口呆，现在他们站在那里，在之后的宁静中。

---

[1] 学术时间（akademischen Minuten），指学术一刻钟（Akademisches Viertel）。在德国等地的一些大学中，课程、讲座等活动通常会晚于规定时间15分钟开始，以便给教师、学生留出缓冲时间。

那个脾气暴躁的人紧闭着嘴唇。

科普露出了微笑，然后踉跄地走了几步。

对不起。我能坐一会儿吗？

那儿有把椅子，他坐了下来。

只坐一会儿，科普说，他的汗水还在往下淌，呼吸急促，尽管如此他还是发自内心地微笑着。并不是因为谈判伙伴的不幸把他们短暂地带到了一个层面，一个每个人都不幸的层面，而是因为他面对红脸确实充满了善意和理解。即便您说，我之为人不重要，但正是这一点让我认识到了与您的相似之处。

您知道吗，在过去的一个半小时里我一直在想着完全同样的事情。这个或那个人是不是人，出租车是出租车而不是直升机，都不重要。能运作的东西，不管是简单的还是复杂的东西，都不得不运作。我很理解您。但既然我已经坐在这里了，而且很遗憾我必须坐一会儿，那么我就说说我的心里话，既然我已经在这里了，您应该知道，准确地说，如果您研究过资料，很可能您就知道，我们的产品远不止应该获得它的创新奖励，因为当它应该运作的时候，它就会运作，在平等的条件下它是一款好产品，否则的话您根本不会邀请我，不过也许您还会有这样那样的问题，既然我在这里了。

那个脾气暴躁的人仍然站在刚刚他站的地方。他长着雀斑的手（棕色雀斑，粉红色皮肤）的指尖触摸着桌面。您这样来制止颤抖吗？您的脸，您薄得像道线的嘴唇，突出的眼睛（天蓝色！）暴露出了您的怀疑，您不相信我，您认为我在作秀（我当然在作秀！），但同时您一直都有被自己震惊到，被非人类震惊到了，您红红的脸颊向我展示了这一点。一个没有发挥它优势的进球。现在您甚至坐下来了。

谢谢，科普诚恳地说。您不会后悔的。您会发现，我绝不是一个溜须拍马、阿谀奉承、乐观无忧的推销员。我也不会使用在随便什么课上被灌输的语句，"我现在给您一条您无法拒绝的建议"等等，这些话精明得一眼就能被看穿。您会发现我首先是一名工程师，就像您一样，并因此获得酬劳，我猜您是（理工大学）电子数据处理专业的工程硕士，其次我才是一名推销员，我热爱凭借技术解决问题的美好感觉，我的信念是真诚的。嗯，事实上我们的组件是最好的，如果涉及给既有砖墙又有钢筋混凝土墙的建筑进行网络覆盖的话，就像这所历史悠久而又高度现代化的大学的情况一样，它能确保您，无论您走到哪里，站在哪里，都会和世界其他地方相连。不，别人无法通过这个网络给您定位，我们还没有达到《星际迷航》里的程度（因为您在我看来没有幽默感，所以我宁愿省去这种比喻），不，人们也不能看到您正在上（闲逛）哪些网站。您的员工感染大量（性病）病毒，这种情况可以通过相应的程序来阻止或者至少是防止，当然为此也必须维护这个网络，不过每个系统都必须这么做，无论是物理的还是虚拟的，可正因为如此，我们（我）才是您的最佳选择。网络安全是我的专长。无线网络通信中的主要危险有：

1. ……

2. ……

3. ……

4. ……

5. ……

6. ……

7. ……

总而言之，科普，根据当时的情况，使自己摆脱了这一难堪，尽管不是非常出色，但还是挺不错的了。这个恶人当然不能立刻放下他那副不客气的面孔，但至少它的颜色恢复了正常，科普的脸也是一样，只是朝着另一个方向恢复正常，从烟灰色（因为他刚刚确实有点不舒服）变成了粉红色，同时他的快乐随着他的身体变得舒服而增加起来。

我很好。不管结果如何。我很好。

脾气暴躁的人站了起来。

谢谢您能来。

谢谢，您能抽出时间。

他们握手道别。科普站起来时不显眼地（当他把手撑在膝盖上时）在裤子上擦了擦手心。那个坏人忘记了这么做，所以他的手心还是湿的。

达留斯·科普走在一条安静的、空荡荡的大学行政楼走廊里（这回声！），找到了一个男厕所（这里也是），上了个厕所，洗了手和脸，发现了一个毛巾分配器，用双手，得体地，把他自己要用的干净的那部分拉了出来，照了照镜子，又看到了，或者说依然看到他头发里的汗珠，把头靠在他自己用过的那部分毛巾上，然后擦着自己的头发。他还碰到了一点别人在他之前使用过的区域。瘟疫是如何传播的。他找着他的吸入器。他找到了，但它（仍然）是空的。为什么人们总是希望它不是空的？已经康复了？他没有看到纸篓，所以他把空的吸入器又放了进去。他最后一次照了镜子，最后一次用手捋了捋自己的头发。他咧嘴一笑。

外面阳光照耀，树木成荫，鸟儿啁啾。这里是一个美丽的地方，别墅座座，绿意盎然，虽然草大面积干枯了，但在树木投下阴凉的地方，仍然很惬意，那里也有几张长椅，为什么不坐到其中一张上面去。已经有枯树叶了。菩提树总是第一批有枯叶子的树。长椅周围还有垃圾。一个小小的燕麦片包装袋。它写着英文的那面朝上：**燕麦**。

当饥饿变得明显时，他起身离开了。

26 分钟。这就是坐城市快铁回来的路上花的时间。不说了。这不重要。我是从别的地方出发的，而且，这已经是过去时了。城市快铁车站闻起来有花的味道，像是花盆里的玫瑰。在上自动扶梯前就有一个花摊。但科普没有乘自动扶梯，他直接去了购物中心，去了地下室，餐饮区域。一方面他饿了，另一方面（上午的激动和疲劳现在才显露在他身上，他感到它们在腿弯里很沉重，我马上就要支撑不住了）我应该得到一个奖励。

一家鱼餐馆（裹面包屑炸虾尾、炸鱼块、炸薯角？）。
一家煎香肠店（煎肉饼、煎香肠、炸肉排、煎肉丸？）。
一家亚洲小吃（蒜香脆皮烤鸭，腰果和米饭，可外带袋装辣烤虾片？）。
一家有鲜榨果汁的摊位（有没有草莓卡琵利亚？这里没有）。
一家烘焙店（法棍面包配火腿煎蛋卷、美国派、冷狗？）……

就在这时他看到了一个寿司摊。一个上了年纪的男的正在卷寿司，和善地向他点点头。里卷寿司上的芝麻，以及顾客可以像在弗洛拉那里一样坐在吧台高脚凳上这样一个事实，都起到了决定性作用。我已经习惯了这些吧台高脚凳。科普走到寿司摊，坐在一张凳子上。他小心翼翼地用肩带把笔记本电脑包挂在两腿之间。还有其他客人在那里，但科普不关心他们，他只专注于师傅，他觉得似乎师傅也主要专注于他。有一段时间只有这样的情形：师傅和科普之间有着无言的互动。

他向师傅暗示，他想做什么就做什么。

师傅向他暗示，他可以品尝，而不用吃完一整卷。他不想要的寿司片可以放到外卖用的塑料盒里。

科普一一品尝了许多片寿司。有配烤三文鱼和小葱的。有配海鳗和黄瓜的。有配烟熏豆腐和甜椒的。有配蟹腿肉和辣椒的。有配蟹肉、牛油果和飞鱼籽的。有配照烧鸡肉的。这时候他想来一杯鲜榨橙汁，不过这就是废话。有配戈贡佐拉奶酪、生菜和黄瓜的。有配海胆籽的。有配煎蛋卷的。有配水果的。中间那个辣辣的东西是什么？腌萝卜。河豚呢？您这里有河豚吗？师傅笑了，摇了摇头。科普也笑了。其他的客人羡慕地看着他们。科普用热清酒友好地向他们敬了酒，喝光了，又点了一杯。确切地说，这应该是第三杯了，还是来杯啤酒好些。他吃了剩下的腌姜，他把它们在剩下的芥末和剩下的酱油中蘸了蘸。和账单一起拿给他的还有一杯低酒精度的黄色果汁。遗憾的是，他们这里不能刷卡买单，科普不得不动用亚美尼亚人包裹里的那张50元纸币了，我不能忘记。他向师傅点点头。师傅向他点点头。一切都很棒。

直到他从凳子上下来，他感到尾骨和脚一阵疼痛（昨天从楼梯上摔了下来！）。他一跛一跛的。他们可能还会认为我喝醉了。或者说我醉了？没醉。可是他突然感到很累。你要么因为饥饿而头晕，要么因为饭醉而头晕。有那么一瞬间，达留斯·科普离开了包围着他的空间（当然也离开了时间），进入了他身体感觉的内部：炎热、眩晕、昏暗。鞋子里有拉扯般的、针刺般的、火烧般的疼痛。胸部和鼻窦之间那种奇怪的感觉是什么？刚才一切都还很棒，奢侈、维生素，可现在呢？站在那里——他不知道：在广场的中央，在他的头上有三层玻璃覆盖的楼层，在那儿有一百三十多家商店带着各种各样的时装、潮牌和配饰、化妆品、美容和健康服务在四万多平方米的营业面积里等着他——离他的办公室只有一百米远，但他怎样才能到那儿去呢？他都无法想象。医生，我该怎么办？

您有兴趣放松一下吗？

（我不知道……）

用按摩、新鲜的氧气和舒缓的声音为您充电，让您再次精力充沛？

不好意思，什么？

在他失明了几秒钟后重新恢复视力的时候，他看到一位全身穿着白色衣服的年轻女士站在他身边。她朝他微笑着，指着走廊上一个圆形的加宽处。在那儿，在一个临时柜台和一块广告牌旁边，放着两把按摩椅。另外一个穿着白色马球衫、白色长裤、白色木屐的年轻女士站在旁边，冲着科普热情地微笑。

这两位年轻女子正在为按摩椅和足浴按摩盆做着广告。啊，这我知道。我给我妈送的就是这个。但氧气是怎么回事？

请您过来，第一个年轻的女人说，轻轻地碰了碰他的胳膊肘。达留斯·科普感觉到了安全、轻微的性刺激、因期待着也许能体验一种新式的颓废奢侈而产生的喜悦、一种轻微的固执：这是我应得的，食物不是奖赏，食物是必需的。他随她一起走了。

当椅子为您按摩的时候，您可以通过鼻管获得额外的氧气，您可以通过耳机听到音乐或自然的声音。我向您推荐"商务 10 分钟套餐"，这是为商务人士服务的

10分钟，只需2欧元。我的名字叫作奥利维娅，这是我的同事桑德拉。

我是达留斯。

我似乎没必要说这个。这两位年轻的女士对此置若罔闻。桑德拉把新的纸铺在椅子上，奥利维娅替他拿走了手提包和休闲西装。她有一半亚洲血统吗，还是说她单纯就只是上眼睑极度凹陷？

您还想做个足部按摩吗？10分钟的费用是5欧元。这是特价。

科普不知道他该怎么说"不要"或"要"。他点点头。

桑德拉往足浴按摩盆里灌了水，奥利维娅在遥控器上进行了一些设置。科普饶有兴致地看着。奥利维娅笑着向他展示她已经设置了第二号程序。"商务10分钟套餐"，"热带的雨"。她给他戴上鼻管，戴上耳机。当椅子开始震动的时候，科普把头往后仰，靠在纸上，闭上了眼睛。当有人，可能是桑德拉，开始卷起他的裤腿时，他又吓了一跳——如果我的袜子臭了怎么办？这倒是没有想到！——但这时已经太晚了，她解开了他的鞋带，把鞋脱了下来，脱掉袜子，把他的双脚放在手里，一只接一只地轻轻放进冒着泡的热水里。还能怎样，那就这样吧。

就这样，在一个星期二的中午，达留斯·科普躺在商场的中央，双脚泡在足浴中，躺在震动着的椅子上，通过鼻管吸着特别新鲜的空气，这空气闻起来，就像耳机里的声音听起来那样，有热带的雨的味道。

几秒钟后他就神游了。出窍之前他还从外面看了看自己,看到自己坐在一个震动着的椅子上,在香肠店、鱼餐馆、烘焙店、寿司摊、果汁摊的视线范围内,这傻不傻,我一点都不在乎。——打电话给弗洛拉。把一切都告诉她。她会理解的。我们会分享喜悦。——然后他也看到了她,她也闭着眼睛,她甚至可能戴着眼罩,耳朵里塞着耳塞,她躺在一个非常明亮的房间里(我们的卧室),睡着觉,而飞机则在她周围飞来飞去。他睡在这里。

他睡了 10 多分钟。他打了鼾,流了口水。他醒过来的那一刻就知道了。他还听到了最后一声鼾声,他感觉到嘴角有口水。

他的脚被裹在一条干毛巾里。这样您就不会觉得冷了。

你们让我睡着了?

就 10 分钟。

您怎么知道只有短短的 10 分钟?

奥利维娅和桑德拉端着白色的大杯子喝着茶,她们笑了起来。

桑德拉把茶放下,去拿他的鞋。

不用您帮忙,我自己来,谢谢您!

他自己穿上了袜子和鞋子。脚已经变软了,可鞋子又硬又紧,好像我把我的脚放在了老虎钳里似的。奥利维娅和桑德拉怜悯地看着他因痛苦而扭曲的脸。

您想来点草本茶吗?这是免费的。

科普笑了——当她如此友好的时候,我的脸却如此

星期二 225

痛苦地扭曲是不得体的——他说谢谢，不用，他不想再喝草本茶了。他想买单。

他递过去一张10元纸币。应该给她们小费吗？她们这样和善，而且她们这样年轻。

不用找零了，他很快地说，然后很快地走开，这样她们就不会拒收了，但他目光扫过肩头往回看，想要看到她们在微笑。她们确实笑了，而且不是感到特别印象深刻地，也不是很惊讶地。奥利维娅在他身后挥着手，这时木屐从她跷着二郎腿的脚上掉下来，有一瞬间科普看到涂成红色的脚指甲在闪闪发光。

到办公室有一百米——直线距离；走路：大概是两倍远——但达留斯·科普每走一步，鞋子里的疼痛就在一定程度上加剧，以至于他很快就感觉再也走不动了。火烧般的、拉扯般的、针刺般的、钻心般的疼痛。被挤压的脚趾，被磨破的脚后跟。恐慌感向他飞袭而来，还有心烦意乱。是什么阻止了我们做出伟大的事业？脚痛还有胃痉挛。哦对了，伟大的事业：去办公室就行了。打他要打的电话，发他要发的邮件。他迈出了一步，差点要绝望了。他把他的愤怒指向了两个天使——足浴！草本茶！——同时他还想给她们留下一个好印象。他环顾四周：她们还能看见他吗？不能。至少。这让人松了一口气。他又转身面对走的方向，看到：一家鞋店。他冲过去了。

解决方案就是新鞋！我还需要新袜子，另外还有新衬衫、新领带和新西装。员工必须注意自己的外表。每个人都必须注意自己的外表。还要注意他的装备。我需要一台新的笔记本电脑，因为这台电脑慢得让人受不了了，还要一部新手机，因为现在的这部电池老化了，一辆新车，因为租约不久就要到期，还有一台新电视，不过这是私人用品，还有时间。此时此地：鞋子！我要你们这里最舒服的。

我们最舒适的鞋子，一位让他想起弗洛拉的年轻女士（褐色头发，中等个头，A罩杯）说，是用人造面料制成的中国健康便鞋，七种彩虹色都有，但她坚定地推断他想要寻找一双黑色男式皮鞋。尽管她个人认为，如今人们也可以穿运动鞋来搭配西装，或者，比如说这些上好的步行鞋，它们是由高品质的高科技材料制成的，颜色低调柔和。

科普试穿了这双步行鞋，为了给售货员一个面子。它们确实很舒服，穿着这鞋子他的脚确实不疼了。尽管如此，他还是试穿了一双黑色皮鞋。两只鞋里的脚都疼。他试了商店里有的每一款鞋子。最后又试了步行鞋。不疼。他把它们买了下来，就穿在脚上不脱了，但他也买了一双黑色皮鞋，这双看起来和他进店时穿的一模一样，只是大了一号，总有一天我的脚不会再疼了，那我就经常穿穿让它们合我的脚。为了搭配步行鞋，售货员向他推荐了标记着L（左）和R（右）的加厚底步行袜。这种天气下穿可能太热了，所以她还另外推荐了用清凉芦荟纤维做成的商务薄袜。科普买了步行袜，羽毛般轻盈的黑色和深蓝色芦荟纤维袜各买了一双。

您要留着鞋盒吗？

他走了，穿着旧袜子，但穿着新的步行鞋，他的脚不疼了，他感觉又有精神了。

精神很好，以至于当他看到一家卖衬衫和领带的商店时，也光顾了那里。在这里，他也不必像被人遗忘一样四下乱走，这里也有一个女售货员，年纪要大些。在她的帮助下，他挑选了一件白色的和一件奶油色的衬衫，以及一条明黄色、白色和灰色的丝绸领带，加上部分不显眼的黑色，这和他的西装很搭，跟白色和奶油色的衬衫也非常配。

当他付账的时候——或者更确切地说，当他看着领带上的黄色时——他想起了隔壁办公室的男的。具体来说，他想起了三文鱼色衬衫上的橙汁，但他不记得在商店里看到过三文鱼色衬衫，另外我也不知道他的尺码。而且一般来说，谁会给他隔壁办公室的男的买衬衫？最多是一个女人！科普并不反感女人，他爱她们，欣赏她们，渴望她们，害怕她们，但他并不想成为一个女人。对不起，但是：不想。他真心对售货员表示感谢，并告诉她他的午休时间现在结束了。

祝您好运！售货员说。

谢谢，达留斯·科普说。

他精力充沛地走向出口，他路过了左边的手机商店没有进去（但痛苦地转过头来，想要看看新款黑莓是否已经在店里了，合约机399，非合约机499？），也路过了箱包商店（尽管我们的银色小手提包有些地方已经磨损了，挂钩上的带子吱嘎作响，在陈列橱窗中可以看到一个瑞士军队外观的邮差包，配有手机壳、钥匙圈和弹簧钩），他振作起来，还经过了钟表店（滚珠轴承主马达、高速平衡轮，老兄！尤里说，一次又一次地把他的袖子撸上又撸下）。到目前为止还是挺有趣的。达留斯·科普咧嘴一笑，感到高兴和自豪，因为他买到了一些东西，也因为他抵制了其他东西的诱惑（按摩椅目前对他来说挺尴尬，他决定对这事保持沉默——从现在开始对自己也不提），但紧挨着出口处，电脑商店的玻璃门、陈列柜、货架就像一朵巨大的未来主义奇妙之花在他面前绽放时，他的心还是被刺痛了。笔记本电脑！我需要一台新的笔记本电脑！我有权利要新电脑！我是用它来工作的！欲望是强大的，混杂着自怜，但同时科普也知道，如果他屈服了，如果他进去了，他就迷失了。因为他也许会买一台新笔记本电脑，也可能不会买，这不是重点。重点是进入这家商店无论如何都会再损失一个小时，即便不是两个小时的话，然后一整天就损失了。达留斯·科普清楚地感觉到，现在已经到了他可以防止撕碎时间的最后时刻。他咬紧牙关，更紧地抓住袋子和小手提包，死死把目光钉在另一边，一家年轻女孩服装店——充盈着青绿色、黄色和粉色的夏天已经过去了，点缀红黑菱形格的大衣、过膝长裙和皱漆皮夹克的秋天已经在招手。有一天我会有一个穿这些衣服的女儿吗？如果有的话，那就这么穿吧——他走了，一步一个脚印，直到他感觉到通向室外的那扇玻璃门紧贴在他面前。他用力把它推开。

此刻是下午 3 点。尤里 6 点来接我。还有 3 个小时的办公时间。基本上就是打电话。其中一些电话是科普会去打的，有一些电话是他不会去打的。

在他试图把购物袋挂在衣帽间架子上之后——挂不上去，拎带和钩子不匹配——在他把它们放在下面之后——这样一来门就不能完全打开，而且带子也会被压皱，还能怎样，没有别的地方了——他把笔记本电脑放到原来的地方，看着拉佐卡先生在他不在的时候为他收集的电话记录。

他没有回的第一个电话是银行佩卡先生的。他已经在 9 点 30 分留言了。

他想要干吗？他一直在考虑这件事，毫无疑问他会提出一个解决办法。这个狡猾的人想为他的银行保住这笔钱。这就是他得到报酬的原因。

科普把纸条放到后面——顺便说一句上面写着"贝克尔先生"——然后才打电话给莱德尔先生，他两个钟头前就已经想知道会面结果如何了。

莱德尔心情不好，嘀嘀咕咕地喊疼，悲观，科普则用欢快、清新和乐观来平衡。

不是，莱德尔先生，并不是一直到现在才结束，我还有别的事情要做的，您知道那是什么感觉。他也没有指责莱德尔先生把他送到了错误的地址，我自己本可以检查和思考一下的。他只是说，这次行程有点冒险，好

230　我也只是一个人

像一切情况都对我们不利，莱德尔先生，但我一点都没想要放弃，最后，怎么说呢，我还是挺有才的。您呢？手怎么样了？……9针？……更像是微微刺痛？那不错……这是什么问题，莱德尔先生，我们当然可以供货！对于这种长期项目来说，这不是问题……当我告诉您的时候，莱德尔先生……我理解您，莱德尔先生（您今天就是过得不怎么好而已），但我建议有问题我们就处理问题，祝您早日康复！

谈话没有超过5分钟。如果必须的话，达留斯·科普可以承受持续或反复的怀疑、吹毛求疵，甚至是愤怒的拒绝（参见今天早上），超过1小时。然而这一次他的心情比往常和莱德尔谈话时更加痛苦一些——他本应该感激我！——当他看到下一张纸条上写的字，即"阿什布雷纳先生"时，他（先）把这张纸条放在了后面。

打电话的人正确的名字叫作阿申布雷纳。科普喜欢这位老人，因为他几乎不了解他——从他60岁开始，他嘴里一直说着"直奔目标"这个词。他期待着退休，又害怕退休——但作为一个客户，他并不是很合适。

他打电话，是因为，我们就这么说吧，他想去参加大学的招标。

科普听了这话非常高兴。我们热爱大学，阿申布雷纳先生！

阿申布雷纳先生说的大学面积四舍五入为15万平方米，有多栋建筑，这需要大约500台设备，500台设备需要2个控制箱，因为每个控制箱最多可以管理250个接入点。但是阿申布雷纳先生并没有询问我们的新产品，他问的是旧的和谐路由器和接入点，这些东西他一直用得很顺畅。您不推销和谐牌了吗？（每个人都说推销。他们就不会说点别的。）

科普表示同意，是的，和谐路由器在当时是一款很好的产品，但在今天看来，阿申布雷纳先生，它已经是遗产了。如今，企事业单位配备的不是2.4兆赫设备，即4条无干扰距离的信道和3条有干扰距离的信道，用这样的设备您在高数据流量环境中无法实现任何目标，而我们新的5兆赫组件和新的中央控制器等等就不一样了。

阿申布雷纳先生对详细清晰的解释表示感谢，他看起来被说服了，现在只剩下价格问题了。

假设500套设备的话，每个接入点将近1000，加上2台控制器，每台50000。

阿申布雷纳先生惊恐万分：1000？50000？

科普耐心地向他解释，在只需一半价格的竞争对手的产品中哪款机器有什么问题。

阿申布雷纳先生问，价格还能降低多少？

科普如实回答：3%—5%，再多就不行了。

我表示怀疑，科普先生，阿申布雷纳说。肯定没人想花这个钱。不管为了什么。

您必须好好考虑一下，科普说，并再次解释了他们这边具备的所有优势。

阿申布雷纳先生再次表示感谢，又是一年之内没有联系。然后又再次进行了完全相同的谈话。

于是科普也把阿申布雷纳的纸条放到后面，立刻感到了内疚，然后他又把这事给忘了，因为他又想到了佩卡。这个人不重要，但那笔钱并非不重要。当他给伦敦拨电话时，他把椅子往后面和边上移了一些，想要看一眼窗户旁边的那堆纸箱。它们看起来就像前一天他把它们放在那里离开时一样。

在科普开始数数之前，伦敦的电话铃已经响了一段时间了。从他开始数数的那一刻起，它又响了15声，这时科普挂断了电话，想要再拨一次试试。

同样的结果。电话铃在响，没有人接，答录机没启动。

现在几点了？15点20分。减去1小时。午休时间肯定已经结束了。他们到底有没有午休呢？还是说只有安东尼午休，斯蒂芬妮在上班的路上买了一个夹着白奶酪和蔓越莓酱的三明治，坐在办公桌前咬着，而她的另一只手在做着人们可以用一只手完成的工作？还是说她在厨房里喝着茶，毕竟我也是个人？

科普挂了电话，打开了电子邮件程序：他们回复我昨天的邮件了吗？没有回。保险起见他还检查了垃圾文件夹。由一个程序生成的名字——今天最成功的是：恩里科·东布罗夫斯基，乔斯林·哈特曼，克兰西·伊森贝格，大流士·穆罕默德——为我和其他任何人提供着股票、工作、性交和药品等方面的信息。没有别的东西了。

科普叹了口气，拿起下一张电话便条，读道："苏珊娜·米尔萨女士——免预约，周一还是周二？"

一丝恼火掠过达留斯·科普心头。接收人是拉佐卡先生。您是个好人，但您的笔记连不及格水平都达不到。谁他妈的是苏珊娜·米尔萨？您肯定又理解错了！这是什么意思："免预约，周一还是周二？"公司的名字呢？达留斯·科普也倔强地把这张电话便条放到后面——结果上面又是"贝克尔先生"。科普气呼呼地把纸条扔到桌子上，跺着脚走进楼层厨房，想要用运动来释放掉一些火气。一杯加双份糖的卡布奇诺！我今天还没喝过呢！

如果我们在外面遇到拉佐卡，我们该和他说些什么？

不说，先什么都不说。等我们喝了点东西冷静下来之后再说。我们必须小心对待为我们工作的人。（几乎感动了：我会是个好老板。）

拉佐卡不在外面（如释重负，有点羞愧），但厨房里有别人。三文鱼色的衬衫。隔壁办公室的人正把注意力集中在咖啡机上：研磨，进水，出蒸汽，渣子掉进咖啡渣容器里；没有任何迹象表明他注意到了科普。科普放慢了他的脚步，他没兴趣碰面，但就那么回去，这也不行。那样的话他肯定会注意到的。于是他停在几步远的地方，等着。我在排队。是的，我也想用这咖啡机。

三文鱼没有反应，他继续专注于咖啡机。这时他的咖啡已经做好了，但他选了一个太大的杯子，它卡在出水喷嘴那里了，为了把它拿出来，他不得不两只手都用上了。它洒了。三文鱼骂骂咧咧的，不过几乎听不见。

哎呀，达留斯·科普听到自己用最友好的声音说，这些杯子也太大了！很奇怪为什么这里只有巨大的杯子。它们派不了任何用场。只会让人生气。

三文鱼，双手端着滴滴答答的杯子，终于看到了他。

他比科普记忆中的更年轻（我以为我们差不多年纪），头梳得更好（现在已经没人梳得这么好了！），穿得更鲜艳（配三文鱼色衬衫的裤子是不深不浅的蓝色），戴着厚镜片眼镜。到目前为止科普也没有注意到这一点，我也没有注意到他甚至还戴着眼镜，这厚厚的镜片，今天也没人戴了，镜片后面的两眼看起来只是圆睁着，只有茫然。科普只能立刻把自己置于这个笨手笨脚的年轻人之上，他的微笑和嗓音变得更加居高临下，为此他又一次感到羞愧。

很抱歉，达留斯·科普说。因为衬衫的事再次道了歉。不过，我看它还是可以洗掉的。

这是另外一件。不过：当然可以洗掉。只需要洗一下就行了。

三文鱼的声音出乎意料地好听。就像一个有魅力得多的人的声音。现在他也笑了。科普松了一口气。

达留斯·科普，菲德利斯无线网络科技公司的。

彼得·米夏埃尔·克莱因，Med 咨询公司的。

Med 是医学还是媒体的缩写？

为医疗机构提供独立于制造商的咨询服务。

哦，这样啊，达留斯·科普说。

也没什么更多的话可说。科普又笑了笑，转向了咖啡机。

令他厌烦的是，彼得·米夏埃尔·克莱因并没有拿着自己的杯子走开，而是站在他身后。科普专注着咖啡机：研磨等等程序……

无线网络，医疗咨询师在他背后说。很多诊所现在都在加装这个。

等一下，达留斯·科普说。

当他去办公室的时候（其实是跑过去的；看在上帝的分上，你为什么要跑，这看起来像什么样？太晚了），他想起来他不知道他的名片在哪里。他最后一次看到蓝色的塑料盒（我们的赠品）是在哪里，塞在印刷厂纸箱里的其他卡片在哪里，这个纸箱在哪里？（纸箱，纸箱，总是这些纸箱！）既然他跑了，那么他就已经发出了成为一个更快的人的信号，但如果他是一个更快的人，那么他现在就不能慢慢地寻找，他的时间是有限的，他无论如何都不可能回来说：我现在找不到名片。在这种情况下还能干吗：就只有向前跑。达留斯·科普开始跑起来了。他吧嗒吧嗒跑到写字台前，碰运气地把一些文件扫到一边，然后伸手往里面随便一摸。看这里：他手里甚至拿着三张名片。但它们是我的吗？是的！他扔回去两张，然后又把它们拿起来。哪一张最干净、最不皱？他把这张拿了出去。

他们交换了卡片，然后一起站在厨房里喝着咖啡。他们聊着天，无论谈话的主题是什么，彼得·米夏埃尔·克莱因说的话蕴含很多知识，富有理性和品位，以至于达留斯·科普在告别后仍然倒着向他的办公室走了一会儿，以便能够微笑着向他的邻居多挥一会儿手。达留斯·科普一手端着（又一杯）热卡布奇诺，另一手挥动着，就这样倒着走向他的办公室。

又一次忘记了勺子，没关系，他笑了起来，把手伸进桌子上乱七八糟的一堆东西里面，手里拿着一支笔，一支可能已经干了很久的塑料圆珠笔，上面印着广告，他用它来搅拌卡布奇诺里的双份糖。他咻咻地笑着，舔了舔圆珠笔，把它扔回了桌子上。圆珠笔在下落时砸中了电话便条：佩卡——阿申布雷纳——米尔萨，它们错位移动，现在可以看到 7 个角，而不是 4 个角。科普喝了一大口泡沫，坐了下来，拉出了最底下的纸条。

"苏珊娜·米尔萨"女士的真名是沙赫扎娜和米尔扎，她代表着一个与巴基斯坦和德国都有些关系的组织、文化、通讯和经济。更多的信息达留斯·科普无法很快获得，因为和米尔扎夫人的电话匆忙得不可思议，以至于科普需要集中他所有的注意力去至少听懂哪怕一星半点的信息。

一开始的时候他说他没听到铃声。他还没进行任何自我介绍，耳朵里就立刻响起了她喘不过气来的声音：

喂？！喂？！您是哪位？！

那个，达留斯·科普说，我压根儿没听到铃声……

是吗?!! 您是哪位?!!

她嘴里有什么东西,很可能是一块糖果,它撞在她的牙齿上吧嗒吧嗒作响,这很容易让人迷惑,此外她对科普不停地说着话,他在第二次自报家门时差点没说得出他是谁,他回电话是因为她给他打了电话……

是的!!!显然她只能对着电话大喊大叫,好像她正站在一个繁忙的十字路口中央,或者好像一场暴风雨正在她周围呼啸。她只是顺带死板地念了她的名字和她机构的名字,然后又立马对着科普大喊大叫:您能来吗?!星期五?!还是星期一?!还是星期二?!

这涉及的是一个……

可以吗?!!!

这涉及的是一个什么项目……

一个政府项目!您星期五能来吗?!

(政府?哪个政府?)这个星期五?让我看看……

能吗?!!!

科普点开日历(忙乱,她让人相当忙乱)——

叮!电脑说。"日程逾期:9:00,大学。"别烦我!他把通知标记为"已完成!",然后关掉了它。

—— 为了看一下,其实他本来就知道:星期五他还没有预约日程,无论是商务的还是私人的。另外这是错误的举动,他本应该打开浏览器。用一只手打电话,用另一只手查找出这些人是谁。

请等一下,米尔扎太太,可以吗?请等一下,我得放下电话离开一小会儿……

（如果你知道如何让别人等待，以免他——这一次：她——听到你在键盘上噼里啪啦地打字，那该有多好……）搜索：巴基斯坦语、德语、文化、交流、米尔萨……他运气不错，他立马就在第一页找到了她所在组织的网站，上面写着她的真名：沙赫扎娜·米尔扎。甚至还有一张她的照片。我现在知道您长什么样了。知道您的照片是什么样子的。

好吧，星期五……

还是星期一?！星期一9点?！

那也……

很好！星期一9点！

好的吧，还有……

她已经挂电话了。

网站上虽然有一个地址，但科普已经吸取了教训，再次打电话对她进行确认。

是的！！沙赫扎娜·米尔扎喊道。星期一9点，4号院子，3楼！！！

科普的手掌和额头上全是汗，但他的心情变得更好了。他用小臂擦了擦额头，在衬衫上 —— 在他圆滚滚的肚子柔软的两侧——擦了擦手，笑道：世界上充满了怪胎。真的。全是怪胎。我就在他们中间。单单今天就有：一个脾气暴躁的人、一个糟糕透顶的彼得、一个追名逐利的人和一个风风火火的女人。面对所有这些人我都表现出了最好的状态。你可以为自己感到自豪。我很自豪。

自豪、自信、精力充沛、乐观，这就是达留斯·科普第二次打电话给伦敦时的样子。（斯蒂芬妮，最近还好吗？伦敦的天气怎么样？我心情很好，确实不错。我心情一直都很好。他在吗？你怎么样，安东尼？）

伦敦没人接电话。现在是4点。减1。银行的现金业务窗口还开多久？2个小时。科普现在发现，无论如何时间都太少了。即便是钱的来源证据没有问题的话。但会有证据的。纸箱至少还要继续在办公室放一晚。科普倾听着自己的内心感受。我不能说我很担心。并没有。这是个安全的地方。无论如何，伦敦的行为让人莫名其妙。

重新打开电子邮件程序，写了两行：

亲爱的斯蒂芬妮，我联系不上你们。电话有什么问题吗？请回电话或回邮件。

他忘了在邮件上署名，接着又发了第二封信道歉。

然后又发了一封，他在邮件里问他们是否收到了昨天的邮件。致以真挚的问候，达留斯。

因为他暂时不知道还能做什么，因为他想思考，所以他就打开了浏览器，打开新闻页面——我今天也没有看这些呢。他非常专注地读着标题。

《巴西丛林中发现了一个与世隔绝的印第安部落》。

《贫困人口减少到14亿》。

《西幔公司担心被敌方收购》。

《金正日的缺席迷惑了朋友和敌人》。

《柏林六胞胎已经和爸爸妈妈偎在一起了》。

这么长时间，你其实可以把这些钱放在保险箱里的。这才是明智之举，也不会那么复杂。打开搜索引擎，搜索：保险箱。

接下来的1个小时，达留斯·科普都用来查看有关保险箱的信息。银行保险箱的保障。每个保险箱最多存16000。看到了去年夏天的案件，那时佩卡所在银行（！）一家分行的保险室发生了一起惊人的入室盗窃案。——（佩卡在等着回电。）但达留斯·科普继续往下看。——小偷利用一个建筑工地找到了入口。16000还不是很多。另一方面你不需要告知有关保险箱里是什么的信息。可能发生的情况是，在特殊情况下，国家可能会锁定保险箱，或者相反，可能会让人打开保险箱。那些认为情况迫在眉睫的人在论坛上碰头，这些人为数不少。他们互相建议把现金弄到国外去。放在车里！别梦想着坐飞机！斯塔夫里迪斯建议的通过全球联盟进行分批汇款也是一种可行的方案。至少需要多少可以信赖的人（不要家庭成员；用不同的名字，不同的地址！），才能把这40000以每笔小于10000的分期汇款方式汇出去？5个。像你自己这样不起眼的人。这是一个你能为你是一个不起眼的人而高兴的机会。还要穿上西装！一个普通得不要再普通的人穿着一套不太便宜也不太贵的西装，这就是在这种情况下你能做的最佳方案。

达留斯·科普在寻找着一个可以在其中检验他外表的反光表面，这时他先是朝窗户看过去，太亮了，然后再朝他从未使用过的办公室电脑的屏幕看去。太暗了。里面最多只能看到自己的影子。总不可能存在值得信赖的影子吧。科普低头看着自己,想要拥有一个更好的形象。他看到了他的裤子和衬衫。太阳落在他的膝间。我的衣服有点褪色。

论坛上的七嘴八舌很有趣,但已经有一会儿没人发表任何新的见解了。只有时间在流逝。现在是5点。科普趁着间歇的当口把喝完的卡布奇诺杯拿回了厨房。这一次拉佐卡先生坐在接待桌后面。当看到科普的时候,他微笑着向他挥手,科普微笑着挥手回礼。对他来说第三杯卡布奇诺也太夸张了,他倒了一杯水。当拉佐卡先生看到他端着一个灌得太满的杯子(你为什么把它倒这么满?为什么不喝一口?)走向他的办公室的时候,他跳了起来,帮他把门打开了。谢谢,达留斯·科普说。

17点05分。到18点就没有一个肉身凡人能开设保险箱了。或者说:谁知道呢?也许佩卡先生已经拿着钥匙等着我们了。或者是电子锁。然后用密码。但达留斯·科普没有给佩卡先生打电话。他能说得出来为什么不信任他吗?不能。

水没有味道,但科普仿佛在啜饮着似的。把嘴唇蘸进去,舔舔它们,思考着。

5个可以信赖的人。所谓的朋友。科普很幸运有这样的朋友。好巧不巧的是,我们所有人今晚就会碰面。他们的名字是:罗尔夫、穆克、波特霍夫、哈尔多尔和尤里。直到2001年4月，我们都是同事，直到那个星期二，我们大家一起都被解雇了。这是我们的话。办公室经理，他的名字叫施塔克，从他的办公室出来，说：大家都听好了，等等等等。尤里建议开一场下班后的派对，每个人都放声大笑。具体说来，尤里、波特霍夫和科普放声大笑着，施塔克、罗尔夫和穆克微笑着，哈尔多尔没有任何反应。我们去了一个很大的保龄球馆，像野人一样打着保龄球，往肚里塞着鸡腿和啤酒。直到有人（声音优美的穆克）开始唱歌：可能更糟糕，可能更糟糕，可能糟糕得多、得多、得多、得多。诸如此类，直到你喘不过气来：**得多得多、得多得多、得多得多、得多得多**！从那以后我们就相互称为朋友了。至少7年了。我们不定期地见面，但总是在星期二，去打保龄球，吃鸡腿，喝啤酒。运动员施塔克缺席有一段时间了，因为他骑着他的竞赛自行车在半路的某个地方心脏病发作，他重重地摔到柏油路上，从那儿滚到公路排水沟里，当场就死了。（尤里：当然在那种情况下即便有头盔对你来说也没用！）今天，据悉，不打保龄球，因为是罗尔夫生日，而且他还搬进了一个可以推轮椅的新公寓，就在诊所边上。四楼，有电梯。作为一个残疾人他终于不用从下面观赏这座城市了。从阳台上他可以直接看到医院地块，不是急诊室，而是医院管理部漂亮的砖砌建筑。在前面的草坪上，一丛水粉杯伞长成了一个仙女环，一半生长在外墙内，另一半生长在外墙外——什么是水粉杯伞，什么是仙女环？一种菌类，一个由这种菌类长成的环——但据说罗尔夫特别喜欢看运送血液的人,他们骑着白色自行车在建筑物之间穿行。

我想说我的心里话。用不着,你没必要这么做。一个简单的问题可能就够了。等待合适的时机,把它抛出来,当作下一个话题,一个一起玩的提议:朋友们,我有一个问题。你们能帮我汇一笔数额较大的现金吗?

罗尔夫可能只是点点头,最多再问一句:什么时候,在哪里?

波特霍夫可能会热情地喊可以,但他会用一种玩笑的(看热闹的)语气打听是什么,哪里的,为什么吗?

穆克可能想了解得非常细致:汇款具体是什么意思,我们要考虑到哪些后果?我们是否可以要求一个朋友,在必要的情况下足够冷静,以法律允许的方式对官方的提问做出回应,即:只要金额低于10000,这就与您根本无关?或者,用礼貌的方式更加详细地说:我想行使我不必提供任何信息的权利。或者,简单地说:我根本不明白您是什么意思?不允许这么做吗?穆克会保护自己,他会问他的妻子,但最终他会帮忙的。

哈尔多尔根本什么都不会说。你不知道你和他在一起时会是怎样的,他是激烈反对还是热情赞同。科普也不想对他追根究底。最近你很容易和哈尔多尔发生争执。哈尔多尔有原则。这些原则科普还没有看明白,它们跟正当和道德有点关系,而众所周知这并不一定合法。(但这就是合法的!)不管怎样,你不一定需要哈尔多尔。

那么说说尤里。他，最了解情况的人，一直等到最后才会决定性地发言。原则上会的，显然，我会帮你，但有件事让我很感兴趣：你干吗这么热心？你究竟为什么要费心费力？是他们应该去费心费力。你只是个职员。如果你被抓了，为什么不抓你（？？？），他们会让你失望的，你应该知道。

（我怎么能知道呢？我觉得不爽。）

然而，既然我们正在进行假设性的谈话，尤里的眼睛会开始闪闪发光，假设，只是假设，你什么都不做……先是等着……如果没有人问起的话……

从这时候起就不会有什么明智的话能听了。其他人会像自负的小狗一样叼起新的游戏：那些亚美尼亚人会做什么，科普必须怎么做，他是否会被迫东躲西藏，40000你能花多久，非法的生活会是什么样子，要一直搬来搬去，成为一个移动的靶子，不要惹眼，最重要的是要安静，想想：如果你像兔子一样奔跑，他们会把你当作兔子一样击毙……

叮！笔记本电脑说。"1个小时后：18点38分，尤里：下班后罗尔夫家聚会。"为什么是38分？可能只是打错了。1小时后尤里会来接我。最后一次尝试的机会。

比如你可以在米海利季斯身上再试一次。只是再次听到响个没完没了却无人应答的铃声。科普又有些心烦意乱了，这并不是针对米海利季斯——恰恰相反：他松了一口气。没必要这样。我知道 —— 而是针对伦敦。

为什么热心不是问题。就这件事而言。如果他们卸掉我的责任，那就更好了。但为此我才必须能够联系上他们！

因为我们就是这样做的，所以科普再次在米海利季斯身上进行了尝试——结果相同——瑞士的办事处，它的电话号码被放在了贝德罗西安兄弟的网站上，可他不再打电话过去了，而是今天最后一次，带着一种满是责备的不耐烦，打电话给伦敦。

嘿喽？

喂，科普说，他期待的是一个女人的声音（斯蒂芬妮）。喂，安东尼……

不是，我不是安东尼。

那么是谁呢？

是一个科普根本没有想到的人，尽管他在不同的情况下，有时甚至独自一人，会一次又一次地想到他：忧郁症患者卡利麦罗。

真名叫作卡尔。两年前，当科普认识卡尔的时候，他是一个不谙世故的快乐青年，喜欢骑着摩托车长途旅行，最喜欢的是骑车穿越苏格兰和法国，并运营着一个名为"地铁站附近的酒吧"的网站。直到有一天，一只受感染的蜱虫咬了他，他一天天地陷入恐慌。我压根儿不知道人们在英国也会感染莱姆病。有可能的。卡尔上一次得一种叫得出名字的病还是在儿童时代，尽管他表现得很开心，但事实是他吓得要命。他进行了调查，发现了各种各样有关成人、儿童死于蜱虫叮咬或因此致残的可怕故事。从那时起他非常害怕，每一次得了轻微感冒的时候他都会想：现在完蛋了。为了掩饰这一点，他不断拿自己和他的忧郁症开玩笑。当他右耳有顽固性的咔嚓声时，他说：啊，我耳朵在咔嚓咔嚓地响了！这是什么？是耳屎还是脑瘤？这就是问题所在！他把耳朵冲洗干净，咔嚓声还在，加上他的味觉失灵了，主要是所有的东西吃起来都是苦味。最后他们打开了他的头盖骨，取出了一个肿瘤，幸运的是，这个肿瘤生长在大脑的外面，他头上不得不戴着一个塑料壳长达几个月之久。现在我看起来就像卡通小鸡卡利麦罗一样了，它头上戴着蛋壳，他这样说，大家都由衷地笑了起来。科普也是，尽管他不知道这个故事。后来，弗洛拉给他进行了解释，他又一次由衷地笑了起来。再后来，据说卡利麦罗的情况又恶化了，他结了疤的头皮不得不再次被打开，据说他现在长期休病假。

但现在他正在电话边。

卡——尔！科普高兴而又惊讶地喊道。你怎么样？（他的声音变高了。因此我没有马上认出他来。这是因为治疗吗？）

卡利麦罗——卡尔说，他很好，谢谢。

他……嗯……他在办公室做什么？你又回来了吗？

不，不，不是又回来了。他只是想去拿点东西。

哦。嗯。（他能拿什么东西。他的东西。你是拿你剩下的东西吗，卡尔？）啊，是的，那很好，嗯，你们那儿是不是也这么热？

哦，不热，还好的，海洋有冷却作用。

在我们大陆，热浪已经持续好几个星期了。

很难说卡尔会不会对此说点什么。

不过我打电话的原因是：他在吗？

他是谁？

安东尼。我得和安东尼谈谈。

不在，这里没人。

斯蒂芬妮呢？

不在。

桑德拉也许在？

不在，我说了：这里没人。

你来这儿多久了？

20分钟。但我也要走了。我其实不应该接电话的。这是一种条件反射。

不不，没事的，卡尔，这样我们就又有机会聊天了。

好的，卡利麦罗——卡尔说。

事情当然没有从这里继续发展下去。

……

嗯，科普说，"地铁站附近的酒吧"怎么样了？

卡利麦罗——卡尔还在运营着它。确实。前不久他还体验了北克拉彭站的一家新店。啤酒馆。

怎么样？

挺好的。10分可以打8分，有真正的麦芽啤酒，但唱片音乐有点烦人。

（你可以喝酒吗？

不一定。有的日子我起不了床。但第二天我又可以做任何我想做的事情了。）

突然卡利麦罗开始说他的母亲。哦原来如此，他和他母亲一起去的。她 70 岁了。

哦，真的吗？我妈妈今年也要 70 岁了。

哦，是吗？

他们谈论着他们的母亲。

科普的母亲病歪歪的，卡利麦罗的母亲则像牛一样健康。一位女王妈妈，她能把我喝趴到桌子底下去。卡利麦罗笑了。

（她会比你活得更久的，不是吗？）

是的，卡利麦罗说，就是这样。对不起，我得走了。我给斯蒂芬妮留张纸条在桌上，好吗？

好的，卡尔。谢谢，卡尔。

不用谢。

……

我不知道为什么会这么想，但我知道：这无疑是我们最后一次聊天。除非我现在立马再打一次电话。除非他还去接电话。

科普并没有再打电话。他站在窗边向外望去。这里不是伦敦。卡尔在伦敦。他的头皮是什么样子的？他还戴着他的壳吗？还是他戴着格子帽或者棒球帽？还是什么都看不到？

为了不继续想这事，科普打开了浏览器——《俄罗斯和欧佩克结成联盟》——立即又关闭了它，找出了他家庭医生的号码。

他接通了录音,它告诉他医生正在度假,代理人是谁谁谁。科普挂了电话。

打电话给弗洛拉已经太晚了(又一次,对不起),他连试都不试了。

阿申布雷纳先生我也给忘了。如果我也打电话给阿申布雷纳先生的话,我可以说:今天我已经做了我能做的所有事情。嗯,很好。明天又是新的一天。

在接下来的几分钟里,达留斯·科普只是坐在那里,最多只是时不时地摇晃一下椅子。

当尤里打电话来的时候,他说他要迟到15分钟——路上堵!也就是说15分钟后到,这时科普决定为派对换衣服。那件新的奶油色衬衫经过了防臭处理。这样你就不会臭了。非常周到。(不过当然还有一点不安全感:为什么那位女士给我推荐了这件衬衫?)他还打开了袜子的包装。闻了闻它们。工厂的味道。但它们感觉软得如此诱人,以至于科普决定把它们也给穿上。他本想事先洗个澡的,但他还是没敢。他在办公室里脱脱穿穿,小心翼翼,以免碰到任何会掉下来或让他自己沾上灰尘的东西。他把新领带也戴上了,摸索了很久,想检验一下他是否能在没有镜子的情况下正确地系好领带。他把袋子重新打包了一下,一个袋子里放着还没有用过的新东西,另一个袋子里放着他刚脱下来的东西。这次他甚至成功把袋子挂到了衣帽间架子上。快乐不需要太多理由。达留斯·科普微笑着站在窗前,向外望去。

夜晚

我们能从海滩走吗？

尤里闷闷不乐。不能。

你胡说？为什么不能？

因为那样我们又会遇上堵车的。

反正会堵车的。

如果我走我的秘密小路就不会了。而我的秘密小路，不好意思，不经过你老婆那里。

你怎么这么混蛋？

但他不是混蛋，他顺路把他带过来了。

那里，你看，她在那里。生活，行动。

等等，我得去拿点东西。我把礼物给忘了。

他恳求过不要往他那儿塞太多东西。这样一台轮椅需要很大的空间。

科普就想带一个小东西，一瓶酒。你也想我给你带一瓶吗？

不用了，谢谢。尤里带了东西的。

那你为什么跟我说我什么都不需要？

这只是我们要给客人们的酒。

老板在那里，所以科普就不能亲他的老婆了，但她的笑容告诉他她很高兴。

低声说：都还好吗？

都好。

她的托盘的菜备好了,她就走了。

尤利西斯告诉他,他们是酒吧,不是酒类专卖店,所以他向他收取的这瓶朗姆酒的费用,必然是把这酒按毫升零星售卖的价格,不是一整瓶的零售价。

高兴起来,梅拉尼娅说。

这个做法不是他想出来的,尤利西斯说。

梅拉尼娅立马转过身去朝着那个独臂人喊道——本!——尤利西斯翻了个白眼,但本只是歪着嘴笑了笑,或者可能准备慢慢地做出反应,但科普已经友好地挥手告别:那什么我们回见哈!

这是什么?

多米尼加朗姆酒。

你知道在当地这样一瓶酒折算下来卖1欧元吗?

现在知道了。

顺便说一句,因为他吃了药,他无论如何喝不了酒。

你也带酒来了!

呃。

他多大了?

40。

他比我们年轻吗?

比你年轻。

你觉得他能活到50岁吗?

多发性硬化症患者可以活到100岁。

是这样吗?……今天我和一个男的打了电话。科普概括了卡利麦罗故事的要点。

然后呢？

没有然后。我只是觉得今天很可能是我最后一次和他说话了。

怎么了？你积点德好吗？我们要去他的生日会，不是他的葬礼。顺便说一句：我们所有人都会死，以这样或者那样的方式。看看哈尔多尔，他老得多快啊。说他变得越来越特别，这就是一种无耻的轻描淡写了。严重的偏瘫可能更加确切。或者说穆克，他慢慢地看起来就像是我爸爸了。或者说波特霍夫，他在中年危机中受够了，回归了他的天主教根源，准备成家！

说到回归，他什么时候回来的？

前天。他不在的时候，他车里的导航系统被人偷了。他到处哭号，说 a. 没有导航系统，他就像一只被剁了头的鸡，b. 这又要花多少多少钱。我不想说什么，但如果一个人快要破产，他就不会飞到非洲待上六个星期，就为了去看望他在那里援外的兄弟。这倒真的很像他。

你说快要破产，是什么意思？

一个借给他钱的人问了一个有趣的问题。

就只有5000，所以我没有要他每周汇报。你快说：什么成家，怎么回事，那女的什么来头？

这还是在旅行之前了。我们有次在卡迪那里。你现在可能会问，不过你一直都是这样毫无自制力地问来问去：哪个卡迪？所以我会补上一句：开熟食店的那个女的。在打烊的店里吃着萨拉米香肠、奶酪，喝着葡萄酒，而外面的人透过橱窗羡慕地看着我们，这是一种非常特别的享受。然而，他们两个，和平常一样，不开心，忧郁。她说，她觉得这许多事情太繁重了，她需要一个帮手，他说，他可以做帮手，我们都认为这是一个笑话，但他最终让我们相信他说这话是认真的，他说他需要钱。

他一直把你们骗得团团转。

我说了，不是的！

他就是想和她在一起，仅此而已。

一个绝妙的假设，我能说什么呢？我也是这么想的，我马上就取笑了他，应有之义，总之，你想好了吗，那个女人和你差不多年纪——尤里觉得这太搞笑了，他现在忍不住又笑了出来——但后来发现，不是这个样子，事实上情况并非如此。

情况有多糟？

到年底的时候他还能付得起办公室租金。

只有三四个月了！

哈？！

科普很震惊。是因为无线电控制开关领域普遍存在的标准多样性，还是因为客户对技术的普遍敌视？

或者是因为有人把更多时间花在了孝敬母亲上，而不是花在了与客户谈话上？剩下的时间里他安排了他的非洲之行。我不是说他很懒，他纯粹只是不适合自己做生意而已。如果没有人告诉他下一步该做什么，那么他就会在没有把握的情况下先什么都不做。然后他就会冲着我的耳朵哭号，把我的晚上和整个第二天都搞砸，我全身充满了负能量,原先让人艳羡的、自夸的优秀男人传统变成什么样了?他说:再见,我要去度假了!

关于这事你为什么什么都不告诉我?

尤里,一边寻找停车位,一边轻声骂骂咧咧地说:

你不能指望人家为了5000而每周汇报。

你这混蛋!

科普是严肃的,尤里知道这一点,正因为如此,而且因为他现在已经找到了停车位,于是可以宽宏大量了,所以他开了一个玩笑,而倒车传感器却发出恼人的哔哔声:

那什么,拜托,这已经是第二次了,晚上都还没开始呢!

那是因为你说了那话!车子卡路牙了,我们到了!

倒车传感器发出停不下来的独特声音,尤里把车从人行道边移开了一点,车子嘎吱作响,他们尖叫着,然后一切又正常了。

那是新领带吗?尤里恭维地问道。

放声大笑了起来。

是的,这件衬衫也是新的,我在午休时买的,当作奖励,因为今天早上我在一个顾客那里表现超级棒,而且实际上包装总是要比里面的东西好看一个层级,嗨,我其实要穿天鹅绒和真丝!

科普大笑着,尤里点点头。

你其实也可以买一套新西装的,他说着,下了车。

是的,科普对着空荡荡的车厢说,他觉得自己又被揪住了(新)领带,受到了冒犯,我当时没时间买新西装。

门是由一个黑人打开的,也就是说,仔细一看,是由波特霍夫打开的,他穿着蓝色的宽腿裤、红色的衬衫,戴着耳环来搭配浅黄色的头发。科普笑得很开心,尤里也还算开心。

你怎么看起来这个样子?

你在那里染头发了吗?

你去非洲就是为了把头发染成金黄色?

我哥哥的女朋友给自己染了金发。我们把剩下的都抹自己头上了。

他女朋友是黑人吗?

实际上是的。之后她的头发变成了红色。差不多橙色。

他们一边说着这些话,一边排成一列纵队穿过短短的但并不狭窄的(有轮椅!)走廊。当最后一个人(科普)还站在大门旁边并把它锁上时,第一个人(波特霍夫)就已经进了客厅。客厅里有一组黑色皮革座椅,有烧焦的 CD 做成的杯垫,哈尔多尔、罗尔夫和穆克已经在那里等着了。

当科普进来的时候,哈尔多尔正好在对穆克说:

当时我都要气爆了,这么多没用的东西!我们从警察那里得到了那些数据,意思是说,我们从他们那里买来了数据,就是交通报告,它们是书面的形式,你必须提取它们当中有用的部分并翻译成技术数据包。在这种情况下我们就写了一个解码器，它可以完成这些操作，这本身不是问题。为了稍微改善一下数据状况，我们从交通控制中心的那些白痴那里买了那些数据——1周的数据要5000，然后它们就是一堆烂狗屎。你们好！

大伙儿都怎么样？

谢谢，大家都很好。穆克快要当外公了。

衷心祝贺！这是多米尼加朗姆酒。嗨，我本来打算把这个给罗尔夫的。衷心祝贺！

大家笑了，罗尔夫把朗姆酒让给了穆克，我反正什么都不能喝，穆克把朗姆酒拿给大家一起喝。尤里把葡萄酒忘在车里了。无所谓了，反正大家更喜欢啤酒。

反对政党和法治国家合二为一！

干杯！

尤里很惊讶，他甚至不知道穆克有孩子。

两个女儿。

第一段婚姻当中生的？

我现在的婚姻才是第一段。不是。之前。作为一名年仅21岁的学生，穆克在3个月的时间间隔里生了两个女儿。

你是有那么多人追求，还是纯粹很愚蠢？你被人灌了毒品吗？

在东部没人吸毒，自以为聪明的家伙。最多灌啤酒。不，我在一个乐队里。

你在乐队里？让我猜猜，是打击乐手。

不，我是领唱。

尤里严肃地点点头：不错，这是正常的路径。从乐队领唱到系统分析员再到学校看门人。

科普比这个圈子里的任何人都喜欢穆克，他替他感到不舒服，但穆克笑了，他点点头，我会说：我很骄傲。（不错，是我，而不是像所有人所预料的那样是哈尔多尔，精神崩溃的是我，而且崩溃得如此彻底，以至于我无法继续留在这个行业，我留了络腮胡，成了一个看门的，而且我还顺便私底下给别人维修房子，我总算还是很开心的，但你，尤里，无论如何都不会明白这一点。波特霍夫、哈尔多尔和科普有时都会因此而羡慕我。）

对不起，肉还没到。谁现在饿了的话可以吃土豆沙拉。自制的。这个"自"不是罗尔夫，而是穆勒先生，遗憾的是，他今天不能来这里。穆勒先生是那个服替代役的人。

你叫他穆勒先生？

这对他的成长很有帮助。穆勒先生是一个非常年轻、非常迷茫的人，罗尔夫照顾过他。

他擦你的屁股，你教育他的灵魂？

喊！（穆克比这一伙里的其他人更加喜欢罗尔夫。但罗尔夫笑了，点点头：）

为什么不呢？一只手，另一只手。

敢大笑的人就放声大笑起来，其他人就从鼻子里发出哼哼的笑声。

罗尔夫陪着尤里和科普来到阳台上，这样他们就可以欣赏新景色了。阳台上正好可以容纳三个人，其中有一人坐在轮椅上。他们看了很久，看着医院这块区域，看着医院管理大楼美丽的砖砌建筑，一些窗户里面已经亮了起来，上方的天空慢慢地变成了黑夜的颜色。大楼前面影影绰绰的草坪上已经看不到水粉杯伞长成的仙女环了，除非，像罗尔夫一样，知道要看什么：白色的微光。那些骑着白色自行车在建筑物之间穿行的血液运送员呢？这次：看不到了。但有其他人：可能是工作人员、病人、病人家属、学生。透过一楼的一扇窗户可以看到一个留着棕色长发的年轻女士坐在一台 —— 对科普他们来说是来自石器时代的 —— 电脑前。她身后的墙上挂着一件白大褂。

我的心都碎了，尤里说。那里怎么走？

他们笑了一下。

很容易，罗尔夫说。谁都可以随心所欲地进出，开放性伤口，电话卡窃贼，婴儿拐骗犯。人们牵着他们的狗在医院里遛。不是开玩笑。前几天有个人带着他的腊肠犬在练习"坐下！"。这只狗戴着一个荧光绿的发光项圈。

他们笑了起来。腊肠狗能坐下吗，还是它的上半身太长了？

这里都可以听到城市快铁的声音！还有警笛声？

他们不会在这么近的地方鸣警笛的。也许不太受欢迎。

穆克在客厅里喊，他曾经就住在一个消防站旁边。他们鸣着警报就从院子里开出去了。

就在他们在阳台待够了的时候,门铃响了。啊,肉来了!两个男人把肉拿了进来,一个女的跟着他们。客人们估计是冷盘,或者可能是一碗煎肉饼。都不是,而是:

看呐:酸菜乳猪。

男人们把乳猪放在大理石茶几上,下面垫着一张皱皱的纸,那个女的找不到放酸菜锅的地方,也没有人帮她,他们笑个不停。皱皮乳猪,放在茶几上,在黑皮座椅区域的角落里。尤里声称要当场笑死了。

最后穆克从那个女的手里接过了酸菜锅,她和两个男的一起走了。三个人连笑都没笑。

罗尔夫把送货员带到门口,穆克把锅拿到厨房里,其他人围着小猪手舞足蹈,从各个角度赞叹着它。

它有多重?20 公斤?

我付了 15 欧。罗尔夫转着轮椅回来。

里面有多少是骨头?

科普已经开始担心起来了!

但谁来把它切开呢?为什么你们认为科普会把肉切成片?

很简单,因为你是个贪吃的人。

最后是穆克切了肉。

问一下你是做什么的?

油漆工。

不对,是无线电机械师。

科普也是。

但他不会切肉。

他才不会。他宁愿啃。

众人哈哈大笑。

接下来的半个小时就只是吃吃喝喝。乳猪肉、土豆沙拉、啤酒，还是肉，山一样的肉，外面脆，里面嫩，土豆沙拉可能会不够，谁又在乎呢，在物资匮乏的时候香肠没裹面包也很好吃，如果物资不匮乏，而是很丰富，那就更好了。足足半个小时，达留斯·科普完全满足了。很满足，很高兴，很感激，他能来这里，能做他在朋友圈做的那些事情（吃吃喝喝），是的，他们是我的朋友，我信任满满地看着他们每个人：罗尔夫（信任），穆克（信任），波特霍夫（信任），尤里（信任），哈尔多尔（信任）。他嘴里（还有他的下巴！又油光铮亮的了！）塞满了东西开始哼着小曲：可能更糟糕，可能更糟糕，可能糟糕得多得多得多得多！每个人又都笑了。

在第一波贪婪得到满足之后，波特霍夫被问到了非洲之旅。他讲了他的非洲经历。

首先说了非洲的野性之美。红色、棕色、黄色和黑色的泥土。一人高的白蚁丘、甘蔗和木瓜树。茅坑后面的香蕉树长得最好。还有猴面包树！多么雄伟，当它们孤零零地站在热带大草原上时，多么……我找不到词语来形容……如果你在市中心一个空旷的地方，会看到树上挂着一块黑板：禁止小便！不言而喻，闻起来像什么？——哈哈地笑。——他讲了很多有关汽车的事，讲了没有大灯的小型公共汽车、轻便摩托车和小汽车。在夜里它们会使用警告闪光灯来代替大灯。——你也可以想象：夜间的城市交通，用闪光灯而不用前照灯，笑了。——当你开车出城时，你才会真的看到实际情况。经过15年的内战。整个国家都光秃秃的。砍掉了原始森林，这样叛军就不能躲在里面了。屠杀大象，为了把象牙换成武器。孤儿大军喊着：老板，老板，面包，面包！即便在一枪都没有响的地区。他们破坏了机器，破坏了铁轨。复仇——好像在这种情况下他们可以向自己以外的人复仇！不过，当然，还有愚昧！70%的人是文盲，性伴侣可以多达14个而没有任何保护措施，艾滋病的发病率怎么可能会下降？那有钱人呢？——黑人还是白人？这无所谓了。——用电篱笆把自己围起来，让他们的黑人仆役拿着生活垃圾到街上去，告诉他把垃圾倒在20米以外的地方就可以。——他们嘲笑了这位双面"黑人"。——他们用垃圾填满街上的洞，洞足够多，只要把柏油涂抹在红沙上就可以了。几乎没有一个州长任期超过一年，他会用这段时间为家人设法搞到住房和汽车。代价最小的就是重新选举执政的政府，至少他们已经这么做了。

大家伙一脸严肃地、会心地点点头。

他们还需要50到100年。

这时出现了一个小洞。他们或坐或站地围成一圈。

我们别管这些问题了，最后尤里说。那你还是说说：黑人女的怎么样？

他们轻松地笑了起来。

就是女人的样子。有的又矮又胖像个球，有的高得像头长颈鹿，和熊一样壮实。最好的是身量中等的女的，胸部像石榴一样。波特霍夫的哥哥幸运得让人难以置信，遇到这样一个女的，而且还是天主教徒。她叫埃丝特。然而她首先把他拉到一个老头那里，这个老头用缝纫针在他的肩膀上文了一个文身，以对抗某个部落的妇女们可以让人阳痿的目光。就像小猫爪子的痕迹，只不过是蓝色的。

除了穆克，所有人都在咻咻地笑，令人惊讶的是，关于黑魔法和其他无法解释的经历，穆克自己也有一些说法和推测。其他人对此不再特别感兴趣了，于是这群人就开始分散瓦解了。罗尔夫寻找着可以播放的音乐，尤里上网想要查看一下要紧的事情（体育比赛结果），哈尔多尔非常仔细地看着波特霍夫和穆克，他们的乒乓球越来越快，也越来越让局外人难以跟上节奏，哈尔多尔紧张地从这个人看到那个人。科普，一个人待着，在忙了一天、大吃大喝之后，再次觉得疲惫不堪。他没有坐在沙发上，而是坐在沙发前面，地板上，与乳猪的骨架一样高；他把头靠在座位的外缘上，让自己陷入一种蒙蒙眬眬的状态中，一个既不亮也不暗的房间里，每一句话都在那儿回荡，仿佛是风把它们吹向你，或者像是父母在隔壁房间里说话，而你自己在睡梦中上下飘浮一样。

……当我们夜里开车去水库时，一棵猴面包树正火光熊熊，但第二天早上……

……

……在一个十字路口有陶瓷碎片……

……

……他说：一切都有生命……

……

……他的写字台上有一面镜子，他可以用它来观察自己……

……

……轻蔑地把它看作一种阳刚气质妄想症，是欠妥的……

……

……我对他说：问题在于你把恐慌和动力搞混了……

……

……你想干吗？在一个二维宇宙你是画不出骰子的！

科普惊醒了：二维宇宙？！

笑声很大。你可以睡在办公室，等等。

我今天太累了，科普说。

他们也笑了，好像这是个笑话一样。

我是认真的，科普说，他吸了一口气，想要说这事。他想利用这个有利时机，把别人和他自己引到钱的话题上来。在这一过程中他想谨慎行事，不是从梦开始，而是从莱德尔先生的不幸遭遇开始……

被人打断了：尤里认识莱德尔先生。他说这人是怎样怎样的……

是的，科普说，就像说过的一样，莱德尔的手，没有驾照，出租车，出租车司机，交通堵塞……

在这里又被打断了，同时也是最后一次被打断。他们开始谈论交通堵塞，谈论出租车司机、出租车、小汽车、导航系统、小偷、保险、警察，而科普并不想谈这些，他发现自己突然身处这个圈子以外。没人再去关注他，他们把球相互踢来踢去，对这些话题每个人都能说个没完没了。科普有些受辱地放弃了，去了浴室。

他坐在马桶上，在那里坐了好一会儿。他在冥思苦想他做错了什么。很简单：一切都做错了。就像平常那样，我迷失在了细节里面。不是说把事情告诉大家这个行为是不是首选这个点，也不是说它是否匆忙的问题——话说回来，谁知道呢？你能知道吗？我可以明天再接着给大家打电话——但即使没有迷失的话，我原本也是想谈这事的。给我指个方向。因为我没有方向。不是特别有方向。我有弥补之需。你要在谁那里弥补什么东西？在他信任的人那里。所谓的朋友。总是愿意洗耳恭听。

科普鼻子里轻蔑地哼了一声 —— 有点恼火地嘟哝着"和他们在一起"。同时他放了一个屁，他吓了一跳。通常情况下，我不会因为这样的事情而反应激烈，我是一个人，我可以直面它，但这次他不希望外面的人听到，他不再觉得自己全副武装可以抵抗随便什么言论或者哪怕只是钻到他耳朵里的一阵响亮的哄堂大笑。

不是笑声,而是喧嚷。在他洗手的时候,在他把手指穿过发丛来擦干双手的时候,科普发现——这起初让他松了一口气——他们绝非在笑。显然他们已经在吵架了。

现在别装了!当科普从洗手间出来的时候,尤里叫喊道。你在干吗?你过得太好了,以至于你不得不拿阴谋论来消磨时间。如果还有时间,你可以和一群15岁的未来持凶肇事者一起随便玩一些什么互联网战争游戏!所以,你闭嘴!

我根本没有和你说话!(哈尔多尔,以守为攻。)

这是怎么一回事?科普问道。

你错过了最精彩的部分。(罗尔夫说。)

有没有人可以给我简单说一下?

穆克不想从头说一遍。

但波特霍夫很乐意。发生了什么事呢?他们从关于本地轻微犯罪方式方法的叙述回到了非洲的类似故事,波特霍夫大胆地笑着说了下面一段话:我哥哥的人在那里造的一口井花费不超过一千,但你每两百步就需要一口井,因为如果你开始铺设管道,黑人就会过来在他需要的地方打一个洞,而你就站在最近的水龙头旁边,看着水管里面。

每个人都会心地笑了起来,除了哈尔多尔,在一段长时间的沉默之后,他气得脸红脖子粗。哈尔多尔发现了我们的傲慢，这是有钱的西方的傲慢，他说得清楚明白：让人恶心。这简直就是犯罪！所有这样想这样做的人都将以这样的方式亲自积极参与对第三世界的压迫。他说，不幸的是绝大多数人都是这样的。比如他的老板们。不久前，他们原本可以向中东出售一个交通控制系统的，这本来可以让这个研究所有600000美元的……

不是美元，而是欧元！

……600000欧元的收益，但这笔交易被"高层"取消了，打着这样的口号：不向宗教主义者提供技术援助。这就是我们争论的东西。我们中的一些人（尤里）认为这样的决定是合法的，哈尔多尔认为这样的态度是可耻的。他再次说：我们每个人都可能亲自积极地施行压迫。我们不要胆敢扯别的！哈尔多尔对我们所有人都了如指掌，在场的人里面没有一个，绝对没有一个人是无辜的，当然，除了他自己。

他自己。

随便了。对此，为了平息事态，穆克说一定还有其他例子：通过低空卫星在全域范围内令非洲等地区连上网络，在网络摄像头和免费无线网络的帮助下建设网络，确保安全，结束无知的状态，减少犯罪率，使光明照进黑暗，为每个人创造可以获得无限机会的可能性……

对此哈尔多尔声称这种虚伪是他到死也无法忍受的另一件事（见上文：第一件事）。这根本不是严肃地说的，更确切地说，这样一颗卫星可能只会用于间谍活动。

因为这段话我们又回到了这个话题：哈尔多尔是从

哪里知道这一点的?他如何这么确信?我们当中谁都不知道哪怕一星半点!

我可能不会这么说。有些事情我们是能够了解的。

但不是指哈尔多尔一直声称他知道的那些事情!尤里对这些阴谋论感到厌烦,以至于他找不到语言来形容它们。它们每次都会让我耗费十亿个脑细胞,至少,一方面是因为我太过无聊了,所以我才会损失这些细胞,另一方面,鉴于这种短路的逻辑和道德的自负,我的细胞宁愿自杀,也不愿再仔细听下去!阴谋论,如果你真想知道的话,那就是为没事情做的白痴和自慰者专设的!

现在他又是怎么知道的呢。我说的是:后者。哈尔多尔满意地咧嘴一笑。

(可怜的小香肠,当别人对你厌烦的时候,你却感到高兴。)

我不想讨论汽车性爱,罗尔夫说,然后大家就都不说话了。

(我很佩服你,达留斯·科普想。)

罗尔夫转着轮椅滚向小猪,拿起大刀,所有人仍然受到因为一个坐在轮椅上的多发性硬化症患者刚刚关于性的评论引发的麻痹性思想的影响,此时都吓了一跳,退缩回去,全身绷紧。他要干吗?罗尔夫割下了乳猪的两只耳朵,一只递给尤里,另一只递给哈尔多尔,说:我们还是把这只可怜的猪拆分了吧。

尤里拿走了他的,哈尔多尔没有拿。

别犯浑,波特霍夫说。

给我吧！科普喊道，大家都笑了。

原本在这一时刻派对就结束了，但是在刚刚的事情发生之后，他们不能就这么走了，否则他们就像是在吵架中散伙的一样。于是他们还在一起待了一会儿，组成了新的对话小组。波特霍夫和尤里，罗尔夫和哈尔多尔（受到冒犯的那位不说话）。留给科普的是穆克，他从祖辈和父辈的问题开始，谈到了他自己的父亲，他显然变得越来越痴呆了，以至于如果他不总是这样一副老纳粹分子的样子，科普几乎都快要同情他了，人们心里会想，为什么一直到最后总是这个样子。唉，达留斯·科普漫不经心地说。同时他在想：幸好，我什么也没说。

最后，当大家伙更多地在讨论现在是不是应该或者想要离开的问题时，他们又向乳猪靠拢了。罗尔夫建议，平时食欲比他大的人拿一些剩下来的乳猪肉走。于是乳猪就给挖空了，耳朵没了，但是嘴和尾巴还在。没人想把嘴割下，那太变态了，尾巴可以吃吗？上面没有毛吗？他们看了看尾巴，一个个笑弯了腰。科普被自己的口水给呛到了，满脸通红地弯下了腰，在这种情况下他误以为接下来的对话是在说自己。

他怎么了？

嘿，伙计，你在干吗？你在睡觉吗？

他不舒服吗？

没什么，科普想说，我只是呛到了……

罗尔夫，嘿，老兄，你还好吗？

科普直起了身,看到:罗尔夫的头垂下来,下巴贴在胸前,他一动不动。穆克把一只手放在他的胳膊上,轻轻地摇晃着他,轻声说:醒醒,伙计! 罗 —— 尔夫!醒 —— 醒!

我想他情况不太好!

穆克:罗——尔夫!伙计!

波特霍夫:好像,他情况不好。

尤里,严肃地喊道:罗尔夫!

嘘!

干吗?!得让他醒过来。

穆克:他不会醒过来的。

波特霍夫:叫救护车!

尤里:别了,还是我们把他送过去吧。

尤里已经抓住了他,把他从轮椅上扶起来。

你疯了吗?赶紧让他坐下去!

给我让开!

波特霍夫没有给他让开。你醉了!穆克,快叫救护车。

科普可以打电话叫救护车,他手里已经拿着手机了。号码是多少?

你在开玩笑吧?现在让他坐下去,伙计。

有你叽叽歪歪这些时间,我都可以扶着他到那里了。

112?

是的,穆克说。

赶紧把他放下!

270 我也只是一个人

他们又让他坐下，静静地听着他的声音。

他在呼吸。

是啊，而且声音不小。坦白地说，科普觉得他有点像在打鼾。

也许他只是在睡觉。

垂死喘息还是打鼾，这就是问题。

如果他睡着了，你是可以叫醒他的。

你知道他在吃什么药吗？

穆克：罗尔夫！伙计！

此时哈尔多尔坐在沙发上，目光呆滞。科普看到了他，察觉到了什么。科普让自己溜到他身边，避免引起注意，垫在猪下面的纸在他膝盖上簌簌作响。

妈的，波特霍夫说，我们得把那头猪弄走，如果他们来了，这像什么样。穆克把罗尔夫推开，尤里和波特霍夫把——整张桌子？还是说只是那头猪？最好把所有的东西都拿走，这里没有地方了！——猪和桌子抬进了厨房。

你没事吧？科普，低声地问哈尔多尔。

还好，哈尔多尔轻声耳语。（我知道发生了什么。他在朋友圈子里，在他可以看到慈善医院的心爱公寓里，自杀了。在他的无酒精啤酒里溶解了两把药片。——达留斯·科普读到了哈尔多尔·罗泽的思想，就像通常只有弗洛拉能够读到他的思想一样。）

最后的最后才来了三名救护人员，然后是另外两名卫生员和一名急救医生，他们带来了一个担架，以及氧气装置。所有的行动持续了很久,客厅里满满当当,那些多余的人(朋友们)退到厨房和走廊里去了。科普跟穆克和那副冰冷、油腻的骨架待在一起。最后罗尔夫被带走了。

午夜过了很久,朋友们聚成一小堆站在房子前面,目送着两辆救护车,它们没有响警报,没有亮蓝灯,沿着小路往医院开去。

波特霍夫认为应该有人一起,也就是说跟着去急诊室。说这话的时候他有意看着穆克,穆克点点头:当然。

好吧,尤里说,两个人就够了,然后就走了。好像他因为什么事生别人的气似的。

科普犹豫不决,不知道该怎么办。其实根本不需要我。他决定不错过搭便车的机会,和另外两个人道别。哈尔多尔,在他们走到街上之后,就跑了。他们都看见他双手插在口袋里,低着头,朝下一个街角走去。没人说什么。我们很清楚他是什么样的人,知道他会做出什么样的事。科普热心地拍拍波特霍夫和穆克的肩膀,他们也拍着他的肩膀,想和他表明:你不必感到内疚。(谢谢你,达留斯·科普脑子里说。)

当科普追上尤里的时候,他已经在车里了。他双手拿着一张彩票,皱着眉头研究着。

那是什么?

一张彩票。

你的?

你有问题就问好了!

尤里把彩票放回他休闲西装的内口袋里,发动了车子。

明天开奖。头奖中有 1100 万。如果我中了,我就放弃回程航班,你们就再也见不到我了。

(你怎么能这么做?——科普大声问)什么时候出发?

星期六。

之后他们就什么也没说。尤里应科普的要求把他送到了城市沙滩。

她很高兴见到他,靠在他身上,他们接了吻。

把我抱起来!

我很想,但我没力气。

把我抱起来,我的脚踝好疼!你看到它们有多肿了吗?

科普觉得它们看起来像平常一样。

非常感谢,弗洛拉说着,把他推开了,然后自己走到车前。

从电梯到公寓还要向上爬 11 级台阶。她走在他面前,他紧紧抓住她的臀部,她喊道:

不要,疼,你太用力了!

她也不想做爱。确切地说,他在纠结:一方面,他想告诉她他经历了什么,出租车行程,与暴脾气会面,购物,与卡利麦罗打电话,派对,罗尔夫被送进医院,谁在那里,谁说了什么做了什么(说这些的时候注意不要提到钱),另一方面,他紧紧地抱着她,对他说了什么没说什么,对性行为,他都混乱了,他甚至比一小时前他认为自己醉了的时候更醉了。

亲爱的,求你了。我累了,浑身疼,我想我来例假了。

亲爱的科普,现在——也许——原本是你必须体贴的时候,但他只是点点头:

那就这样吧。

他放开了她,倒在他那半边床上,仰着,马上就睡着了。

(我打鼾了吗?怎么可能!)

星期三

另一个噩梦可能是达留斯·科普不得不在火车上待上一整天。这种感觉。从手表上看是几个钟头的时间。但对于一个处于心灵创伤中的人来说,手表意味着什么呢?我,达留斯·科普也许敢这么说,是一个适应能力强的人,但乘火车出行使我达到并且超越了我所能承受的极限。他是怎么以及准确说来什么时候得出这一感悟的,已经忘记了。应该是在路上的某个时候吧。在他还小的时候,上中学的时候,还有上大学期间有一阵,当他在周末(从星期五 14 点到星期一 6 点的不眠时间)的 38 个小时里有 14 个小时在火车上度过的时候。不是时刻表里面的时间,而是事实上的时间。这幅画面总是处于冬天,昏暗,车厢里冰冷,或者相反,暖气太足,有柴油和大蒜的臭味,所有的东西都脏兮兮的,黑暗的身影无所事事地待在角落里(实际上是浑身湿透、没有睡够或者已经疲惫的工人,他们在人造皮革座椅上,发出刺耳的吱吱声),在这么多年里面,转车从未、从来没有、一次都没有准时过。迫不得已的情况下人们就在途中的火车站外面站一会儿，等着——如果你还有 10 分钟，那么就可能等 15 分钟，如果还有 20 分钟，那么就会等 25 分钟……——唉，你是绝对绝对不希望这样的！作为奖励，你可以离开火车的寒冷（炎热、污浊）环境，进入站台、候车室、大厅和餐馆的寒冷（炎热、污浊）环境，在那里你不会买任何东西，不是因为太贵了——出于政治动机的小钱——而是因为首先你是这样被教育的，其次你能以此表达你的拒绝，甚至是轻视。达留斯·科普之前一直不知道自己竟然能够忍受这个世界，直到他开始每个周末都回家。不知什么时候他就在思想上拯救了自己，他认为这一切都不是真实的。他当然知道世事不会更加真实。但是，如果你在一个你不想去的地方的话，一切都会显得荒谬。我们在这里所做的，年轻的达留斯·科普想，不对，这里发生的一切什么都不是，这不是我的生活，这是在平行宇宙中的等待，我们不是等着不错过中转列车，而是相反，等着下车进入现实生活。直到我将来不用再乘坐这些火车，我的生活才会开始。因为他还年轻，所以时间在他这边，而且世事就像他所希望的那样发生了。自从两德统一以来，达留斯·科普就再也没有上过火车。直到 9 月的这个星期三，在他 43 岁的时候。

天是黑的吗，车里是冰冷的还是暖气开得太足，有没有柴油和大蒜的臭味，脏不脏，是不是有黑暗的身影无所事事地待在角落里？都没有。天气晴朗，恰好正午时分，预计出发时间为 12 点 13 分，热浪已经进入了第

8周，但这可能是最后一周，预计今天就会有大约5摄氏度的明显降温，到周末温度将会达到可以忍受的范围（24摄氏度上下），如今火车里已经配备了空调，效果不错，地板、墙壁、天花板、座位和桌子都很干净，车里——相对来说——是安静的，现在人们……嗯，人们该是怎样就是怎样。达留斯·科普也不可能去关注陌生人。他和他认识的人有足够多的事情可做。或者，换句话说：他之前以为或者说希望在星期六的时候好好地、耐心地打电话，能够为这周赢得时间，但家里人在星期三再次发难。

（这是什么话？

就像我感觉的那样。）

发生什么事了？

白天

因为周二又是漫长的一天，所以星期三这天科普是以睡懒觉开始的。甜蜜的懒觉！你旁边是你热爱和渴望的女人。半睡半醒中的甜蜜触摸，我的私处紧贴着她的私处。现在几点了，我不知道。那里两个亮亮的东西是窗户。我闭着眼睛感受到了它们。飞机在飞行，楼下街道上车流喧嚣，和日常一样。就让它和日常一样好了。星期三，是个工作日，不管怎么说，我是大陆上唯一的男人，我的手机就在身边。你大腿内侧的皮肤比我这辈子摸过的任何东西都要光滑，而你的阴毛……

电话铃响了。不是在床边，而是明显在隔壁的浴室里。放在裤袋里带了过去，把它放在马桶旁边了。手机在隔壁铺着瓷砖的房间里响着铃声。铃声响了很久，直到不响了，没声音了。我太懒了，无法从美妙温暖的床上，从美妙温暖的女人怀里爬起来。铃声结束后他仔细听了一下还有什么声音。是弗洛拉的呼吸。显然她还在睡觉。科普有点内疚，但随后他就继续纠缠。他和她做了爱，而她只是从沉睡兴奋到半睡半醒的状态，时不时喃喃自语一声，嘟哝一声，她侧躺着，他在她身后，甜蜜的懒惰。在这种情况下，更多姿势是不合适的。让她休息休息是最起码的。

第二次电话铃响了，他没接，让铃声自己停止了。

当电话铃声第三次响起时，他已经知道这可能与工作没有关系。一大早的，没那么多电话找我。这里的"一大早"是什么意思？现在几点了？

10点刚过，但直到他拿到手机时他才在屏幕上看到时间。即便是第三次，他也还是没接到。为什么？因为他已经预感到了一些事情，所以他比往常还要慢一点。

未接来电列表显示3个未知用户。他们不会把345除以30，但他们对手机倒是非常精通，即便是我也比不上他们。变换他们的号码就像……（不要猜你妹妹的内衣！）或者说他们似乎在逃亡一样。玛蕾娜经常和她以前深爱过的人、闺密们，吵架，不想让他们再找到自己。

（有多少人以什么频率试着联系你？）但主要的是她不想让她妈经常找到自己。她让她给家里的电话答录机打电话。孩子们会听，然后转告该转告的事情，或者并不转告。默林连8分钟前的事情都记不起来，洛尔14岁了，是个小婊子。她说不转告就不转告。想看看到底会发生什么事情。

达留斯·科普，43岁，作为儿子和兄弟，实在无法置身事外。所以我会去听答录机的，但首先我要冲个澡。就这样，当他们第四次打电话来的时候，他站在那里，滴着水。他把水从毛发上抹去，水拍打在贴了瓷砖的墙上。

菲德利斯，科普？（似乎这是我的全名一样。）

听不清玛蕾娜在说什么。她在哭号。

玛蕾娜，科普赤身裸体地说，身上滴着水，我听不清你在说什么。

……两条腿没了！

什么？腿怎么了？

蒙科夫斯基夫人……！……去医院了！

蒙科夫斯基夫人怎么了？

不是蒙科夫斯基夫人！妈的！

玛蕾娜，别号了，别尖叫了，说清楚点，我一个字也听不懂。喂？！

但他只听到咒骂声越来越远。

喂？！科普喊道，声音在瓷砖墙之间回荡。玛蕾娜？！

喂？玛蕾娜的男友汤米说话了。慢慢地。你——好？

汤米，是你吗？

是的。

你好，你怎么样，你们怎么了？

很好，谢谢，汤米礼貌地说，然后暂时就没什么话了。很混乱。他必须先集中精神，然后才能说话，终于能听得懂了，尽管像往常一样比必要的要啰嗦得多，我们精简了一下：

蒙科夫斯基夫人打电话来了。她是一位老太太，妈妈的邻居。她们一起吃了早餐。（我妈妈和邻居一起吃早餐？）现在格蕾塔的腿在晚上会疼，如果她根本不活动活动它们的话。一会儿热，一会儿又冷，痛。蒙科夫斯基夫人，务实而矍铄，建议多活动活动。中午的时候一起穿过北部公园去大学食堂。有时她会在那里吃午饭。以前她在那里工作过。做会计。这不重要。那太远了。然后是天主教慈善会，就在拐角处。菜单不是特别品类多样，蒙科夫斯基夫人觉得有点无聊，但愿意为格蕾塔做出牺牲。就在这时，蒙科夫斯基夫人说，格蕾塔突然吼叫了起来，说她不能走路。同时她跳了起来，走进洗手间，但实际上不能走了，她不得不用双手支撑在墙上，双腿软了下来，摔倒在坐便器前，太可怕了。蒙科夫斯基夫人并没有慌乱，她用自己的力量把她拉起来，至少能够让她坐着，背靠在瓷砖墙上，然后她就打电话给救护人员和我们，现在我们都在医院里。医生认为两条腿都必须切除。

必须什么？！？！？

我不知道。玛蕾娜……

那玛蕾娜呢？！

我不知道……

汤米，我真是服了你了！

如果科普最终让他的准妹夫说完，那么他可能会告诉他，他，汤米，说的是实话，如果他说他不知道，那么是因为他所知道的都是从玛蕾娜那里知道的，他想做的从根本上说是平息这件事，因为从根本上来说我们还不知道确切的事情，这基本上就是他想说的。

好的，科普说。我明白了。我能和玛蕾娜说话吗？麻烦你。

我不知道。我看不到她的人。她跑了。

该死。帮我个忙，去找她，好吗？然后再打给我。这个时候我会把自己的身体擦干。（这句话他不会明白的。说不说无所谓了。）

弗洛拉！弗洛拉？！你在哪？

一个小时过去了，他们等着回电。弗洛拉做了早餐（煎蛋卷、咖啡），科普吃了，等待着，咒骂着。

那个笨蛋！更准确地说，他找不到她的。玛蕾娜不是那种你去追赶她们时她们就会站在拐角处等着你把她们找到然后就继续往前走的女人。谁知道她会跑多远。而且汤米，那个心地善良的笨蛋，很可能连我的号码都没有。我也没有他们的号码！我火死了，双手抓着我的头。我又开始出汗了，好像我不知所措。现在我该怎么办，弗洛拉？

你可以打电话给医院问问看。

你是个天才……

他又花了一个小时打电话，

a. 首先打电话给电话总机室一个粗鲁的男的——

您想接哪里？您不知道？那我怎么会知道？矫形外科？哪个矫形外科？不是矫形外科，而是血管外科？您说的是矫形外科！（最后嘟哝了一句，好像是说的"蠢货"这个词，可是科普当然永远无法证实）——

以及

b. 一个友好的病区护士，但很遗憾她对格蕾塔·科普一无所知——

打扰一下。您这是什么科室？是肌肉骨骼外科吗？是血管外科吗？不是？您能帮我转接到那里去吗？不能？——

最后

c. 和正确的部门联系上了，但那里也无法把他的电话转接给他母亲。主治医生现在也不能和他说话。一小时之后，或者两小时。

她情况还好吗？

还好，一个声音听起来很善良的女的说，一切都很好。

您能转告她我打过电话吗？

当然可以，这个善良的女声说，用的是和前面句子一样的语调。就在此时，弗洛拉，我想到她会不会是一台机器。我们不想去相信这是真的，也不想浅薄地认为和我们通话的是孟买的一个呼叫中心而不是马格德堡的某个人，但我们认为她不会转告她任何事情，她也不会转告医生任何事情，而他，当我们最终能够和他说话的时候，将第一次听到我们的事情，这就像教堂里的神像一样确凿无疑。这样一来，本质上我们就和一小时以前的情况相同了。

我没有别的选择了，弗洛，我得去一趟。我倒是想优哉游哉的，不过一旦玛蕾娜惊慌失措的话，她就指望不上了，而我最近也没去过那里。你的脚趾上有淤青？给自己买双像样的鞋！然后他们就出发了！

……

偏偏现在我没有车。

……

你能开车送我去吗？

不能。她表示抱歉，但这不可能。已经中午了。开车送你去，然后又要准时回去上班，即使她1点钟不用去火车站接伽比，这也是不可能的。

你为什么1点钟要去火车站接伽比？

因为她那个时候到。她今天回来。

（伽比比我妈更重要？

你真的想再听一遍这个问题的答案吗？）

我不在乎她是因为痛苦还是出于习惯而恶毒,弗洛拉在她康复的过程中说。我就是不会再忍受下去了。

如果我要求她对你好点呢?

没必要。

但是,但是,但是,科普说。但是就这么决定了。

很好。那我就不会再见她了。

没必要。而你也做不到。

我做不到,不过你做得到?

是这样。

但我可以开车送你去火车站,弗洛拉说。如果你想的话。

像普通人一样坐火车?虽然谈不上想乘火车,但我会乘火车去的。谢谢你,弗洛拉。

你还有薄荷糖吗?我有口气,就像牛屁股一样发臭。

薄荷糖很辣,让他眼泪都出来了。我眼含泪水,踉踉跄跄地向火车走去。

12 点 31 分出发,14 点 38 分到达。当达留斯·科普屈服于自己的命运时,火车还没有离开这座城市。还能怎么办呢。一天过去了,你什么也做不了。更正(好儿子的版本):对于公司来说一天过去了,你什么也做不了。为此,我们昨天就开始了一些行动,并继续行动着。明天还会再行动一次。至于今天,我们会用信心和临时措施来弥补。办公室电话转接到手机上了吗？是的。即便我们有外面的日程安排，我们也会随时待命。就是这样。我们有个外面的日程安排。作为标志，我们穿着西装，戴着领带，拎着一个银色小手提包。必要的话我们也可以报上姓名。是一个以前的同学，克林特，和伊斯特伍德一样，是的，但是诺伊曼，在市政府工作。（负责水费事务，我们最后一次见到他是两年前，不过无所谓了。）当有趣的景色（市郊、湖泊、帆船等等）结束，森林和田野开始时，科普打开了笔记本电脑。

科普先生向米尔斯先生进行汇报。亲爱的安东尼（抄送桑德拉，抄送比尔），我特此报告最新的进展：亚美尼亚人实际上付钱了。但不是全部。是现金。遗憾的是存在着官僚主义的烦琐。我想稍微把责任转移一下……不是，此外你根本不会用英语表达这个意思……当然是存在可能性的，我们应该谈谈这些可能性，在这种情况下我不想独自做决定或者更确切地说我不能独自做决定。我建议向该州的会计部门征求意见。致以亲切的问候，达留斯。

接下来科普花了旅途中的相当一部分时间试图通过用手机连接互联网来发送这封邮件。没有成功。原因可能是多方面的。手机或笔记本电脑的蓝牙没有正常工作，或者两边都正常，尽管如此，它们还是搜索不到对方，或者它们能搜索到对方，但是网络信号太差或太不稳定。科普一直试了很长时间，骂骂咧咧。斜对面四人座位上坐着一个男的，他乍一看和他很像。他也带了一台笔记本电脑和一部手机。而且还有一瓶香蕉牛奶。很长一段时间,他们假装没看到对方,每个人都在自己的笔记本电脑上打着字。当科普不停地骂骂咧咧时,那个人看着他这边,直到科普注意到了他。科普看了回去,看到了香蕉牛奶,他嘴里开始流口水了。他收拾好东西——先把邮件存入草稿箱,以免下次上网时邮件不受控制地就被发出去了——找餐车去了。

区间快车上没有餐车,但有小食柜台。那时候小食柜台里是有羊角面包的,现在也许并不一直有,一段特殊时期。羊角面包是吃不饱的,尽管如此科普还是买了两个。里面包的是果酱,因为没有巧克力馅的。

他刚把第二个羊角面包吃了一半,广播就通知火车将在几分钟内到达目的地。科普不敢相信,真的已经过了两个钟头了吗?这本来值得小小欢乐一下,但欢乐还没有来得及开始就被毁掉了,因为科普看了看手表,想查看一下到底有多晚,这时:他把羊角面包的果酱弄到了他的衬衫上。红色的果酱,白色的衬衫。科普骂天骂地。他慌忙用餐巾纸擦拭,希望至少不会有一小块黏在上面,当火车已经刹车的时候,他失去了平衡,肋骨撞在柜台上,擦着衬衫的手在中间,这减轻了肋骨的疼痛——却增加了手的疼痛。科普感到一阵微弱的咔嚓声。这声音他是再也听不到了,所有附近的声音都消失在了火车进站时的咆哮声中:尖锐刺耳的刹车声,液压门锁松开的呼啸声,手提箱,人,高跟鞋,广播,圆锯(!),手提钻(!)。他是怎么下火车的,他已经不记得了,当他下一次有意识的时候，达留斯·科普已经摸索着走下一个临时楼梯，进入了一个用木板墙搭建起来的隧道，墙后面是地狱般的噪声。这座车站是个大型建筑工地。科普心中满是怨念。他一言不发地低着头，在地狱般的喧嚣中走到他认为有出口的地方。亏得污渍不在左边。我的心没有流血。这件休闲西装大部分时间都可以把它遮住。幸好天气变凉快了一些，可以穿休闲西装了。

在火车站前面，在这个精美地铺着小方砖，但是太过宽敞因而显得很荒凉的广场上，乘客可以在有轨电车和出租车之间做出选择。科普选择了出租车。请到某某诊所。正门？先去那儿吧。

我根本不知道它的确切地址。但这毕竟不是第一次了，我们会找到的。经过门卫（这是电话里我们的粗鲁朋友吗？你不知道），他连看都不想看你一眼，到 B 楼，根据记忆你知道那里是血管外科的所在，那儿甚至没有门卫，你可以直接去电梯那儿。有几部电梯是给人使用的，有几部是给病床使用的，你乘了载人电梯中的一部到了二楼。在这里你运气不错，你遇到了一个非常友好的护士（呼叫中心？），1 分钟后找到了你母亲。我没带什么东西，但是，你看，我来了。

她正坐在床上，看着电视。她前段时间纹了眉。——怎么想到去纹眉的？科普对此一无所知。他第一次见到她的时候感到震惊吗？震惊。他有没有因此失语？没有。——它们看起来黑得不自然,眉梢上扬,她戴着看电视用的耳机,戴着头箍以便把头发从额头上撩起,她看起来不像一个年轻的女孩,而像是一个火星人。

她的反应并不像人们根据刚刚发生的事情——恐惧,绝望,兴奋,毕竟我是从外面来的!——可以推断的那样快乐或惊讶。

是你啊。

怎么了,妈妈,发生了什么事,玛蕾娜在电话里完全不知所措,我马上就来了,乘火车来的,现在我没有汽车,也就是说没有驾照,不重要,妈,你怎么样了?

她,只是她没有耸肩。

我该怎么样呢?

一只眼睛继续盯着电视。放的是什么?很难说。喜剧?我妈看喜剧吗?

玛蕾娜完全吓坏了。我想……

格蕾塔点点头:她已经失去了理智。像往常一样。你衬衫上的那块斑点是什么?

果酱。在路上弄脏的。

裤子也皱得跟某个部位的皮一样。

(她是说皱得跟某个部位的皮一样吗?)是啊,当我听说你在医院的时候,我马上就来了。我想,在这种情况下我给自己打造完美的造型并不重要。

你离完美的造型还很远,别担心。你就是这样去见你的客户的吗?

(只需要5分钟,我就可能会对她吼起来。——

你的嘴里全是大话，眉毛！——逼急了我也会冲着别人大喊大叫的。但肯定不是对我妈。我就是被这么教育的。被谁？被她，该死的。相反，我的嘴里发酸，浑身冒汗。如果她发现我身上有汗渍，她肯定会把我批得体无完肤。）别说了！我才不管我看起来什么样，我不是在客户那里，而是在我妈妈这里，因为玛蕾娜在电话里号得太厉害了，我以为你已经半昏迷了。你挂的是什么盐水？

葡萄糖注射液。我干透了。

你为什么干透了？你水喝得不够吗？

我怎么知道。

一天两壶咖啡。

过滤咖啡，另外你把我和你爸搞混了。一天三到四杯，这个量我还是被允许的！

我不知道。你被允许喝这么多吗？

激动地大喊：我怎么知道？！

房间里还有另外两张床。其中一张床上住的是另一个老妇人。到目前为止我们一直都把她给忽视了，我们家庭内部认为这并无不妥，毕竟我们不得不——在身体上——共处一室已经够糟了。现在她往这边看了过来。请您别看了！

嘘，妈妈，别大喊大叫，这是医院！

我知道这是医院，你觉得我是傻子吗？

不是，但是……

你知道这样一根针扎进去的时候有多疼吗，你知道当管子被折弯的时候有多疼吗，即便我只移动一毫米，都会疼得要命，针还偏偏是扎在我的右手，因为我是右撇子，我甚至连填字游戏都玩不了，我受够了，我想要结束这一切，你懂不懂，永远永远，我再也不想这样了，你知道不知道，从多久以前开始我就不想再这样了，你连个屁都不知道，工程师先生！

用请求原谅的目光朝隔壁床位看过去。这位女士很好心，都不往这边看。她在做填字游戏。哦，天哪！

那和工程师先生有什么关……？

她，呜咽着低声细语地说：一切都好了。终于一切都好了。

什么？你在嘟囔什么？

都过去了。

什么过去了？！妈！你好？！你在嘟囔什么？请好好跟我说话，你听到了吗？

听到这话，她并没有好好说话，而是开始抽泣，她的话变得更加不清楚，好像她嘴里有一团糨糊似的（鼻涕和水？），同时在走廊上有台机器正在工作，什么机器？在医院里？实际上是一台建筑机械，不是在走廊上，而是在外面，在窗户底下，所以一切都突然变得不清楚了，另一方面，基本的东西还是可以听得懂的，只要只言片语就够了。格蕾塔刚刚在做梦……

你在做梦？

是的，她刚刚梦见自己滑进了一片麦田。

一片麦田。

是的,在麦田里。阳光灿烂。她和她的姐妹们在一起。什么姐妹?

她们有些人让她想起了她还是年轻的小姑娘时认识的朋友,因为她是有一些朋友的,你只是不知道而已,你认为你的母亲生来就是一个孤独的老妇人,但同时她也知道她是在截肢后才认识她们的。因为在某个时候她知道她坐在了轮椅上,知道她因此可以滑行,知道因此而不再疼痛,因为她的下肢被截掉了。梦里如此美好,一切都很好,她没有腿了,但有了姐妹们,她们轮流做饭,因为她们也讨厌做饭,但她们也讨厌餐馆里的饭菜,而且当她们轮着做饭的时候,并不总是只有一个人在忙活——尽管如此她们还是可以做出家常美味。格蕾塔不再想要这两条腿了,这就是解决办法,梦里是这样美好,这样美好。

是这样什么?你怎么了?

……

首先,在最初的几秒钟里,达留斯·科普无法理解她当时在说什么。然后他明白了,当然,人不能永远逃避,而也就是在这一刻,他清楚地感觉到有什么东西从内心撞在他的太阳穴上:愤怒。所以这就是你们把我叫过来的原因?你们这些可怜的、该死的、歇斯底里的娘们儿?

你是不是疯了?你疯了吧!这更加完美……因为一个梦……?!当然很美好!那也是个梦!你本来也可以飞的,如果你想的话!别闹了。说真的。这种事情不好玩。

星期三

她一边抽泣一边耸着肩。

别耸肩!

另一个病人又看了过来。现在我也在大喊大叫了。她会怎么看我们。而格蕾塔正在抽泣。

这时大部分的愤怒已经烟消云散了,只剩下一些烦躁、遗憾和无力。我得抱抱她。把一只手放在她的肩膀上,搂着肩膀,放在她头上,放在她胳膊上。抱住她。好妈妈。别哭了。——但从外表来看科普变得更加坚定了一些。

你知道大腿骨有多厚吗,你知道这是什么样的创伤面吗,你想想看!

怒吼道:别跟我说要好好想想!别跟我说要好好想想!我不是个小孩子了!你又知道什么呢?!你哪儿都不疼!

我承认,达留斯·科普说,当一个人总有哪里疼的时候是什么样的感觉,对此我知之甚少,尽管我,你也许还记得,我自己也有慢性病,呼吸窘迫也不是一场梦……

无论如何他们会在某个时候把它们从我身上全部切除的,但不是一下子,而是一片一片,你觉得我不知道,施莱本——(施莱本?是个人还是什么东西?)——也是这个情况,先是脚趾,然后是脚、膝盖,最后是臀部,你懂吗,他们把她的臀部切除了,然后她就死了!

这种情况你不会……

咆哮:你怎么知道呢,聪明人?!

科普看着另一个病人,她不再假装她什么都没看见,他也不再那样了,而是相反,他用寻求帮助的目光看着她。女病人向他指了指她的护士呼叫按钮,科普尽可能偷偷地点点头。同时他唱起了赞美诗:

这是一家很好的医院……(你怎么知道的?)……他们会做任何……(废话)……他们能做的事情……(废话)……你冷静一下……(……)……别对我大喊大叫!根据要求进行股骨截肢手术,这绝对是疯了,没人会这样做,我知道这一点,这不需要我是个天才……

那你来这儿干什么?!

请不要老是对我大喊大叫!

这时护士进来了。就在此时科普的手机开始叮铃作响。他,下意识地:稍等片刻……

护士:这里不能用手机打电话。在下面的门厅……

这位病人是我母亲!科普说,指着她,然后离开了房间。

他沿着走廊走下去,急急忙忙地,好像他有目的地似的,身边叮铃作响。后来叮铃声停止了,科普还是继续往前走,直到走廊尽头,或者更确切地说拐了弯,左转或者右转,随便吧,重要的是如果你碰巧不得不转过身来的话,不需要再看到 71 号房间的门。他转了弯,继续往前走,直到他来到一个放着灭火器和座椅的凸起处。旧扶手椅,仿佛它们是不知多久以前就摆在这里的一样,而灭火器却很新,闪闪发光,红色,令人感到安慰。在这里科普可以停下来了。歇一会儿。直到我们知

星期三 293

道下面该怎么办。因为在这时他感到迷茫和无助，他又感到头晕了。我低血糖了吗？还是血糖太高了？我上次吃东西是什么时候？喏，你衬衫上的污渍。那就是上一次吃东西的时候。还是我胸口被挤压出来的洞的缘故？那是一种什么样的被挤压出来的洞？我们正在医院。我们可以让医生诊断一下。在这里可以给你用药。但你得去急诊室。在急诊室会根据紧急情况诊治病例。只要您还能呼吸，就请您训练训练自己的耐心。

这时他又想起了所有的事情，他发火了。

我不敢相信，我真不敢相信！玛蕾娜，别告诉我你不懂区别。一个人是在他胡思乱想的脑子里希望锯掉双腿，还是他……这是你自找的，如果我就这么走了的话。我就这么……但笔记本电脑在里面！在她那里！我把笔记本电脑忘在里面了！

愤怒、眩晕突然变得如此猛烈，以至于他不得不把手握成拳头。另一些人在类似的情况下能够把墙打出洞来。家庭教育使我戒掉了这种行为。相反，在极度无能为力的情况下，达留斯·科普只会紧握拳头，目的是有东西可以让他咬住。在医院走廊里，在灭火器附近，他像狮子一样吼叫着咬住自己的拳头，他成了自己的猎物。

当他还咬着拳头的时候，他四下观望了一下：有人看见我吗？

看起来不像。

这时手机信箱报告说有留言。

谢谢。

科普松口了。

当牙齿脱离皮肤的时候，发出了干燥的小爆裂声。

来电列表显示了一个国际电话区号为 +33 的号码。谁从 +33 地区给我打电话？

不行，你不能就这样离开。但我可以听一听这条信息。为此我要根据规定乘电梯到门厅去。我会慢慢来的。你惩罚我，我就惩罚你。

电梯里已经有人了，两个很瘦的小姑娘，其中一个插着鼻管。你们多大了，孩子们？你们看起来不超过 13 岁。她们随身带着一包香烟。

门厅和它的回声，它的建造方式导致如果除了你还有别人在做着什么事情，就足够让一切都产生回声了，现在这里就不止一个人。科普从语音信箱里的信息中只能判断出 a. 是男人的声音，他 b. 说话有口音，c. 是从某个网络不好的地方打电话过来的。科普还没有听懂什么东西，信息就结束了。这时他自己也已经到达了出入口处，沉重的玻璃门，他看到那两个瘦小的女孩就在他身后，他替她们把门开着。她们似乎没有注意到一样。

他往边上走了几步，这样他就不会站在正在入口抽烟的病人中间了。

他不得不又听两次这条消息，才听懂了其中的零碎片段。

……阿里斯·斯塔夫里迪斯……在巴黎……伯纳德向你问好……新闻（？）……公司（？）……刺啦声，

刺啦声，刺啦声……紧急（？）。最后，很明显：这是阿里斯。

科普没有第四次听这条信息，而是给显示的 +33 号码回了电话。

是伯纳德接的电话，这是他的手机。

让我们跳过漫长的问候阶段。伯纳德怎么样，达留斯怎么样。两个人都挺好，伯纳德正要做点新的事情。科普听说了。他祝一切顺利。伯纳德表示了感谢并希望……确切地说是确信，也许他们可以进行合作……

是的，伯纳德，谢谢，伯纳德……

然后是阿里斯。如上所说，是他给科普留了一个消息，因为他听到了一个关于菲德利斯和欧帕科的传言。

关于谁？

欧帕科。

考虑到所有因素，阿里斯感觉这一条传言是可信的，不然的话他根本不会来打扰科普。

科普表示了歉意，因为他一个字也没听懂。语音信箱里的信息让人听不懂。

斯塔夫里迪斯同样也道了歉，然后从头开始说起。就是，是这么回事：斯塔夫里迪斯和林肯谈过了。

林肯？他也在巴黎吗？

不在，在香港。准确地说，阿里斯在电话里和他谈过了。我们通过电话了。

你和在香港的肯通过电话了？肯在香港？

是的，现在他在那里。在欧帕科那里做营销。现在你可能会问：谁是欧帕科？欧帕科最初是一家总部位于瑞士的公司。一家中等规模的安全技术供应商。中等规模，这是一个宽泛的概念。我们这么说吧：它们大约是菲德利斯的一半么大。他们是从公共访问领域的物理解决方案开始的：不动产、车辆、各种活动，今天他们在加密方面做了很多工作。伯纳德认识他们。他说：简而言之，他们把伯纳德所在的公司做错的事情给做对了。不提这个。重要的是，肯了解到，在欧帕科可以获得菲德利斯无线网络技术公司的文件。什么文件？传言说是"一般性的背景资料"。他们是从谁那里搞到的？简单说来：从一般背景信息的收购者那里。是有这样的人的。他们并不发挥进一步的作用，因为问题不在于他们是如何设法搞到信息的，而在于为什么。好吧，这个我们也不确定。据推测，这份文件（还）没有提到比现状更多的东西，不过当然了，仅仅是这份文件确实存在这件事就助长了关于菲德利斯和欧帕科合并的谣言（合并！并不紧急！）。合并，是的。也就是说势均力敌的合作伙伴进行合并。我问肯：欧帕科的情况足够好，以至于要合并而不是简单地收购吗？对此，肯说：不带偏见地说，是的。或者，他补充道，他是对的：这总是取决于谁想要什么，谁知道如何推销自己，不是吗？这就是阿里斯获得的消息。还有来自林肯和香港日常生活中的其他细节，但这些都无关紧要。或者说阿里斯很乐意在被问到的时候说这些事，但一方面，他正在用伯纳德的手机，另一方面这肯定不是达留斯·科普目前感兴趣的焦点。

而是什么？

很难说。

我的脑袋是空的。当然不完全是空的。更像是有什么东西卡住了。就像你在接近什么东西，同时又像是在离开什么东西。这就是他们所说的突然失忆吗？

确实。在大约 1 分钟的时间里，科普无法理解这个世界里的更多事物，除了他从中直接体验到的东西：

我站在一栋楼前，一所医院，那儿是入口，那儿站着病人，他们在抽烟，我闻到了烟味。此外它闻起来有小吃店的味道，小吃店在哪里，那儿右边，这里左边现在停着一辆公共汽车，气味，噪声，人们下车，走上楼梯和坡道，人行道板，这些通向大楼，太阳照在拉丝钢栏杆上，照在门厅的玻璃墙上，上面是病房大楼，20 排窗户，后面还是病人，妈妈——从这里他又能思考了——我那胡思乱想的母亲，我出来打电话了，我和阿里斯·斯塔夫里迪斯在打电话，他在巴黎，他发现了一个新的传言，我无法查证，因为我在这里……

顺便说一句，阿里斯说，肯并不懒，他马上给陈大卫打了个电话。

（我们在香港的人。）

陈说他什么都不知道。但众所周知，陈也不是一个倾向于知道任何事情的人。可以这么说。

我也什么都不知道，达留斯·科普说。（现在我很高兴，找回了我的声音。）不过谢谢。谢谢你打电话来，阿里斯。

好吧，阿里斯以为科普可能想知道这事。因为它是林肯说的。斯塔夫里迪斯认为林肯是一个可靠的消息来源。

是啊，科普说。

（你听起来像是吸毒了。不像米海利季斯——恰恰是反过来的。）

你没事吧？巴黎的阿里斯·斯塔夫里迪斯问道。你听起来……我们打扰到了什么吗？

没有，没有……我只是……我在我妈这里。她在医院。

他们立刻充满了同情。伯纳德也是。

科普对此表示感谢，一切还没那么糟，会好起来的，但我现在得走了，要去料理一些事情。

他们完全理解他，不想再耽误他，祝早日康复，一切顺利。

谢谢，达留斯·科普说。

他又在那里站了1分钟，看到，听到，闻到——去掉公共汽车——和以前一样的事物：医院的入口区域，一所穷人的医院，这一点我们可以从他们的运动服上看出来，可以从他们的脸上看出来。在他们上头是病房大楼，它挂着一条给巨大的手机做广告的横幅。我不知道为什么，科普曾经向尤里倾诉过他的心里话，每次我在那里的时候，我都有一种置身于另一个现实中的感觉。我知道，我知道，这很正常，因为现在就是有若干种现实。不过我还是很迷茫。（我感觉就像以前在火车上一样。——他没有再告诉他了，那太复杂了。）一阵小风吹来了一股新的油炸脂肪气味，油炸脂肪闻起来很诱人，也让人恶心。科普的胃动了。现在几点了? 快下午5点了。17点16分的火车我赶不上了，但我能坐18点16分的火车。他没有走楼梯，他走了坡道。

但要客气点! 你不能说你在想什么,我们会去哪里。好妈妈，亲爱的好妈妈，你别担心，我已经和医生谈过了（!），一切都会好起来的，但我真的得走了，要回去工作，发生了一些事情，一些紧急的事情，但你可以随时给我打电话，你知道吗，随时。如果可以的话我就会来的。

他当然既没有赶上那一班火车也没有赶上另一班火车。
声音是从左边传来的：汉斯?

他立马就知道是在叫他，他听得出这个声音，可是，我的官方名字叫作……

达留斯!

（如果你现在还假装没有听到她的声音的话……）

玛蕾娜!

有那么一刹那他还看到了她带着她充满关爱的面孔——这很好，这是更好的面孔! ——然后他就已经被她抱住了。他看到门厅的玻璃墙上映出了他们俩的身影：一个金发稀疏的胖男人被一个身材矮小、非常温柔的黑发女人抱着。她看起来甚至可以是那些插着鼻管的女孩中的一个。她的穿着也像一个青少年，牛仔短裙和闪着什么光的牛仔夹克，黄色的背心，里面是黑色的胸罩……

抱歉，玛蕾娜心里对他哥哥说。我刚刚实在受不了了。她把我逼疯了。她对我说的任何话都可以伤害到我。即使她什么都不说的时候也一样。希望她会因此被烧死在地狱里面。另一方面，她已经伤害到我了。不管怎么说，我爱她。她是我妈妈。我不想她死。如果她死了，我就永远失去了她。我想如果她被麻醉了，她肯定会死的。我忍不住地扑向她，感觉到她盖在被子下面的身体，这几乎要了我的命，这是如此美好，但她用手打着她旁边的床垫，她本来可以打我的，但她不想打我，她打在床垫上：你压死我了，你压死我了！我又爬了起来，想抓住她的手，但她只是在大喊：达留斯在哪里？！我儿子呢？我儿子为什么不来？我唯一的儿子啊！你为什么把我一个人留下？而我，就像我喝了冰水一样，我心里变得相当冷，我跳了起来……

她放开了他，没说上面这段话，而是说：

我们先喝杯咖啡吧。楼下有咖啡店。

她替他打开了玻璃门，他跟在她后面。

当他们穿过门厅的时候，玛蕾娜说：

我给爸爸打电话了。

……

他在杜布罗夫尼克。

……

他在度假。

他刚刚在一个港口,风很大,他不得不一直避开风。

……

我告诉他妈妈在医院。他说:是吗。他说漫游费很贵。

他是她前夫。

(所以也是我的前父?

躺在医院里的不是你。)

他们每人要了一杯牛奶咖啡。为了赶时间,他们站在柜台边。玛蕾娜玩着放在杯子和碟子之间的餐巾纸。这纸这么薄,一文不值,用两个手指就可以把它给捻破。人工美甲,已经有点磨损了。她的眼睑低垂,科普看到了一条黑色的眼线。她的眉毛修得几乎和默片影星一样细,像睫毛和头发一样染成了黑色。实际上,她本来和他一样是金发。但她更喜欢把自己弄得像是一个黑发小女人的样子,皮肤苍白,眼睛是深蓝灰色。颧骨上抹着两片红晕,薄薄的嘴唇上涂着闪闪发光的唇彩。杏色。我妹妹是个漂亮的女人吗?她会是漂亮的女人吗?

她睁开眼睛,直视着他的脸。我的妹妹有一种既迷离又欲望强烈的眼神。

我从家里搬了出来。他们就是不让我学习。你学啊,你学啊,然后他们就从你身边跑来跑去 26 次,你学啊,我就拿一下这个那个,或者问这个那个在哪里,或者站在门口问：有什么东西我能吃吗？最后我怒吼了起来，躲到桌子底下去了。然后达吉来了，说你不能这样了。所以现在我已经和她住一起好久了。

……

第一门考试是在星期五。

……

可能他们星期五就会让她出院。

……

你能说点什么吗？！别担心，做你自己的事，我会来接她的：这么说怎么样？！

别担心，做你自己的事，我会来接她的。尽管我没有车。但我会来的。满意了吗？

为什么非得我这么求你？

你并没有求我。

为什么要我问？这会让我感觉像什么？就像一个……我也不知道是什么。

科普非常了解这种讨论，他的注意力偏离了。他开始提取和斯塔夫里迪斯的通话中有用的部分。他想到了巴黎和香港，想到了阿里斯，想到了伯纳德，想到了林肯，想到了陈大卫，想到了丹尼尔·金，想到了森尼韦尔，想到了比尔……现在几点了？香港现在几点钟，森尼韦尔现在几点钟？

你在听我说话吗？

在听啊。你管她，我不管她，但她更爱我，我是唯一的儿子，抱歉（他在手机上查看时间），我对此无能

星期三　303

为力，再说这也不是真的。这位太太脑子不好了，看起来就是这么一回事，不管我们做什么，不管你做什么，不管我做什么，都将会是错的。所以他要上楼去，跟她道别，拿他还在那里的电脑包，然后乘车回去，因为他要做的事情很多，因为，你知道的，仅仅因为一个新的问题出现了，所有其他问题并不会从世界上消失。说到这儿——我本来想避免一场公开的冲突，我只想这么做，但我现在没办法——，下次我会很感激的，如果你不告诉我这两种情况之间的细微区别的话：一个人的双腿必须被切除，以及，一个人梦到他的双腿被切除了。因为我就是不相信你懂得这个区别。

她说，他不需要相信她，因为她根本没这么说，她只是说这根本没有什么区别！

这没什么区别？

没有，这没什么区别，因为她无论如何都会依赖帮助，但我目前帮不了她，如果我帮不了，那就得你帮她，你懂吗？

科普明白这一点，更重要的是他内心很赞同，但对外则是，我不知道，为什么，情况变成了这个样子，他坚称他也帮不了忙，说他什么都做不了，他毕竟不是医生，所以他现在要走了，看在老天爷的分上星期五再回来，但在那之前：帮我个忙，让我安静一下。

没问题，这位斯芬克斯说。我们给你安宁。你可以有你的安宁。

谢谢！

不客气。

……

还有一件事。

什么事？

钱。

什么钱？

你还一分钱都没有转呢。

我应该转什么账？

（我要杀了你！）我们前几天讨论的。

前几天？（17点42分了，我得走了。）

真他妈的混蛋！你为什么要这么做？

我到底做什么了？！

（我们两个都在医院的咖啡馆里大喊大叫，以至于牛奶咖啡杯在柜台上叮当作响。然后我们沉默了，用冒火的眼睛看着对方。你很清楚我在说什么，你很清楚！）——

确实如此。她在两个月前，他最后一次来看她的时候跟他解释过这事。他们跟汤米和孩子们一起在一个集市边散步——他们给那个男孩买了他想要的所有东西，都是没用的垃圾！——当时玛蕾娜当着她哥哥的面算给他听，格蕾塔领到的538欧元付了300欧的房租之后就不够生活开支了。

你怎么知道有538欧？

蒙科夫斯基夫人和她聊过。玛蕾娜感觉是故意的。我应该告诉你。

告诉我什么？

每月238欧元，一天不到8欧元。这太少了。不含暖气和住房的最低生活标准是317欧。

那她必须告诉政府部门。

政府部门会把她送回我们这里。首先要负责的是家人。

（说的是：我。）

好吧，科普说。一个月200欧够吗？还是250？——我还没来得及转账。我会转的。

你什么时候转？

我说了：很快！在这期间，如果你们不总是留着零钱，也许能帮到她的。

谁说的？是她这么说的吗？

（当然，还有谁。）

真他妈的混蛋，可事实上，我们总是给她买东西，但她不付钱，我们给她买了一个加湿器，因为她说家里的空气太干了，她假装这是礼物一样，我们也不敢说什么。你觉得我是为了我自己，是吗？那又有什么不对的呢，你有没有问过我是否需要支持？但是我想说，留着你那该死的钱，拿着钱开心吧，把钱吃了吧，噎死你！

她穿着一条太紧、太短、太难看的牛仔裙，穿着高跟鞋（黑色的浅口无带高跟鞋），穿过门厅，右脚跟在石头上滑了一下：踢踏踏踏踏踏踏踏！当科普听到这声音看到这一幕的时候，他很是鄙视她——我的妹妹，这位狂走的……当他看到她用她的所有（狂暴的）力量想要打开那扇沉重的玻璃门（她弯成了一个半圆形）时，他又感到这一切让人很难过。你可能是头猪，达留斯·科普。

买单，谢谢！

夜晚

悲伤，羞愧，饥饿。胸骨后面感到压抑和灼烧。不对，不是支气管炎。我们呼气时没有困难。没有，感觉还好。乘出租车到火车站的行程需要 8 分钟，下午高峰时间需要 20 分钟，无所谓了，我们反正已经错过了火车，我们可以好好利用强加给我们的时间。而且，用来放空。所有这些私事。—— 他们会再打电话过来的。在那之前我反正什么也做不了。他们做决定吧。—— 不管。抽屉、垃圾袋、地下室、地板，随你怎么说。这不是典型的男性自私和铁石心肠，这是必要的，玛蕾娜（妈妈、弗洛拉）。有多少比例的工作时间因为雇用有私人问题的员工而损失了？我不想唠叨。我们都只是人而已。但是想办成一些事情的人就必须学会把其他事情放在一边。当他透过车窗看着他熟悉的这座城市，尽管他对它也并不这么熟悉，20 年里许多事物都不一样了，而解决办法就在其中。达留斯·科普专心地想着差异，想着不一样的东西，直到他感觉自己不再身处此地，而是已经在别处了，在一个你完全陌生，也就是说自由的地方。

他有的现金刚好够付出租车的钱。（我欠亚美尼亚人，不对，欠公司50欧元！）火车站站前广场是新修的，上面的小方砖铺得很漂亮，但有点太宽敞，因此看起来很荒凉，他一直走到广场中央，站在那儿。车站大楼山墙上的钟显示为18点29分。科普站在那儿盯着它仔细地看。不是因为他没有其他方法来确定时间，而是因为——地下室、地板，这些来来回回——他突然失去了力量。我站在中央，并不是因为我在这里感觉最舒服，而是因为我没力气走到边上。那里也不是很吸引人。这个车站大楼，实际上并不是一座大楼，而是一个由地下通道、到处飞扬的尘土、临时的提示语和地狱般的噪声组成的迷宫。没有一个地方能让人有尊严地候车。顶多站着。达留斯·科普清楚地感觉到，在下一班火车出发之前还需要度过的半个多小时，他可能站不动了。我只想蜷缩起来睡觉。一个穿着西装的男人在站前广场睡觉，头枕在他的银色手提包上？别发痴了。有一阵子他不知所措。只是站在那里直到……18点29分。……他终于明白了：山墙上的钟停了。这让他又恢复了知觉。生气。这车站时钟！火车站的时钟怎么会不走？！你们这些可怜的半吊子？大概是作为回应，一股像寒冬一样冰冷的空气向科普吹来。这建筑工地。他们挖得很深，那里很冷，不知什么原因一张防水布被掀了起来，地下的寒气就出来了。是谁提出了地狱会很热这种荒唐的想法？

　　科普看看他的手机，想要看一下到底有多晚了。他看到：18点38分。他还看到自己站在一片热闹的所在。

到目前为止，身处热闹的所在每次都能把达留斯·科普从低谷中拉出来。这次也是。他抬起头，把头伸出来，仿佛他真的站在一个洞里似的，环顾四周：

铺装精致但又荒凉的广场，铺设美观但又存在会车危险的电车轨道，人来人往，前后两辆有轨电车交会，高超的换道技巧，电子指示牌，还有 19 分钟，还有 9 分钟，还有 0 分钟……然后他看到了咖啡馆。它叫"天赋"。除一个网络热点标志外，一只热气腾腾的咖啡杯和一只羊角面包装点着它的橱窗，它们都是用灰色的塑料窗纸示意性地剪出来的。达留斯·科普向它跑了过去。

他跑进咖啡馆，自助服务，他跑过一张张桌子，直接跑到柜台，他是怎么爬上吧椅的，他不记得了，他一下子坐在了上面。他气喘吁吁，不是因为费力，而是因为找到了这个港湾而松了一口气。

吃，喝，上网。这为我提供食物，让我了解信息，给我带来欢乐，同时可以像数字和图片那样深入我心。一个可以放松的地方。在这里，四周（几乎）可以有想要的一切，但如果它是一个很好的咖啡馆，那就更好了。空调（冬天：暖气）很好，能用的干净的抽水马桶很好。吧椅，椅面的咖啡色皮革（人造革？），长柄咖啡勺，都很好。陈列柜，里面有三明治和甜品。小搅拌棒，外卖杯的盖子，都很好。年轻的吧女很好。苗条，小麦色皮肤，苹果一样的胸部。她已经有点累了，显然也很混乱，在柜台的角落里积聚了一堆搅拌棒、餐巾纸、纸杯。

您无法及时处理所有事务，或者更确切地说您认为更重要的是迅速为客人服务而不是打扫卫生，这一点让我觉得您更加讨喜。

只要她一有时间为他服务，达留斯·科普就向她微笑，并点了一个夹蛋的美式金枪鱼三明治和一杯橙汁。贪婪地把前者从包装里——三角形，全麦吐司片——剥出来然后狼吞虎咽地把它吞了，接着把橙汁喝完了。羊角面包之后吃的第一顿！衬衫上的污渍。他把它忘了，现在又看到了它，它贴在他的肚子上，但因为科普在路上挺舒服的，它也就没有再给他带来困扰。他的饥饿感根本没有得到满足，不过他并没有再点一个三明治，而是选择了甜点：请给我一杯咖啡，不，一杯拿铁，一杯苏打水，一块鲜奶酪糖霜胡萝卜蛋糕。他换了一个座位，坐在一张左边没有人的凳子上，靠近墙，他可以把一侧肩膀靠在墙上。柜台的宽度刚好够放一台笔记本电脑。

他在天赋咖啡馆度过了接下来的两个小时。在这个错误的城市，但这并不重要。当他有时向外看时，虽然看到了站前广场，和广场上我们提到过的所有东西，顶多除了可移动物体已经移动到别的什么地方，然而，原则上，它仍然是相同的图景，因此他不可能在其中看到任何具体的东西，因此也不可能看到它具体在哪里。在一个高技术发展水平的富裕社会。只有一次，一群在电车站候车的人让他想起了那座病房大楼和那些人——不安、紧张、厌恶、愤怒、羞愧、辩解、蔑视——然后他把目光移开了，半分钟后把这些人和事又忘掉了。

也想起来本可以打电话给弗洛拉的。和她商量一下。但从根本上来说他不想讨论这事，而且反正已经太晚了。你会跟自动答录机说什么？所有的事情都没什么大不了的，我要乘车回去了？这不正是说：根本没什么事情，或者说都是错的。另外他也不是现在回去。他开始上网。

欢迎，欢迎，欢迎。[1]科普还没有准备好怎么解决具体的问题，他转到了新闻页面。我今天还没看过呢。

谣言在华尔街流传，雷曼兄弟的增资事宜告吹，武器和黄金，一种不同寻常但相对没有危机的投资组合，围绕飓风区生物实验室的争议，世界上最大的粒子加速器已经开始运行，一个17岁的男孩占据了国际象棋世界排名的榜首。澳大利亚人怎么做生意？最好是周五晚上喝啤酒。伙计，怎么样了？伙计，怎么样了？[2]没那么糟糕，没那么糟糕。会好起来的。

他随便看看，点击更多链接，只是想浏览一下那里的标题。他不想浪费太多的时间，只需要一些时间好让他稍稍恢复活力。他一感觉到稍微恢复了一些，就又点了一杯水（他本想来一杯白兰地，但这里没有酒卖），然后开始有目的地搜索特定信息。

搜索：欧帕科。

"欧帕科由100%超细纤维制成，伸展长度为93米/50克，最好用6—7号针头进行编织……"

1　这三个"欢迎"原文分别为英语、意大利语、瑞典语。
2　原文为：Owsidgoin mate orright? How-is-it-going-mate-all-right? 两句意思相同，均为澳大利亚英语口语风格的问候语。

所以我才会这么喜欢网络。达留斯·科普咯咯地笑了起来。出现在我们这儿的有数名助产士、数名律师、一位神父、一位理财师。

在这里,这些是正确的搜索结果:数字安全领域的世界领导者。他翻阅"关于我们""新闻""档案",找到的都是别人已经告诉过他的内容。以公共访问领域的物理解决方案起家。今天:采用最新加密技术的完整解决方案。重要机场、体育场馆、滑雪场、游乐园。"新闻"。前天:香港宽带通信公司选择欧帕科以保护和集成全数字 MPEG-4 有线电视系统。(嫉妒正在吞噬我们吗?差不多。)

"董事会"。"执行局"。有谁是我们认识的吗?没有。但我们认识谁?首席财务官叫作克劳德·莫奈!

"地址"。每个大陆都有一个地址,就像我们公司一样。关于苏黎世的德/奥/捷克区域办事处,没有任何名字,不管是一个还是几个,是一下子就能辨认出来的。

"短期工作"。法律助理、系统生产工程师、执行助理、技术培训师。(有什么我能做或想做的吗?没有。)

回到我们的网页。他也查看了菲德利斯的分组,但没有发现任何新的东西。他通看了旧的内容。

从前有两个朋友,名字是山姆和丹尼尔。

金毕业于哈佛。

比尔毕业于密苏里大学电气工程专业。

纳塔先生,我们不能忘了,只是我们的临时首席财务官,拥有超过 20 年的工作经验。

"选择一个区域"。

在中东地区，我们的代办人是纳温·巴特拉先生。

在德／奥／捷克和东欧区域，代办人是达留斯·科普先生。

在圣保罗，代办人是路易斯·塞萨尔·阿斯孔·班达先生。

在香港，代办人是陈大卫先生。

在南非，办事处只有一个电话号码。（科普再次检查了一下他的名字是否真的在那里。是的。）

搜索陈大卫的照片。没用的，同名者太多了，而且现在也没那么重要了。

搜索：欧帕科＋菲德利斯。

119000条结果，相当混乱。

更有针对性一些。打开商务新闻。

今天的活动。什么都没有。

今天的新闻。什么都没有。

投资组合。错误。

术语表。错误。

帮助。错误。

联系方式。错误。

获取报价。什么都没有。

搜索"行情摘要，公司新闻"。

找不到匹配项。

高级搜索：2个条目。我们获得了创新奖，我们很乐意赞助。关于欧帕科：无。

打开：查找个人资料。

什么都没有。订阅1个月的免费试用。

打扰一下，我能用一下电源插座吗？电池……这很重要。（我真的需要一台新笔记本电脑了。）

同时他还露出了他最讨喜的笑容。柜台后面的年轻女子依旧疲惫不堪，一言不发地接过插头。插座在一堆纸杯、餐巾纸、搅拌棒后面。注意，可别让所有东西都掉下来！有一些东西掉下来了。对不起。她挥挥手，弯下腰，直起身子，把它们扔回那堆东西里面。他回到网上。

行业新闻。

"硅双极晶体管的过渡频率达到110千兆赫"。

"HAL注重情感而不是技术"。

"论坛"。不看了。

"7天新闻"。什么都没有。

"档案"。无更新。

"新闻在路上"。什么都没有。

"早点抓住机会"。3期12欧元送免费冰袋！

打开：业务经理。

印度：TBR在次大陆投入巨资。

"创新"。

"国际化"。

"市场营销"。

"组织"。

"思想，概念，经典"。本月产品。

"您的购物车是空的"。

这时他的良好感觉又开始减退了，但科普还不能停下来。

打开：无线论坛。

在论坛上讨论的人都是自以为聪明的人。所以有什么是他们不知道的么？没有，没有他们不知道的。

没东西，什么都没有。两个旧讨论帖。"司机太渣了！"以及："在令人失望的一个季度过去后，菲德利斯无线网络技术公司是否仍然值得投资？"一个叫塔拉克的人担心他的股票可能永远涨不上来。

打开新选项卡。"纳斯达克"。"日线图"。刚打开。什么都没有。

昨天：直到东部时间下午3点都没什么起伏，然后像往常一样在一天结束时略有上涨。下午4点整：休市。

"在家下注！投注收益大！一起玩精彩游戏。"

盘后报价：什么都没有。

总之：什么都没有，什么都没有，什么都没有，什么都没有，什么都没有。

科普又点击了几个链接，但现在他甚至连标题都不看了。专注力终于消失了，于是欢乐也随之消失。现在取而代之的是疲惫，还有已经再次出现的轻微烦躁。尽管身心修复工作在网上进展得挺好，可最后他又上网上得太久了。它给我带来的东西，它又把它从我这里给带走了。就像每一次的醉意。现在停下来吧。

当他在很长一段时间后把目光从屏幕上移开时，眼睛感到疼痛，脑袋里仿佛有沉重的棉絮。咖啡馆里的灯光太亮了。还是太暗了？不管怎么说，科普看不清楚。他摘下眼镜，低头看着自己，哪里可以擦一下眼镜，又看到了衬衫上的污渍。这一情景对他的触动超出了他的预料。这是因为我累了。我不喜欢累。每个人都会累的。尽管如此。科普试图通过生气和分配责任来帮助自己。母亲和妹妹跟斯塔夫里迪斯和林肯平分。把我自己从一个角落打发到另一个角落。然而是你自己想上网的！这倒是真的。而且并不是因为我们出于这样一则谣言就会立马变得慌里慌张。对此我们经验太丰富了。我们知道：每个季度都会有一条新的谣言在我们当中飘过，无事生非，或者有事生非，或者也会悄悄发生一些事情，而大多数情况下我们什么都不会发现，或者我们会发现一些被证明是错误的东西，或者我们会发现一些被证明是正确的东西，我们发现了又能怎样呢，我们自身很少能够去采取行动。我总是多余的，对此我自己几乎什么也没做。情况就是这样。然而。如果达留斯·科普至少能找到一些东西，他还是会更开心的。他现在甚至很难整理好他在过去几个小时之内所获取的一切微不足道的信息。他记得更多的是他获取的边缘信息——天气和新产品：旅行、银行、保险、手机——而不是他对诸如欧帕科公司历史这样的文章或细节的记忆。我感觉我被细枝末节所吸引。看起来是这样。我累了，一无所获。天也黑了。外面的广场。移动的部分只能隐隐约约辨认出来。最明亮的是对面拐角处车站酒店的大门，以及前面车站的电子显示牌。现在，除了科普的其他感觉之外，还有另外一种感觉，就像我们白天去电影院（上网），晚上再次出来时，就会有那种感觉。不可避免地。这种思念，这种轻微的遗憾，一种小小的担忧，尽管我们知道它会再次出现。尽管如此，无论是云雀还是猫头鹰，在这个时刻，一种遗弃感开始把所有人往下拽，仿佛它有引力似的。无论你是否已经成年。天黑了，你不在家。这是一种可以为之命名的状态。

是时候重新布置舞台了，趁我们有可能开始变得忧郁之前。他用餐巾仍然干净的一角擦了擦眼镜，把它戴上。现在几点了？20点47分。很好，时间正合适。最后一班不用换乘的列车21点06分出发。买单！就像他说的，他看起来，喏，又是不怎么精神焕发的样子，但至少像某个仍然有精力和决心的人。

当然，收银花了很长时间，当然，直到卡片终于有响应，付款终于成功的时候，科普又不得不再次跑起来。

但怎么跑！

穿过用木板墙、脚手架、防水油布、薄膜、胶带建起来的隧道——好像我们在地下一样。我们在地下吗？——噪声，灰尘，它挤过裂缝吹到木板地面上，小心打滑！科普滑了一下，又恢复了平衡，只是拎着他的手提包砰的一下撞到了什么地方，他朝着上面用丑陋的电缆连接在一起的建筑灯无声地道了个歉或骂了一句，然后继续往前跑，那儿有一部电梯，太不安全了，所以走楼梯，用最后的力量爬上去了。他在最后一秒上了火车，车门砰的一下关上了，他抓着一根扶手，他的手提包在他身边晃来晃去。

可以说是一场梦魇。也许说得太过了。因为，在接下来的事件中没有什么像是在梦里发生的。相反，它们都会是最日常、最平凡的事情。尽管如此，达留斯·科普最终还是会筋疲力尽的。

他再次（痛苦地）喘过气来，他的身体系统在极富挑战性的冲刺之后恢复到正常运行状态，因此他能够放开扶手，在短暂弯了一下膝盖后能够开始走动以便寻找座位了，此时他不得不承认这班火车比他预期的要拥挤得多。由于刚刚在站台上停留的数秒钟之内他是站台上唯一的人，所以他所想象的车上情况是不一样的。但他只是许多人当中的最后一个。有那么一会儿，他不想坐到任何地方去。他在火车上走着，先是去了较短的一头，然后又回来，到了较长的一头，直到没有人再和他一起走动，也没有人再迎面朝他走来。最后，他找到了一个座位，从这个座位向车厢看去，他只看得见一个女的。她头发是淡红色的，大鼻子，在看着书。科普观察她的时间没有超过绝对必要的长度（3秒），然后他转过头来朝着窗户，看着他们是怎样离开这座城市的。他一直看着窗外，直到最后的灯光消失，黑暗变得如此彻底，除了他自己扭曲的倒影，他什么也看不见了。他看着自己，虽然不喜欢自己的样子，但这并没有给他带来困扰，因为他也看不清自己。

他让自己的头陷到靠背里面，让自己的胳膊和腿悬空。摆着这个姿势，他再次为疲劳提供了广阔的攻击面。它在他的身体里面迅速蔓延。头部、躯干、四肢。当它涌进你的手臂时，就会令人不愉快。反正我不喜欢这种感觉。由此产生的压抑感只能通过投降来中和。让自己无精打采、脑袋放空地耷拉着，或者完全睡着。要是他能这么做就好了！在你讨厌的火车上，在漫长而充满挑战的一天之后，你为什么不睡觉呢？当你醒来时，你就到家了，到适合你的城市了，一切就会好了。或者说至少会好些。在大多数情况下，达留斯·科普会很高兴能够选择这个解决方案。这次不是。或者更确切地说，这么做的尝试失败了。他坐在那里，复盘着这一天的情形。没有什么事情是他原本打算要做的，一切都是自发的。或者也许是那个正在看书的女的让他想起了弗洛拉。——就像天赋咖啡馆里的吧女那样。你可以就这么进行比较吗？该死的问题。——于是他想到了弗洛拉，早上弗洛拉躺在床上，那感觉很好。他本应该继续这么想下去，最多要注意他不能在公共场合被太明显的性兴奋所困扰，然后就这样昏昏入睡。但这没有成功。他只能坐在车上，继续复盘这一天的情形。或者更确切地说：因为他意识到自己即将这样去做，但他不想去想玛蕾娜和母亲，所以他通过改变方向来帮助自己。不是向前，而是向后！之前发生了什么？昨天发生了什么？他果然一片混乱，疲劳感迅速加强，零碎的记忆片段像水银珠一样，四下散了开来。科普拼命地抓住它们。猪

星期三　319

骨架，科普想，罗尔夫，他想，他怎么样了，他还在医院吗？如果在医院，那妈妈也在，有一条蓝色条纹的病房床单——他迅速跳了起来，拿起了他能想到的下一个最好的东西：大学厕所毛巾架上的毛巾。他擦干的双手，暴脾气的人撑在桌面上的双手，长满雀斑的手指指尖向后弯曲。尽管如此我还是搞定了你！购物中心一闪而过，科普急忙把它推开，心想：工作，我们在工作，从外面看着他的办公楼，从里面看着他的办公室，不是看着那些箱子，而是写字台，桌上有一块没有垃圾的地方是用来放笔记本电脑的，然后他猛地坐直了。

电脑手提包放在他旁边座位的下部空间。科普盯着这个手提包，而怒火从心里进到了他的太阳穴上。手提包，里面是笔记本电脑，笔记本电脑里面有他在来的路上给比尔和公司写的电子邮件。写好了，存储在草稿箱里，并且在上一次上网时没有再次点击发送。也就是说：它还在那里！从星期五开始钱就放在办公室里了，今天是星期三，还一直都没能把这笔钱的事情告诉老板。

达留斯·科普抓住他的头，双手夹着头弯下腰来，咬紧牙齿骂天骂地。

我真不敢相信，我真不敢相信，一个人竟然能够这么愚蠢？！

他的皮带紧压在他的肚子上，肚子里一阵疼痛，但不是皮带那里疼，是更里面的地方。更加糟糕的是，似乎他在一天当中吃的相互冲突的食物现在也打起了架来。三文鱼、鸡蛋、橙汁、牛奶咖啡……从科普的脑袋中闪过，他不得不直起身来，因为他感到一阵阵恶心。

他直起身来，看到看书的女人正在看着他。这对他来说太冒犯了，他猛地站了起来，想去别的地方，笔记本电脑包挡住了路，此外因为现在他站着，他又看见车厢里太挤了，不能随便地换位置，但那个女人还一直在看着他，他感觉他的汗水已经冒出来了，所以他还是抓起电脑包走了，有事即将要发生了。

（是从这时开始的吗？是的，一步步地。）

他本想把自己的想法整理好，但在走路的时候办不到。障碍太多了。他总是被困在某个地方，总是有人挡住他的路。人们站在过道上，为了和同样站在那里或者坐在位子上的其他人聊天。你摇摇晃晃地走向一个塌屁股。我希望我不用每次都注意到它。当我身处窘境的时候，我的思想就会变得肮脏。如果至少是和性有关的话，肮脏也就算了，但不是。科普忍不住想到臀部，想到气味。这里的空气闻起来不太好。不是像以前那样闻起来像大蒜香肠，也不像柴油或棉大衣，而是像从裤缝里面钻出来的味道。像被捂在裤裆里的屁。我还能怎样。我禁不住要这么想。而且这家伙都不准备让开哪怕是些微的路！或者说他只是让开了那么一条缝。你必须和他擦身而过。即使对方是一个女人，科普也不想在他这样的情况下和别人擦身而过。这可是一个长着长发和马脸的男人！而偏偏在他们靠得非常非常近的时候，科普的胃开始发出能够让人听得到的咕噜咕噜声。别笑,塌屁股！

科普悄悄地把电脑包放到他身后，好像有必要这么做似的，他用它把这个陌生男人推到一边。

嘿，小心点！

你原本至少可以道一声歉。你没有权利厌恶和鄙视他们。

达留斯·科普礼貌地恳求他脑子里的声音不要烦他。我的麻烦够多了！

他逃到车厢尾部的厕所里面。本想躲在车厢尾部的厕所里面，但它坏了。前面的地毯是湿的。科普恶心地抬起脚继续往前走，进入下一节车厢。在火车车厢之间穿行感觉挺好的。以前那里铺着两块重叠的铁板，下面就是铁轨。很好。5秒钟恢复时间，不能再多了。直到你来到下一节车厢开头的厕所，发现它也锁上了。如果一列火车的所有厕所都有故障，那么旅程就不能继续了。然后我们该怎么办？达留斯·科普感到心里产生了恐慌。不是因为他急需上厕所，不是在接下来的几分钟里。是他的心灵创伤开始在他体内发挥作用了。夜班火车，乌泱乌泱的陌生人，和他们关在一起，厕所也坏了——难道有人会不想逃命吗？（总是这么夸张。）科普没有跑，他只是走得更快一些——上坡时必须走快些——他又能怎么办呢。直到他终于找到了一个可以使用的小地方。即便这里也是水淋淋的。上帝保佑，只是水。又臭又脏的水，但科普现在已经再也不能忍受这种越来越强烈的恶心了。他用完了能找到的所有纸。自动皂液机和饮水机能用吗？能！这又是一个小小的安慰。科普感激地接受了这个安慰。我们生活在一个夜间火车上自动皂液机和饮水机可以正常工作的世界里。对这种聊胜于无，你应该心存感激。

在镜子里：他的脸。你看起来已经好多了。那是什么？嘴角有果酱吗？一整天都在那里？火气又上来了！生气和羞愧，因为那些看到他嘴角有果酱的人！而且还什么都不说！往常你们可不会对什么东西不做任何评论！但然后，不对，凑近仔细一看，是口唇疱疹。起水泡了。虽然科普不得不看着自己蓬头垢面、衣衫不整、汗流浃背、脸色苍白、虚弱无力的样子，甚至比我感觉的还要糟糕，因此感到难过，但他至少在这一天当中嘴角没有沾着果酱，这带给他的宽慰最后更加强烈了。

宽慰，但同时又不知所措了。当他再次动身去找一个座位时，他向自己承认：我感到力不从心，无所适从。我需要鼓励。我有多少天没能联系到任何人了？不是任何人，而是他们。上星期五到这星期三，过去4个星期。我把邮件给忘了。但除此之外。仅仅本周就有多少行动，结果如何？一直都还是第1点至第6点。是6个点吗？不管怎样，现在又多了一个点。欧帕科的事。但真的有欧帕科这事吗？还是说这只是斯塔夫里迪斯和林肯的幻想？我不知道。我什么都不知道。

他的待办清单并没有变短，相反变长了，这让科普走得更快了一些。但火车总有一刻会走到头，然后你怎么办？他穿过火车走到最后一节车厢，走到后半段的门前，门后面一片黑暗，他转过身去，离开黑暗回到原来的车厢，相比之下，这节车厢现在非常明亮。比尔，达留斯·科普想，在他的脑海里太阳开始照耀起来。在北加利福尼亚天气或许并不像不知情的人认为的那样温暖，但是阳光还是明媚的。这里现在是10点30分，加利福尼亚是几点？夏季：1点半。伦敦，9点半。即使这个时间也不会太晚。不过1点半更好。还亮着。是的，这就是我现在想要的。在旁边，似乎是为了确认他的想法，有个空的两人座位。他坐了下去。

当他拨号的时候——+1307-272-6500——后来，当电话铃响的时候，达留斯·科普继续振作着他自己的状态。他想象着：

我们街上的梧桐树。

松树、羽扇豆、城外的草。

沙漠中的一条高速公路。

浅灰色的混凝土构件用沥青条接合起来。

去大山的路，在去湖边的路上。（！当他意识到他梦里的沙漠机场景象是从哪儿来的时，他感到心悸。我有点失望。有时候人类太简单了。）

而在另一个波段上想象已经在继续：湖泊、拉丝钢材制成的水泵、沙子，简单地说，比尔那里海滩上的沙子，但从那里又可以看到——湖泊后面的教堂塔楼、海滩派对的旗帜、裸体的有机农场主。是男的，不是女的！科普感到讶异，很不舒服，他感觉对自己的想象力失去了控制，事实上：

他看到了他原本从未设想过或希望的东西，看到他自己现在是一个年轻人。不是赤身裸体,而是穿着牛仔裤、灰色夹克,肩上背着一个军绿色的背包。我觉得这么穿帅死了。除此之外几乎没有别的什么了。我不想再年轻,也不想再苗条,这并不像人们想象的那样值钱。他最不想要的是再次回到那种状态。软弱无力,挥散不去的无声恐惧。他试图摆脱幻象,于是他看向黑暗的窗玻璃,让我看到今天的自己,不管有多扭曲。但他并没有脱身,而是离自己更近了,滑向了——他也许不知道该如何阻止这种情况——一个坦诚的时刻:

我不想去他们那儿,因为他们让我想起了旧时的自己。我并不以我的出身为耻。但这种生活已经结束了。过去了。就是这样。(你又在乱想什么!这现在对你有什么好处?——这不是问题所在。)

同时电话里铃声在响,先是打给美国的电话响了5声,在电话里咔嚓一声和短暂的间歇之后,内线电话响了5声,这已经是连上凯瑟琳的线路了,最后又咔嚓一声,转变成了一个出奇响亮的占线信号。科普吓了一跳,他困惑地认为有可能主要是因为他的注意力不集中而使得线路中断了。就好像我们用思想的力量能够控制卫星链路似的!然后他想起来可以查看一下是不是因为网络信号差的缘故。

是的。

手机显示信号强度是0格。

我们是不是坐在一节信号被屏蔽了的车厢里?

区间快车上没有信号屏蔽车厢,同样也没有装有中继器的车厢，据说这种设备可以使信号接收更加容易。

夜里，他坐在火车上，观察着手机屏幕上的信号强度。2，1，2，0，1，0，2，更多时候是1，在非常短的时间内可以达到3，一旦你充满了希望，又变成了1，然后立马又变成0，1，0。

过了一会儿科普不再盯着信号强度看了，而是闭上了眼睛。当我们在11点半到站的时候，加利福尼亚仍然不会超过2点半。这也挺好。你可以在办公室打电话。俯瞰着夜晚的广场。想到这一点，科普的心跳又加快了。事实上，这是我的渴望。人为的光明：红绿灯、路灯、广告、车辆、其他办公室的灯。而你却有意待在黑暗中，笔记本电脑屏幕是唯一的光源。1点左右就可以完成了。弗洛拉可能还在沙滩上。去沙滩，吃点东西，喝点酒，打个电话。之后一起回家。

达留斯·科普微笑着，睁开眼睛，看到了似乎相当稳定的3格信号，他迅速按下了重拨按钮。

5声响铃，5次重拨，占线。

有那么一会儿信号还行，然后火车就进了隧道。

车上的灯被调暗了，笔记本电脑屏幕亮了起来，红色的鹅掌楸和一座蓝色的房子，坐落在加勒比海地区的一个内陆山谷中，上面散落着最重要的程序和文件的图标。开出隧道，耳朵里的压力减轻了，灯却没有重新打开，科普打着寒战。空调白天的时候是不是调得太高了？太低了。随便吧，太冷了。身上的汗毛竖了起来。我背上竖起来的汗毛顶到了衬衫。

这个时候火车猛地颠簸起来，科普不得不用手撑着前排座椅保持平衡，以免撞到笔记本电脑上，灯短暂地亮了，然后又熄灭了，火车开始长时间地，难以忍受地长时间地，慢慢刹车。这样的刹车方式完全贯穿了我们的身体，在我们体内刹车，就好像是我的肌肉、我的细胞被拉伸了一样！要么干脆停下来，要么开，要么停，别没完没了地刹车！

终于停了下来。

乘客们开始在座位上活动起来。

黑暗中的其他人。

他们站起来，从他们的座位上走出来。

有些人试图透过窗户看看外面的情况。

他们相互交流着。

一个或更多的人走了。

回来了。

有两个人站在了科普旁边，说着话。好像他不在这里似的。尽管：他把笔记本电脑合上了，也许他们确实没有看到他？

我们的牵引车坏了。

我们的什么坏了？

牵引这列火车的机车出现了技术故障。

这是什么意思？

对于是否要以步行的速度开到下一站换乘另一趟火车，意见不一。也许能靠着这辆火车头成功回到家。还是说根本走不了了。抑或必须在外面、在这儿、在这条线路上过夜。

每个人都感到害怕。有些人心里一定很高兴。你可以说点什么。别人已经很厌烦了,有足够多他更愿意说的其他事情,火车总是这个样子,已经是 X 期间的第二次机车故障了。

达留斯·科普属于这次意外事件给他们提供了新机会的那群人。他本来又可以窃笑了。从根本上来说这一天没什么好说的,尤里,弗洛拉,朋友们,就只有一句话:我们的牵引车出故障了,但是手机,我亲爱的朋友们,在黑暗中发出蓝色的光,显示有 4 格,说完整就是:信号强度是 4 格。

其他人也开始打电话。他们打电话给那些在等他们的人,或者他们想向其告知这一情况的人。

科普选择了比尔。

40 分钟。他们在线路上停留了这么长时间,差不多这段时间里面他们的信号都有 4 格。花了 40 分钟,直到达留斯·科普终于散架了。

没什么大不了的。只是森尼韦尔没人接电话。在某个时候,大约是过了一半的时间 —— 问:在 20 分钟内可以完成多少次"重拨按钮,外线响 5 次,内线响 5 次,占线"? —— 科普逐渐开始失去耐心了。首先他试图仍旧以合乎逻辑、有意义的方式采取行动。他放弃了重拨键,又从数据库中找了一遍号码,非常仔细地拨了每个数字。

5声响铃，2声不同的铃声，3声（哦，希望的温柔雏菊是如何仰起头来的！），4声（在这里，你几乎认为自己是安全的），5声……这时，嘟嘟声还没有开始的时候，希望就已经破灭了。然后就发出嘟嘟声了。

科普的脑子里一片混乱。不对。他在三个截然不同的频道上思考着：[1]

1	2	3
技术故障。电话是通的。不是每个人都有理由激动。有些人可能不会，有些人可能不在乎。有些低层次的人会暴怒，比尔不会。比尔是一个清醒的人，顺便说一下，他也有手机，我也有他的号码。	发生了灾害，自然灾害或其他灾害。可能是一次地震，正好他们下面裂了，他们掉下去了。或者是一次海啸，一堵水墙倒了下来。要么一场大火，干燥的灌木、松树、梧桐树，仙人掌怎么烧得起来。或者一次恐怖袭击，他们被扣为人质，被炸飞，被灌了毒气。130少于850，我们个人认识的人当中有谁幸存了下来，又有谁死了。	他们不接电话，他们故意不接电话，伦敦也没人接，为什么不接，因为他们已经不在那里了。46+3人可能就这么消失了吗？一个公司会不会消失？你最后一次和他们当中某个人说话是什么时候？这种联系不上的情况必须结束。这种不专业的行为必须停止。我们是想要卖东西的一个公司，我们不能成天地不接电话，我们不能连续几个星期地让人家来求我们，最终我们还是要卖东西的，是不是这样？

---

1 以下表格中的内容，除第三栏末尾的问号外，原文均无标点。为了便于读者理解，译者在译文中加上了标点。

星期三

1 是最有可能、最合理的，但这个想法他立马就先给忘了。至于 2，如果你没有坐着火车停在世界的边缘，你至少可以核实一下。这就是把灯关了的原因，如果他们把灯打开，我们可能就会看到紧挨着铁路路堤旁那令人窒息的空旷，然后怎么办？然后怎么办？这周打了多少个电话，有多少个电话是没人接听或者一无所获的？也有几个电话有人接听或者获得了一些信息，但是科普（见 3）太激动了，无法把它们整合起来。一切都纠缠在一起。我失去了记忆。不，那是另一回事。是失去了方向。人类有一种与生俱来的能力来处理复杂的情况，什么多任务处理等等，但一件小事情就已经够了，例如，他死都打不通他想打电话找的地方，而且他已经不知道是谁、在哪里、怎样、什么、什么时候。唉，你们都他妈见鬼去吧，你们这些可怜的……鸟人……婊子……烂货……都不顶用……该死的……王八蛋……半吊子……可怜的……

嘿，这位先生！您别再那样骂了！真让人受不了！您在这儿干吗呢？您觉得别人的情况更好吗？

（谁，我？）

一个男的，比科普还胖。胖得多。一个两倍那么胖的家伙，他的嘴唇因为激动而颤抖着。

是的，说您呢！我们也好不到哪里去！我们也被困在这里，还要听您在这里骂骂咧咧的！……

抱歉，科普本应该说，我没有意识到……今天我太难了，我本来必须打个电话，我想如果我们停在这里信号又这么差，等等，然后死也打不通，这种情况下一个人没理由不生气。

但他什么话都没说，这个胖子也吵嚷个没完，一直说着：您看您……我们还要听您在这儿骂骂咧咧！……您是怎么想的？！……直到科普斥责他，让他停止向他吐口水（他示威性地擦着他的额头和脸颊），这是不卫生的，而且胖子都应该管好自己的事。

胖子显然被吐口水的指责击中了，但这时另一个人，一个精瘦的男的，开始尖声尖气地抱怨起来：

哦，天哪，我的领带都湿了！

其他人笑了。

胖子也笑了，满意地走开了。

他们互相交流着。他们都一致同意，这些人，这些打着电话、穿着西装、拎着笔记本电脑的自以为是之人、商业小丑，最最差劲了，你可不能把大头针插到他们的屁眼里，他们会憋屈，而且总是在打着电话，这些打电话的人，谁会在乎他们，等等。

虽然他们不再关注他了，但科普还是很难过。现在这种不公正才传到他耳朵里。其他人也打电话了，也骂人了！为什么每个人都突然针对我？整节车厢。可能整列火车。消息会传开来，很快所有人都会针对我。他们只是在等着抓住一只替罪羊。我和他们一起被困在这里了。他们马上就会把我赶到外面漆黑的夜里去。他们会干脆把我丢在半路上。手里拿着手提包爬下铁路路堤，穿过黑暗，越过农田来到最近的马路。但是谁会捎带上一个这样不合适的男人呢？

这时火车猛地抖了一下，他们又开始慢慢开动了，科普感觉单单这一点就把他给救回来了。

后来，在半速行驶的过程中——灯也开了一半，心情也明朗了一点——他把这种荒谬从脑海中抹去了。但他的孤独还在。他静静地，非常安静地坐在他的座位上，几乎都快哭起来了，尽管在过去的一个小时里面让他不开心的一些东西正在重新好起来。我无能为力，不知所措，我不得不去感受，我感觉：很长一段时间以来，我的孤独感一直在加重，具体为什么、从什么时候开始，我不知道，但现在我不得不清楚地认识并感受到：我是孤独的。此时此刻，但是也普遍存在着。很长一段时间以来，达留斯·科普感觉，他几乎无法与任何人建立联系。——除了弗洛拉，但这不算数。你是我的一部分，这就是原因。当我说：我是一个人的时候，我不是说你。——这种感觉早在假期之前就开始了，顶多在过去的 4 个星期里面自我疏离的速度加快了而已。尽管也不能肯定地说就是这样。原本是否能够避免。事实上是谁疏离了？我说：是他们正在疏离。我受到了冒犯。而我从没想过会受到冒犯。他在 90 年代初的某一天发过誓。那是一个和今天差不多的日子，他去看望他母亲，有一些老熟人在那儿（她的姐妹们？），吃着蛋糕，抱怨着，她们聊得很好，她们需要诉苦——一切都在走下坡路，一切都在走下坡路，一切都在……但某个时刻科普再也听不进去了,他变得闷闷不乐,结果变得咄咄逼人。——当然是从前更好,你们这些笨蛋!因为从前你们还年轻!——然后他就发誓:即便我没有任何成就,我也永远不要受到冒犯。

我也没有受到过冒犯。没有。我很少对什么东西不满意。有也只是就说说,只是说说而已。

现在他也确定欧帕科的谣言是有道理的。发生了一些事情。收钱的事。会发生点什么事情的。他们在苏黎世有个办事处。要么会涉及我,要么不会涉及我。科普能够以最大的坦诚宣称他并不会因此为这事担忧。会发生的事情总归会发生的。最主要的是,最终会发生些什么事情。一切总比这样什么都不发生要好。不能什么事情都没有。

到达已经可以看到城市最外围的郊区地带时,乘务员出现了,要求查票。由于科普不知道上一站的正式名称,所以他买了一张从上车的地方起始的票。这让他很烦躁。毕竟他们只是在这里才抓到我的。我从这里才开始付钱不是很公平吗?尤其是既然您迟到了45分钟,厕所也坏了?他没有吵架。他假装有更重要的事要做。作为标志,他按下了重拨按钮,当火车再次无休止地刹车时,他听到了铃声:5次美国公司的铃声,5次内线铃声。本质上他只想再听一次电话没人接,以便他在下车的时候可以确定这次旅程的结果。(然后呢?去沙滩,找弗洛拉,回家,一个亲密的夜晚,我也只是一个人而已。）但当刹车开始吱嘎作响，显示火车已经到达这段旅程最后几米的时候，电话里突然说：

鲍尔先生的办公室。

你好？！科普喊道。他跳了起来，撞到了前排座位上。你好？！凯瑟琳，是你吗？

沉默不语。

他把电话从耳边拿下来，看着屏幕。黑的。电话关机了。它：关机了。

最后的场景我只是在做梦吗？我是从什么时候开始做梦的？

外面正在刮着大风，比火车上暖和，然而科普还是起了鸡皮疙瘩。在出租车上鸡皮疙瘩还在，他靠着座位蹭蹭后背。

沙滩上遮阳伞噼啪作响，挂在顶棚床上的布帘在拂动着。他请出租车等5分钟。

弗洛拉不在那儿。

她回家了，梅拉尼娅说。她不舒服。（说得很小声，几乎只是嘴唇在不出声地动着，这时只有我们两个在）她来例假了。

科普坐回出租车里，想了1分钟，然后让车子把他送去办公室。

这个时候大厅里没人了，楼层也没人了。在一座（可能）（几乎）空无一人的高楼里，达留斯·科普又开始有点开心起来了，因为也没有其他别的可能性。好像我是什么东西的主人一样。站在我的窗前，像山丘上的将军。外面，下面：熙熙攘攘的人群。

他们去看电影。他们去餐馆。他们去听音乐会，去听音乐剧，去参加俱乐部活动。他们去赌场，去妓院。而你呢？这时你已经累了。回家，休息。不是，而是要安慰你老婆。你现在怎么能不回家安慰你老婆呢？

因为我太累了！单单想到我又要爬进某种车子里面……这是我现在唯一能够待得下去的地方……另外我还得做些事情！我得做些事情！仅仅因为一个新的问题出现了，所有其他问题并不会从世界上消失，玛蕾娜（妈妈、弗洛拉）！我没有大喊大叫！相反，我紧紧闭着嘴。……半个小时。她永远不会知道的。

当他转身背对着窗户时，他看到地上有黄色的信用卡账单。科普叹了口气，拿起那张纸条，把它扔回整理盒上。账单又从一堆东西上面滑了下来，落在已经放在凹槽中的银色电脑包上。科普又叹了口气，打开电脑包，取出笔记本电脑，把电脑包放在桌子底下。现在账单就在要放笔记本电脑的地方。他把笔记本电脑放在账单上面。就这样。

他克服了立马又想上网的意愿。他马上开始打电话。

电话号码是：+1-307-272-6500。

铃声响了 5 次，最近怎么样，凯瑟琳，比尔，都还好吧，内线铃声响了 2 次，阳光明媚的森尼韦尔天气怎……一声咔嚓声，快速的嘟嘟声，线路断了。

科普看着听筒，仿佛他是第一次看到这样的东西一样。他又凑近听筒仔细听了一遍，然后挂了电话。检查一下，以确定真的挂了。拿起电话，再次拨号。

铃声响了，转成内线铃声。每次都是响5下。然后，这一次是小声的，声音很小，以至于几乎听不到它：嘟嘟嘟嘟嘟嘟嘟嘟嘟嘟嘟嘟……

科普一筹莫展。不，我是真没有想到会这样。我之前听得很清楚：鲍尔先生的办公室。不是做梦，也不是说胡话。我可能思维混乱了，可能是过度劳累，过度紧张，但我有生以来还从来没有产生过幻觉，以后也不会产生幻觉！

因为他想不出现在他还能做什么，所以他又打开了笔记本电脑。解锁时轻轻的咔嚓声，屏幕打开时的咔嗒声。看着黑暗的屏幕让我无法忍受。迅速打开，以便有光。

欢迎，欢迎。公司网页上，蓝色的快闪动画横幅在移动，仅此而已。科普打开了新闻网站。在过去的几个小时里有什么权威消息吗？有哪些关于世界、天气、娱乐的突发新闻？我——再一次——成了一个网站的第999999位访问者吗？这让我很开心，笨蛋。刚果有一座火山喷发了吗？极地冰盖的冰雪融化了吗？他们正在加利福尼亚等着"大地震"吗？但是，看起来，今天还没到那一步。南半岛希伯来走读学校的天气网络摄像头显示前景是树木，背景是看上去光秃秃的红色山体，上方万里无云的天空有点朦胧，这是雾霾，因为天气播报说是69度，晴。昨天是70度，部分地区多云。没有我们郊区浅棕色平房别墅的实时图像。只有谷歌地图上冻结了的平房别墅图片。我承认我第一次看到它的时候很失望。我以为一家国际公司的总部应该是用玻璃和钢材建成的。我们也没那么大。梧桐树给寂静的街道两旁镶上了边,灰松鼠在嬉戏。它们很少在梧桐树上玩耍,更多是在别的树上,这些树长在平房别墅之间的绿地上。我假装觉得灰松鼠很可爱,其实它们让我害怕,但愿它们永远不要靠近我,让我像个老娘们儿一样尖叫。得克萨斯人会吃松鼠,林肯说,所以那里永远不会废除死刑。我们都笑了。图上可以看到什么吗?嬉戏着的小灰松鼠?没有。甚至没有一辆永远——也就是说直到有人更新图片为止——停在那里的城市越野车。当画面静止不动,当他周围也是一片寂静的时候,达留斯·科普想象着一个什么都没有发生的世界。当然不是什么都没有,只是没有什么可以报道一下的东西。没什么值得拍一张动态照片的东西。他想象着这样的世界,吓了一跳。他觉得它是假的。一个安静、虚假的世界。在那一刻,达留斯·科普受到了惊吓,就像以前小时候害怕暴力的童话故事一样。(在听《冰雪皇后》时,我在大人们的笑声中躲到了桌子下面。)他不由自主地摇了下头,看出其中有个机会,他又摇了下头,把它从脑袋里晃了出来。

试想一下。也许这真的是技术性的东西。如果是这样的话,那么它也许几乎不可能覆盖整个世界。比方说香港现在是几点?7点半。还是太早了一点。没人知道陈大卫是一个早起的人。对他的情况一无所知。我们不认识他。从来没有见过他,从来没有和他说过话。说到底,你想和他说什么呢?我只是想看看,你在不在那儿?那还不如打给林肯。不过,还是那句话,不要在7点半的时候。即便温度已经是26摄氏度,湿度是93%。港口的网络摄像头照片挺美。那里,看呐,有一个高空飞行器。高空飞行器用德语怎么说?热气球。黄红二色,肯定是一个广告。我们这里也有一个,它是白蓝二色的,但你只有坐在车里的时候才能看到它。从窗户里面是看不到的。起身走过去的力气你可以省省了。毫无意义的手舞足蹈。我没兴趣了。现在几点了?他的习惯是把手机从胸前的口袋里拿出来查看一下时间。但电话关机了。电池没电了。这时候充电已经没有任何意义了。回家吧。还是回家吧。打车回去。我这是理所应当的。也许她已经睡着了。如果没有的话,就和她一起坐到露台上去。或者坐在电视机前。她说说她的事情,我说说我的事情。这可能会很累。可能会说到明天。但男人什么时候是个……?

他——小幅而有力地点击——关闭了所有浏览器窗口。最后是美国新闻网站。在101号高速公路上,下午的交通堵塞正在逐渐形成。当他拿起手机想要把它放回胸前的口袋时,他终于想起来了。想到——101号高速公路,想到——手机,于是一屁股坐回椅子上,椅子晃动了起来。

喂?比尔说,他正开着车渐渐靠近拥堵路段,戴着耳麦用他的手机打着电话。

喂,达留斯说。喂,是比尔吗……

我是,比尔说。请问您是哪位?

比尔!科普叫了起来。是我!达留斯!我在柏林打给你的!最近怎么样?湾区天气如何?[1]

天气?比尔反问,似乎他还在半睡半醒之间。电话里有沙沙声。天气挺好的。那个……(似乎暂停了一小会儿,要思考一下)柏林天气怎么样?

挺好,挺好,很不错,事实上我们这里正在经历热浪,到现在已经8个星期了!

为什么,奇奇怪怪的,你现在为什么这么激动?因为他就是很激动。此刻,当他听到比尔声音的时候,达留斯·科普的状态从0切换到了1,从迷茫的无力和疲倦的愤怒状态切换成了生机勃勃、全神贯注、乐观积极的状态,他简直是叽叽喳喳地说(就像一个男的也可以叽叽喳喳地说话一样):天气,这样那样,事实上很棒,真的还不错,谢谢(!)全球变暖,呵呵呵……(别犯傻了,请记住你为什么要打电话,然后把原因说出来。)但是,但是我打电话给你,比尔,有一些原因,就是说,首先,发生了一件有趣的事情,亚美尼亚人……你还记得亚美尼亚人吗,记得亚美尼亚那笔生意吗?

是的,比尔说。当然。

---

[1] 此段中的"达留斯"原文为Därjäss,"柏林"原文为Börlän,暗示科普发音不准确。

比尔当然记得，这也在科普的眼睛后面点燃了小小的烟花，但从现在开始，他试着以一种明朗但又专业的方式说话。

好的，想象一下，他们现在付钱了。而且是现金。现在我办公室里有 40000 现金，你想想看。

比尔打了个哈欠。不好意思。午饭后的困意。

啊，你刚吃过午饭。

是的。和……别人。

科普体谅地笑了起来。

我懂的!

……

（小停顿。）

很好，比尔说。那很好。现金。不是很常见，但挺好。

是啊，科普说。但还有别的事情。是这样的……

他向比尔解释了反洗钱法最重要的点。

明白，比尔说。我明白。等一下……

在太平洋岸边停顿了较长一段时间。沙沙声。不是太平洋，而是汽车。或者远处的汽车。达留斯仔细听着电话里面的声音。以前他能够听到电话里的各种声音。可以识别的杂音。今天只有：沙沙声……

喂喂，听着，比尔说，那什么，我想，我想你最好直接和这里的会计部门商议这事。他们得想想办法。

好的，比尔。谢谢，比尔。

……

还有什么我可以帮你的吗，达留斯？

有，那什么，这其实就是我打电话来的原因。事情是这样的：过去几天我一直联系不上安东尼。我试过好多次，但都无果，不幸的是我目前和伦敦办事处也联系不上。我手上有两三笔业务。一所，可能是两所，这里规模挺大的大学，以及布达佩斯的委托加工业务，他们有些顾虑，不说担心这个词，他们想知道我们的交货时间大概是什么时候，我们的交货时间。我说最迟 8 个星期。我没法避开这个问题。现在我问你，我们能遵守这个期限吗？

可以的，比尔说。8 到 10 周。我们可以遵守。

很好，这很好。

……

然后我还想问你一件事情，比尔。今天有一位女记者（？！？！）打电话给我，想了解一些"菲德利斯的最新发展情况"。我是被允许——（在几个来回之后，不是吗，安东尼？）——和德／奥／捷克区的媒体交谈的，现在我在想，我在思考，这事情是不是和，你知道的，和欧帕科合并的谣言有关。

……（沙沙声）

什么？她从哪儿听来的？

这我不知道，我还没和她聊过。

你还没和她聊过？

她发了个消息。

（脱口而出……我根本不知道自己会这样。无所谓了，现在。）

那你怎么知道她想谈这事？

我不知道。我只是这么想。我听说了这事。

你听说了这事？

我看到了。在网上。

在网上？

在无线论坛。

这样啊。

……

怎么说呢，达留斯，对这件事情我也说不出个所以然来，我很长时间没有上无线网络论坛了。但是说正经的。这样的流言有千千万万。如果我们对其中每一条都要表态的话……我们不和恐怖分子谈判，我们不对流言表态。

科普笑了，为了表达他的喜悦。

如果我们有什么话不得不说，我们会说的。

明白，科普说。好的。

比尔又打了一声哈欠，又说了句抱歉。我必须来杯咖啡了。

科普也理解这一点，但是还有一件事情，比尔，因为我们已经在聊着了，而且你也在车里，是还堵着，还是已经有些松动了，那什么，我想稍微说一下自己的事情，一个老问题：我的办事处。

怎么说？

它一直都还没有成立起来。

是不是轻轻地骂了一句？是的。然后一声刮擦。手滑过胡茬，也稍微刮了下耳麦。是啊，比尔说。该死的。这有点尴尬。抱歉，达留斯，我很抱歉。白色灯塔公司把这事搞砸了。我们也终止了和他们的合作。然后这事就搁浅了。具体来说是关于什么的？是我们要缴纳的那部分社会保险吗？你是自己缴存的。在过去的两年里面。我知道。听着——现在比尔醒了，他说得很快——听着，我们现在这么办，我，现在马上，今天之内，安排人把你垫付的钱转给你，好吗？这样你至少就拿到钱了。这是必须的。我会马上安排下去的。我会告诉艾丽斯的。对不起，再次说声抱歉。今天就会指派下去，可以吗？这不可能，真的。

好的，比尔，谢谢，比尔，……不用谢，……这没什么，……重要的是，……好的，……谢谢，……谢谢，你也是……祝你今天开心，下班……哦对了，你还要回办公室，好吧，那么……再见，比尔。

挂上电话，沿着走廊狂奔，拉开了门，跑进了楼层厨房，拉开了冰箱门，瓶子叮当作响。他抓起最先碰到的那一瓶，把它举了起来。由于实在控制不住，他让瓶口撞到了自己的牙齿，当然很多水流了出来，当然他也呛到了，这使得胸口发疼，但科普只是哧哧地笑着。他的整个肚子都湿透了，果酱污渍被苏打水浸透了，连背心都潮了，科普笑得喘不过气来。他本想把瓶子举过头顶，但他克制住了。不要在厨房里这样。即使克制住了，地板依然弄潮了，他的步行鞋上挂着水珠，幸运的是鞋

星期三　343

子防水性能很好。他带着一副抱歉的笑容四下里寻找着不知安装在哪里的摄像头。有人看见我们了吗？现在有人看见我们了吗，保安（或者女保安）？我们到底有没有保安？如果有，他／她在哪里？既然不在门厅，那么是在地宫里？你去过这栋大楼的地下室吗？没有。不大可能。可能有一些带子在录像。

矿泉水，到早上就会干的，不过，科普还是选择了体面。这是我的需求。他用几块纸巾把溅出来的东西擦了。他把瓶子放回冰箱里。（你喝了瓶里的水！——他忽略了这一点。）

然而，这件衬衫现在被弄脏了，所以他决定在出发前把它换掉。第二件新衬衫还在。它也不会是完全干净的，闻起来会有工厂的味道，尽管如此它还是会更舒服的。另外他还想洗一洗身上。把旅途和生气的污垢从自己身上洗掉。在那之后，一切都会好起来的。

穿过黑暗的楼层去洗手间，感觉很不错。

他脱下衬衫和汗衫，用有铃兰香味的液体肥皂洗着双手、脸部、腋窝和脖子。他还洗了胸部和腹部。一些水流进了腰带，弄湿了内裤，这对他来说没关系，恰恰相反。我最好把衣服都脱光呢。还是不要了，不过他洗了下脚。他哧哧地笑着脱掉了鞋子和袜子，哧哧地笑着高高抬起一只脚伸进水槽。肚子挡住了路，科普叹了口气，然后又哧哧地笑了起来。要是你能看到我就好了。

他一条腿站在地上，时不时地蹦蹦跳跳，以便更好地保持平衡，这时他突然想到：比尔今天还要下达他的

我也只是一个人

指示，而我从12月份以来就没有做过账单。他不得不再跳几下，以便保持平衡，然后他就站稳了。他全神贯注地洗着脚，彻彻底底地，用温水。用那件旧衬衫小心翼翼地把脚擦干。洗另一只脚时他也是这么做的。他很讨厌重新穿上旧袜子，他光着脚穿上鞋子，不过他把湿衬衫披着，半裸着穿过走廊，他是不敢那样做的。达留斯·科普上身裹着湿布，光脚穿着鞋子，朝他的办公室走去。

那时候几点了？中欧夏令时1点48分。所以其实已经是星期四了。在美国还是星期三。终于不落在后面了，这倒是好事。现在机会来了。把所有你从前错过的人撇在一边。已经是明日黄花了。重要的是现在和未来。快到凌晨2点时，达留斯·科普决定抓住他的机会，现在就把事情给了结掉。令人神清气爽地洗一洗，在凉爽、黑暗的大楼里行走，对了，还有，因为想起疏忽大意而产生的惊恐，这些使得他现在既平静又专注，就像上次……什么时候来着？他把自己整理好，脱下那件湿透的旧衬衫，穿上那件新衬衫，还有第二双芦荟纤维袜，重新开始了他一天的工作。直到——简单的心算：快10点的时候——你还可以安插进一个完整的工作日。但我们不需要那么长时间。一个9行4列的表格。或者，我们还是从头开始为好，以免从现在开始再出现混乱。24行，4列。

看啊，奇迹发生了：他并没有立马又失去注意力，也没有立马又失去兴趣，变得疲倦、无聊、饥饿或生气，没有中断，没有跳起来，没有走来走去，而是像人们所说的那样，一屁股坐在那儿，查询着——得到上帝保佑的互联网！——每月的缴费率和换算率，创建一张新表格，插入，分类，归类，突出显示，分组，用标题结构化，折算（除法和乘法），合算（加法）和剔除（减法）。中间没有出乱子，所有数据第一次就正常了，而且是对的。到3点半的时候他完成了所有工作——再检查一下：总额：37644美元，正确。我很自豪也很开心。好像别人把什么东西送给我了一样——写了一封附信，亲爱的艾丽斯，请看附件，再次看了一遍附信，然后把它发送了出去。

当这里是凌晨4点不到的时候，那么森尼韦尔是傍晚7点不到，艾丽斯已经回家了，但幸亏达留斯·科普没有想到这一点。这样他就可以保持着高兴和自豪的状态，卡布奇诺加双份糖，双脚搁在狭窄的窗台上（实际上只是一条铝边），待一会儿。看呐，在此刻的广场上，生活只是轻声细语地喧嚣着。哦，清晨的扫地机！我们正在观赏着我们的第一次办公室日出。也就是说，不对，现在要看日出还为时过早，不过科普看到房子后面的天空已经变得更加明亮了。

星期四

白天

伴随着升起的太阳,在最早的一趟火车上和打瞌睡的工人结伴而行? 并不是。不是第一趟,而且行驶的方向不对:这车是从市中心到郊区的,他们也不是工人。他们三个人坐在他的那节车厢里,他们坐的方式使得他们可以不必看见彼此。他们正看向窗外。早晨,这座城市一片朦胧。从树木丛中露出了一座教堂塔楼。现在:太阳正在升起。

绿化带还沾着露水,裤腿潮湿了,尽管他几乎没有触碰到一片草叶。科普有些哆嗦,不是腿上,而是背部,我之前出汗了,虽然衬衫现在又干了,但是:好像这样更容易打寒战似的。对此科普也感到高兴和自豪。有时候,弗洛拉,我觉得自己像个英雄。

当达留斯·科普从电梯的镜子里看到自己的时候,他失去了相当一部分的活力。没有金黄色的色调时,他看起来要苍白得多,比他感觉到的更加皱巴巴,更加胡子拉碴。他身上终究没有污渍了——一件新衬衫!——不过这也没有很大帮助。在封闭的电梯厢里,他也会闻闻自己身上的味道。他闻起来有旅行的味道,有火车的味道,有火车站的味道,有医院的味道,有出租车的味道,有天赋咖啡馆的味道,又有火车的味道,有办公室的味道,汗水的味道,灰尘的味道,地毯的味道,电脑的味道——所有这一切都伴随着人工合成的铃兰香味。因为你老婆不喜欢你带着白天的气味亲吻她,她喜欢你没有白天的味道,所以你最好先洗个澡,也把牙刷一下。

这样一来或许也可以解决怎样才能表现得最好这个问题:叫醒弗洛拉,告诉她一切,和她一起快快乐乐的,也就是说,她会和你一起做些开心的事情,做爱,吃早饭,等等,或者:让她睡觉,直到她睡到自己醒过来,等等。

他尽量轻手轻脚。遗憾的是他的邻居把他闻起来有霉味和烟头味道的生活垃圾放在了门口,他一直有这样让人恶心的习惯,遗憾的是科普被这垃圾绊倒了,因为他突然急着上厕所,不能准确地协调自己的行动了,遗憾的是他不得不对此大声地骂骂咧咧,遗憾的是他的钥匙链在忙乱中从手里掉了下来,砰的一声撞到了木门槛上……这时门从里面打开了。

早上好,亲爱的,对不起,我急着上厕所!

他从她身边跑过,顺着走廊,他的步行鞋鞋底在木地板上吱吱作响,在跑的同时,他巧妙地解开电脑包的带子,脱下外套扔在身后,解开腰带,到达终点的时候他用手掌拍打电灯开关，打开了电灯，打开了通风装置，一屁股坐到坐便器上，让门开着，这样她就能够听到他开始谈论他的白天和他的黑夜，自从我们上一次见面以来，差不多24小时了，太疯狂了，家人、朋友、工作，对不起，我不得不打这么多电话，弄得电池都没电了……这时他听到大门关上了。

弗洛拉？

……

你还在吗？

不在了。或者她安静得就像一间空荡荡的公寓一样。

别抱幻想了。你了解她。至少有些了解她。你还是把你刚才从她身边跑过去时看到的她的样子补充完整吧。她是不是穿着她的白色睡衣或者哪件别的居家衣服？还是她穿得整整齐齐的，肩上挂着一个小背包？她是不是睡眼惺忪地微笑着，心里明白，有些失望，但已经原谅了，实际上纯粹是听天由命？还是她脸色苍白，因为伤心而冷漠，已经相当疏远，以至于你最多只能扑倒在她的脚下，不是为了表示你后悔，而是用你的身体来阻止她，至少是一小会儿，为了说一句话……

科普平时不是一个能够快速做出决定的人，尤其是在涉及体力耗费的情况下，现在他跳了起来，在跑的同时重新穿好衣服 —— 等待电梯：毫无意义的浪费时间 —— 跑下四层双螺旋楼梯，推开门，向左转。

他运气不错，人行横道的三段都是绿灯，他跑了过

星期四

去，跑到大马路的另一边，跑进小街，那里有一个出租车站点，那里有一辆出租车，已经从站点开出了一半，但它还不能转向大路，因为那里是红灯。现在变成绿灯了，但出租车仍然不能开动，因为它必须先让电车通过，一个人必须得有运气，还有决心：科普拉开后排乘客的车门，一屁股陷进了后座。

要是现在坐在那里的不是你老婆……

但她坐在那里，整个人蜷缩在角落里面，向对面的窗外望去。

当然，司机吓了一跳，愤懑不满。

没事，科普说，我是她老公。这么说，他就可以几乎不用面对司机的质问：请您开车！

出租车开动了。

我很抱歉……

我一整天都没有消息。

已经连着几天都没有消息了。

但要说我家人对我来说更加重要，这不是真的。

你当然也是我家人，最重要的是你。

一旦你离开我的视线，我就会忘记你，这也不对，永远不会忘记，我也不是只想着性爱。

很抱歉，我一直在打电话，打得电池都没电了。

后来我没有给它充电，否则我会听到你的消息的。

但你为什么不打电话给办公室，好像你猜不到情况一样。

可是要说我的工作对我来说更重要，这不对。

很抱歉，让你担心了。

你不舒服，我很难过。

很遗憾我听到你不舒服的时候没有立刻来安慰你，来帮助你，来帮你按摩按摩腰椎。虽然你可能不知道我知道你不舒服。但你也可能知道。如果你发现我虚伪的话，我的牌面就会比现在更糟糕。所以我宁愿马上就承认。是的，我听说了你不舒服，但我想你可能已经睡了。我想让你好好睡觉。这是事实。

我很抱歉。

同时他们正在静静地搭着出租车。她知道我在想什么，我会说什么，她也知道我真的很抱歉，就像一个人认为他无论如何都不能采取别的做法时那样抱歉。就像对于一个虽然真心爱你却无法想象你内心的人来说那样抱歉，他就是无法想象，所以无所谓了，我不需要抱歉，反正我能做的也不多。

或者，另一个版本：你本来完全可以做点什么的！陪伴！这绝对不一样！但你永远也联系不上！她知道这一点，但她一次又一次地试着联系他。尽管她知道这毫无意义。她被抛弃和背叛的感觉，是的，被背叛的感觉，只会由此越来越强烈。当然这也很丢面子。但一个男人是无论如何理解不了的。

我能冒一下险至少摸摸她的手吗？要么她无动于衷地让我摸，要么在另一个版本中，这将是著名的最后一根稻草：她会歇斯底里地发作起来，出租车司机会受到惊动，会赶紧去帮助她，把科普从车里扔出去，或者，如果他是一个粗鲁的人的话，可能会把他们两个都从车里扔出去，那倒挺好的，重要的是我们会在一起。在同一个空间。那样我们总还是可以做点什么的。

外面，火车总站出现了，它离我们住的地方不远，科普决定不碰她的手。反正我们要下车了。就目前而言，我身体的存在就够了。忍着。

计价器显示 8.90，弗洛拉给了一张 10 元纸币，说：谢谢。

你的声音依然有神采，这让我充满了希望。

他们走进火车总站，站在大显示屏前。科普没有看到任何他能明白的东西，弗洛拉很快找到了她要找的东西，然后又走了。

正要再次离开，这时他带着他的庞大身躯站在那里，别人必须绕过他才能走，现在他张开双臂，把她抱住了，把她紧紧贴在自己身上，她和她的背包，这让他恼火了几秒钟，然后：无所谓了，我也一起抱着你的背包得了。

发生什么事了？

她只是摇着头。

放开我，我不能呼吸了！

他不想——我们在公共场合——做任何看起来像是打架的事情，他在她稍稍反抗之后就把她放开了。他伸手去拿背包，至少让我拿着包，但她没有放手，她把抓住了牵拉着的背带的科普一起给拽走了，他绊倒了，放手了，但马上又跟上来了，紧挨着她一起走着。他没有主动碰她，但还是碰到了。我们走路的样子，陌生人是永远不会像这样一起走的。我们不完全是一对夫妇的埃及石雕，但我们彼此挨得很近。

他们乘着自动扶梯上了楼梯，来到一个站台，坐到一张长椅上，也就是说，坐到今天在月台上代替长椅的东西上面：四个相互连接在一起的金属丝网座椅。这样一来就不能再坐得那么近了。他们在站台上等着一辆区间列车到站。还必须从火车站乘公共汽车，它班次很少，即使这样也必须再走 1 公里，才能到达森林。不乘公共汽车的话：走 5 公里。离火车进站还有 12 分钟。我知道你无论如何都要走的，但只要（求求你，和我说说话吧）：

想象一下，我把自己锁在公寓外面了。

……

我把钥匙放在里面了。我什么都没拿就出门了。

……

别难过。下次我们就会成功的。

……

如果没有成功的话：我们本来也很幸福。

（你他妈的在说什么？）她摇了摇头。摇摇头，只是摇摇头。他已经很高兴了。至少有反应。她摇摇头。

我不行。我就是不行。

不能这么说的，科普说，又松了一口气，因为她说话了。其他人……即使这样,再说一遍:我们本来也很幸福。

你,他妈的,在说什么?

就她而言,她没有说怀孕的事。她说的是工作!

什么工作?

你问我:是什么工作?我说的是我作为世界女王的终身责任,除了这一点还会是什么?!

到底发生了什么事呢?

她把他带到了车站,她待在车站,等着伽比。有人向她乞讨,明确说要2欧元。这样我才买得起东西。她没有2欧元硬币。只有1欧元硬币你要吗?这个穿得破破烂烂的老头——他穿着中国运动鞋吗?也许吧——惘然若失地看着她,拿起1欧元,拖着脚走开了。她还能听到他嘟哝着什么"慷慨"之类的。这让她伤心。(你别为这种事伤心!那家伙就是个流浪汉!)

你干吗这样皱着你漂亮的眉头?伽比问道,用大拇指抚摸着眉间的竖纹。(想象。)

她们下午有部分时间是一起度过的吗?星期三有每周集市,你去树洞小矮人那儿了吗?在市郊可能有一个儿童庆典活动,也许甚至还有可以亲密接触山羊、绵羊和斑马的宠物动物园。她们吃东西了没有,有没有看孩子们玩耍?伽比有没有说起她待在她家乡/她村庄的日子,有没有说起家人,尤其是母亲?她仍然属于从来没有工作过的女性群体吗?她是不是因此生了四个孩子,生第二个孩子的时候买了一台洗衣机，生第三个孩子的时候买了一台冰箱？伽比有没有为此替她感到遗憾，尽管她的母亲自己从来没觉得自己有什么可惜的？——姑娘，没有比这更重要的了。生活就是这些。——她们最后把剩下的蔬菜送到公益救济餐桌了吗？那个留着白胡子、脸部被割伤的年轻方济各会修士帮她们卸货了吗，昨天弗洛拉是不是又和他离得太近了，以至于她根本看不清他的样子？怎么了，亲爱的，伽比想，是不是生活又离你太近了，你自己却不知道怎么后退一步？

在她开始工作之前，她数了数零钱，这是他们必须做的。少了2欧元。另一个男同，不是尤利西斯，他的名字科普根本记不起来（弗洛里安），让那些受到冒犯的人再检查一遍，查看一下有没有钱掉到地上。什么都没有。最后那个男同有没有从裤袋里掏出2欧元，扔给弗洛拉，说，给你，这不是我的责任？这个言行又伤害到她了吗？（你不需要对这如何如何，那家伙是如何如何。）她从梅拉尼娅那里了解到，卡萝已经不在他们这儿了，所以本雇了一个大胸女，一个叫塔玛拉的乌克兰婊子。这不只是随便说说的，塔玛拉公开承认，或者更确切地说是吹嘘：我也会说法语，我在巴黎做了3年妓女。在她的第一次轮班结束后，她舒服地躺在躺椅上，她的大胸晒着太阳。本流出了口水——这也不是随便说说的吧？

梅拉尼娅和本之间的争吵，弗洛拉只是在外围听到了，因为她开始觉得痛了。就像有人把刀插进你的腹股沟然后把它转过来转过去一样。一开始运动是有帮助的，但后来一点用都没了，她连站都站不稳了。她靠在柜台上。尤利西斯斥责她说，她不能在这里闲逛，已经有餐点积压了。她努力着再次动起来，把托盘举起来，它掉在了柜台上。尤利西斯斥责了她。当她弯曲着身子上厕所的时候，她还看到他在翻着白眼。

在接下来的半个小时里，她有几次想到：现在我要完蛋了，我正在失去知觉，如果发生这种情况，我也就要死了。突然所有的东西都来了：腹泻，流血，呕吐。坐在马桶上，吐在垃圾箱里，不要让我描述细节，颜色和气味什么的，同时，在大量的鲜红色血液中，子宫黏膜和稀薄的、碎屑状的、臭烘烘的大便从她体内一大块一大块地喷射出来。疼痛夺走了她的理智，呕吐使她喘不过气来，胆汁涌进她的鼻子，以至于她都不能呼救，如果她呼救了，也没人会听到她的呼喊。最后，她再次发现自己躺在肮脏的地板上，在卫生纸碎片之间，双腿沾满了鲜血，内裤缠绕在一个脚踝上。怒火中烧的梅拉尼娅已经在前厅碰到了她，在那里她用沾了水的湿纸巾擦洗着自己身上。哦，原来是这样，梅拉尼娅说。

他们会理解她，让她在这一周剩下的时间里在家休息，还是本因为和梅拉尼娅吵架而心情很差，所以不想再听女人的事情了，而是说：如果你现在走了，那你就被炒鱿鱼了？梅拉尼娅赶过来帮她说话，但本一句都不想再听她说：你可以和她一起走啊？！听了这话，梅拉尼娅是不是紧紧捏住他的那家伙，然后弗洛拉一个人走了？在她放弃之前，她是不是打了好几个电话尝试着联系她的丈夫？她是不是因此而不再怨恨他，而只是……？

站台上的喇叭通知他们的火车晚点了。大约晚点10分钟。喇叭声音调得太大了，你甚至听不到自己的心里话。当人们能够再次听到自己的心里话时，当人们可以再次交谈时，科普说：

不要为这份屎一样的工作忧伤。反正这不是……这就是……一坨屎。

（谢谢你跟我说，我把精力耗费在了一些毫无价值的事情上。）

我和你说过，这工作会很难。不停地走，不停地搬啊拿啊的。

（我回绝了翻译工作。为什么？真实原因是什么？因为我不再相信自己了……一路走来，我的才华都丢失了。我感到惭愧……）

你应该多多珍重自己。

（所以现在是我的错了？世界各地的女服务员都怀孕了！每天！）

不仅她知道他的想法，他也知道她的，他急忙说：

你知道吗？我们去度假吧！整个夏天全世界都在度假，除了你。我很快就会拿回我的驾照，理论上是在这个周末，但最迟在下周初。我们要不要开车环游整个大陆，就像我们以前喜欢做的那样？我们要不要先向东，然后向南,向西,最后向北,然后我们再回家?或者,考虑到现在天气可能会逐渐变冷的事实,我们要不要按照相反的顺序玩?我们去我们以前去过的地方,还是去我们从来没有去过的地方?一想到开车(我很快就会拿回驾照的),我就像触了电一样。一切都会好起来的。我觉得自己至少年轻了3个月。好像夏天才刚刚开始一样。

她,声音响亮地说:你在说什么呢?我们根本度不起假。

他,声如洪钟地说:你在说什么呢?我们当然度得起假!

(你为什么,我真是搞不懂,为什么这么喜气洋洋的?你早就后悔——不是早就,而就是现在——出来了。出来度假。这和你想要的正好相反。和你允许自己做的相反。——但为了你,弗洛拉,我愿意……)

你让我绝望。真的!

(别让我当着你的面再算一遍。就比如很久以前的一个晚上,耐心而温柔地,好像她在帮他做家庭作业似的。看呐:这是我们的贷款支出,房租、汽车、医疗保险、家庭财产保险、赔偿保险、伤残保险、死亡抚恤保险、通讯费、吃的、喝的、卫生、衣服、教育、交通、其他费用。看,这是我们的收入:你的收入和我的收入,小计,总计。看,每个月有1500块钱的缺口,不包括为公司垫付的数额不清的差旅费。问题不在于我们的收入有多少,而在于你表现得好像有两份钱似的。你明白吗？我不是说绝对的数字，而是说你坚持着一种生活方式，这种方式……难道我们所有的东西真的只需要最贵的吗？——5000欧元绝对不是人们可以花在一台平板电视上的最多的钱，亲爱的……你只是不想明白，不是吗？这是一家什么破公司，两年了都不能转正？你还在为它辩护，谈什么国际现实。真的。这些就是你说的话。第一次听起来很感人，后来就只是愚蠢了。——当然她从来没这么说过。她是体谅我的。她这一点真的挺好。——不，也一样愚蠢。但我只是没有力气做其他事情而已。这种情况下我怎么能不感到惭愧呢？）

亲爱的！科普更加喜气洋洋了，他抓住了她的手。亲爱的！但这就是我要告诉你的！一切都很好！我找到比尔了。有一段时间，长达几个小时，嗯，长达几天，我都没有联系到任何人，我以为他们逃到国外去了，带着公司的咖啡钱逃走了，乘着一架私人飞机在峡谷里坠毁了，我也做了这样一个傻乎乎的梦，我还没有说这个梦，不过现在无所谓了，我已经联系到他了，我又解释了一遍，他们……如何如何。他跟我说了是怎么一回事。

她点头了还是连头都没有点？声音在他们的火车通告中听不见了。就在她站起来的时候。她的手从他的手里滑了出来。他也站起来了。

火车刹车了，又人声鼎沸了起来。过了很长时间火车才完全停了下来。在他们等待的时候，科普用一只胳膊搂着他老婆的肩。当下车的人往外挤的时候，他把她拉得更靠近自己一些，当那些等车的人开始上车的时候，又拉近了一点。毫无疑问，她会乘车离开。她也不是那种待在角落里的女人。你所能做的就是在让她离开一段有限的时间之前再次把她抱紧，像抱一位朋友，抱一个孩子那样。

（你什么时候回来？我从什么时候起可以来看你？）

在这个国家，晚点列车的停靠时间估计为1分钟，这不是达留斯·科普的过错！当门开始嘟嘟地关闭时，当她挣脱开来，跳过去，试图挤过越来越窄的缝隙时……不是的，大多数人都会先去按开门按钮，她也一样，当她用力按开门按钮想要阻止门关上时，已经太晚了，按钮不再有反应了，缝隙也没有了。

这时她控制不住情绪了。她哭了起来，推着站在她身后的他，他差点往回摔倒在长椅上。

你这个蠢货，白痴！你为什么总是这样对我？！离我远点，听到了吗？别靠近我，别碰我！这一切我都不想再看到，这一切我都不想再听到！给你！

她把她的公寓钥匙塞给了他，给你！10欧元。

现在你走吧，可以吗？你回家吧，不用管我！不要烦我！你就别来烦我！

这喊声大得已经穿过了对面站台上从另一趟火车上下来的人群的粗暴喧嚣。他们立刻占领了整个站台，推着他，有人的肩膀撞到了他的肩膀，有人的包顶到了他的肋骨，弗洛拉从他的视线中消失了，车门发出嘟嘟声，关上了，他甚至不能确定他透过车窗看到的就是她深色的后背。

你有没有在火车后面大喊大叫，却没有意识到你并不是独自一人，相反，成百上千的人看到并听到你对一辆车大喊大叫：走吧！走吧！因为我的缘故你再也不用回来了！没有，科普也没有这么做，恰恰相反，他内心相当平静，他被深深地吓到了，甚至连口吃也滞后了：但这，这方向反了……

他在那里停了下来，直到所有人或者说大多数人都从他身边挤过，他就这么独自一人，拳头里攥着 10 块钱和钥匙串。纸币的两头露在外面。

你有零钱吗？

一个衣衫破旧的人，这次不是老人家，而是年轻人，站在他面前，伸开手，咧着嘴在笑。他看到了这一切，他很了解，我只有这张 10 块钱，很清楚，一张 10 块钱纸币是分不出去什么零钱的，他只是想惹恼我，这个贱骨头！滚开，达留斯·科普小声地嘟哝着，他自己这么做了。他走楼梯逃下去了。

她的钥匙在锁里转动的感觉和他的不一样。更沉重，更干涩。你为什么把更差的那把钥匙留给你老婆？但我不知道这是更差的钥匙！

在走廊上，在去洗手间的路上，全是他弄得杂乱无章的样子，到处乱扔的东西，银色电脑包、休闲西装、一串钥匙，浴室的门开着，灯还亮着，排风扇还在吹着，冲水器还在潺潺冲着水，因为有时候，如果人们不小心的话，就会有什么东西卡在里面，然后它就会一直冲水，一直冲水。

对不起，
我是乱七八糟的化身。
永远不会捡起我掉下的东西。
不关灯，不关水。
把我夜里狼吞虎咽剩下的奶酪皮留在厨房。
不把衣服分好类。
不把垃圾拿到楼下。
乱停车，让别人对着自己闪大灯，无证驾驶。
不打开重要的邮件，如果我看了它们，也不回复。
我的房间是一个窝藏据点／神龛／墓地，放着从1990年到今天为止所有和电脑有关的东西。
很抱歉，有些日子它们甚至穿过锁着的门，穿过墙，威胁到了你，总有一天这些缝隙会爆裂，所有的东西都会倾泻到你身上。
倾泻到你身上，因为我可能会不在家，我会在某个地方。
在某个地方躲闲偷懒，手机关机或者没有设置转接或者干脆就听不到……

人们不能总是一直道歉。总是感到内疚。如果谁想实现什么目标的话，他就必须能够把其他东西放到一边，一个人必须这么做，我们毕竟不能把所有人都拉到森林里去！

他想到这儿，终于愤怒了。

该死的女同性恋无赖，该死的生态浪漫主义者，我老婆以前状态崩溃的时候，她只会留在这里，留在我这儿，不离开公寓。这样更好吗？这样当然更好！人们回不到已经过去的时代，回不到农业社会，我想像我的祖父母那样生活，这是一句陈词滥调，仿佛这有可能发生一样，以便他们来把我们夷为平地，这个，那个，任何想要这么做的人，俄罗斯人，外星人……天哪，我在心里大喊大叫些什么东西？我显然快精神失常了。

……

女人和醉酒，真让人受折磨。

……要是来一场时空碰撞就好了，但不可能的。她们是你家里的女人。事情看起来就是这样的，老爸，看起来就是这样的。杜布罗夫尼克城里／周边漂亮吗？

……

我会特此忽略你们。一个人不能总是……一个人必须……

我们还是想想积极的东西。因为有积极的东西。如果每个人都得到了他的钱，如果账户是收支平衡的，有盈余，或者至少显示为 0，这，比如说，就是积极的，那么你就有了一个起点，你就可以从那里开始。重新开始新的一天。

想到这儿，他踩了自己的鞋后跟，就这样脱掉了鞋子——轻微的疼痛，很快就再也看不见的擦伤。轻便的袜子有点潮，当他沿着走廊向着光线和噪声（浴室）走去的时候，在地板上留下了脚印，一路上散落着更多的衣服。进了淋浴间，又出来了，关掉冲水开关，上了厕所，冲了水，又进了淋浴间，如此这般：

公共汽车站。（今天我们有足够的耐心）

太阳。（它还挂在天上，虽然阳光已经变弱了，但谢谢，它还在天上）

公共汽车。

城市快铁。（如果你们知道我今天已经第二次乘坐这条线路了的话……）

我是英雄。

地下站台，回声，气流，自动扶梯。

到达上方，一小块广场，金色字母。

门厅，门卫，直达电梯。

厨房，楼层接待处。

办公室的门，办公室，箱子，小路，椅子——舒服的好椅子。

他坐了下来，又站了起来，回到厨房，拿的不是卡布奇诺，而是一杯水。之后有一段时间没有停顿。

更正。在楼下的接待处，刚才还空无一人，现在，在拿水回来的路上：一个涂着深色唇彩的大嘴巴女人，拉佐卡先生和巴赫夫人的上司，姓独孤[1]。

早上好，独孤女士！（我多么喜欢说您的名字！因为您是一个穿尖头高跟鞋的女巫。所以，如果我愿意的话，我会对您特别友好。我对待她的态度，似乎我很尊重她一样，更像是我觉得她很有魅力。）早上好，独孤女士！您怎么样？您怎么在这里？拉佐卡先生没有生病吧？

独孤女士，用死气沉沉的声音说：没有。他中了彩票。不是开玩笑。他半夜打电话，因私，打给独孤女士家里，留言说他中了彩票，说明天，也就是今天，他不再来上班了。"您不用等我了。"他显然喝醉了，但她并不认为这只是他胡乱说说的。他很可能真的中了彩票，很可能他中了大奖，因为对了5个数字，独孤女士立马查了一下，即便中了这52000奖金，他也不能开始新生活，但不管有没有新生活，这是一个不再来上班、让他上司来做这些烂事（这话她没有说）的理由吗？独孤女士感到愤怒和苦涩的失望。这社会不再靠谱了。

达留斯·科普同意，说他也不会那么做的，他不是天天溜走的人，不会把一切都抛在身后，没有完成的事情、同事、朋友、家人，但我们必须接受，独孤女士，是有这样的人的，我承认，有时挺羡慕他们，羡慕这种毅然决然，这种专心一致，另一方面，如果每个人都是

---

[1] 独孤，原文为Eigenwillig（艾根维利希），意为"固执己见的、独特的"。

这样的话,我们会走向何方?

对此,独孤女士什么也没说,她低着下巴自言自语地埋怨了几句,一脸责备地簌簌翻阅着文件。

拉佐卡中了大奖,科普一边想一边向他的门走去,他移民古巴了,科普一边想一边打开门。当他把门在身后关上时,他还在微笑着。

然后有一段时间没有停顿。

继续前行(旅行票据)和维持生存(餐饮票据)。机票、出租车发票、租车合同、加油发票、酒店和餐厅发票、受邀人员、公司名称、期限。伦敦,印度咖喱鸡、羊羔肉配奶酪蔬菜饼、咖喱炖锅,安东尼、卡尔,是谁告诉我们"地铁站附近的酒吧"的,克莱夫先生,安东尼先生(确实;他就是这个姓),0—24点,——苏黎世,小牛排、芦笋沙拉、红酒、浓缩咖啡,阿布特先生,07—23点,——克拉根福,烤鸡肉沙拉、香草黄油焗红点鲑,哈夫纳先生、蒙莎音女士,0—24点——布达佩斯,松脆炸里脊、公鸡卵炖南瓜配奶酪面疙瘩、柴堆蛋糕[1],什么是异教徒?西拉吉先生、费克特先生,0—24点——伊斯坦布尔,炸茄子、土耳其果仁酥饼、炸烤羊肉里脊,比伦特先生、斯塔夫里迪斯先生,0—24点——巴塞尔,玉米嫩鸡胸肉、兔里脊肉,布鲁德霍尔茨先生、

---

[1] 柴堆蛋糕,原文为Scheiterhaufen,历史上指一种用于火刑的柴堆,现在也是一种甜品的名字。

7—24点——爱尔福特—波茨坦—不来梅港—林茨,开胃菜和主菜菜单,品特女士,梅子烧酒,7—24点……

看啊,他并没有立马失去注意力,也没有立马失去整理票据的兴趣,没有变得疲倦、无聊、饥饿或愤怒,没有中断,没有跳起来,没有跑来跑去,而是坐着,整理,总结,用夹子夹好,打孔,装订,粘贴,加固,填写——一个人一天当中要处理多少项事务?要处理多少分项?——把手伸到嘴边,沾湿,伸向纸张,翻页,摸摸背面,现在它很平整。上面到处都是我的细胞,我留下了痕迹,别人能够证明我曾经在这儿待过。把数据输入表格,在需要按照时间顺序排列的情况下插入新的单元格和行,创建带有标题的新组,折算(除法和乘法),合算(加法)和剔除(减法)。他认出了昨晚的感觉,也为此感到高兴。就像一个人成功地延续了一场美好的梦一样。在这场梦中闪过回忆的画面,当然很美,或者经过回忆变得很美:汉伯里街的铺路小方砖和缸砖立面,酒吧座椅的棕色皮革,湖面的景色,格子桌布,书桌下的一个黄色袋子,里面装着梅子烧酒。科普很享受这样的感觉,也很高兴,因为票据太多,所以要花一整天的时间来整理。这很好。只要我知道我在哪里。在一个我在而弗洛拉无论如何都不会在的地方。也许直到这一天结束以前我们还会想到一些东西。

当然人们是不会让他完全独自一人的。这一次,搅扰也靠谱地到来了。

喂？达留斯·科普有点睡眼惺忪地问道。

达留斯，斯蒂芬妮说，我是伦敦的斯蒂芬妮。

哦……哦，斯蒂芬妮！你怎么样？

斯蒂芬妮很抱歉直到现在才回电话过来。他说在过去的几天里他打了几次电话，她可以在来电记录中看到。是这样的：安东尼最近几天不在办事处，他在美国，他今天回来，也就是说，明天他会在办公室的，当他来的时候，他会发现一切都是他希望看到的那样，甚至还有别的东西，就是说，在他的桌子上放着斯蒂芬妮的辞呈，在签名文件夹的最上面。安东尼会怒火中烧，但从外表上看他会保持冷静，甚至不请她进来谈话，他最多只会在这封信上比所有别的信件多花几分钟的时间，然后他就会在上面潦草地写一个 OK，签上名。他还会在其他信件和其他东西上签名，然后他会把文件夹放在它该放的地方，斯蒂芬妮会把它重新取回来。在她辞职期限的整整两个星期内他会不和她说一句相关的话。他最多会像平时通知她那样通知她，她要去刊登一个广告，说他们要找一名女性管理助理，对于过渡期，她应当打电话给我们信任的临时工作介绍所，安排一个短期的替代者。就斯蒂芬妮而言，她也同样不会对他说什么，不会说他是怎样一个可恶的混蛋，不会说她在没有得到另一份、也就是下一份工作的肯定答复的情况下就辞职了，她宁愿流落街头，也不愿继续忍受他。她已经明白了她必须做什么：因为她所有的健康问题，如鼻塞、头疼、下巴疼、脖子疼、背疼，甚至手臂疼和腿疼，此外还有食欲不振和血糖突然下降交替出现，头晕，便秘和腹泻（她并没有把这些如此详细地告诉达留斯·科普，尽管她对他很有好感），痛经（也没有），所有这一切，不是突然地，而是在他不在办公室的第一天之后全都烟消云散了；还有，她利用时差，也就是他不能每小时通过有监控性质的电话骚扰她的时间，在光天化日之下在附近的室内步行街闲逛。她只需要注意在他最早给她打电话前一个小时左右回来，把所有打来的电话和其他东西都记录下来，这样她就可以向他汇报了。你可都知道了吧，小样儿。她说周末过得不那么好，这是她自己造成的，因为她在和男朋友在公园散步的时候，在无数只鸭子和鹅的陪伴下，让他做一个送命选择题：要么结婚生子，要么分手，我32岁了，别告诉我，10年后我还是这样，42岁不是32岁，32岁也不是22岁。她男朋友觉得她脑子坏了——你神经病吧——，于是他们分手了，直到昨晚他们4周年的时候，他才和她联系。当时他打电话说：你说得对。他在电话里向她求婚，她强忍住了，没有和他说，那什么，你就不能搭着他妈的地铁，无论如何过来，拿几枝玫瑰、一瓶香槟、一枚戒指。她只是戏谑地问，我们要不要在电话里做爱？于是他搭着（他妈的）地铁，来到她跟前，他说，他一下子弄不到戒指，也搞不到花、夹心巧克力和奶油喷雾剂，但他带了一瓶威士忌和一袋没怎么动过的彩色甘草糖，然后他们笑得死去活来。不过斯蒂芬妮想告诉他达留斯·科普的，是，他是她唯一会想念的人。你是一个好人，一个非常好的同事，很高兴与你共事，她为此对他表示感谢，祝他在生活中一切顺利、幸福和成功，无论是在职业生活还是在私人生活中。

好吧……（今天是什么日子？世界"一天到晚辞职"日？）我根本不知道我该说什么。这是真的吗？

真的。

好的吧，我能说什么呢？祝贺！祝贺你订婚了。（他说的是：有了未婚夫。）谢谢你，谢谢你的赞美，我很感动。当然我也祝你一切顺利，这是你应得的，你一定能找到一份好工作，我一直很欣赏你的品质，我再次祝贺你，更祝贺你的未婚夫，不用认识他我就知道他肯定是个聪明的小伙子。

谢谢，祝你过得快乐。

现在几点了？已经过了12点了。我既不饿也不渴。即使是早晨的水都还在那里。气泡已经挥发了，除了玻璃杯壁上还有一些气泡。在这个阶段，你可以注意到碳酸的味道是酸的。科普喝了一口，朝窗外望去。面对着街角处的一些人行道板，你可以看到它们被移动过了。安东尼在美国干吗？一些散落的沙子还在那里，还没有完全被脚步和风带走。为什么比尔不说安东尼在美国？因为他在度假。不是在加利福尼亚，而是在别的什么地方。那个洞，那条红白相间的警戒线和那些拿着铲子的人都不在那儿了。他在玩帆船。他们到底为什么都玩帆船？在美国哪里可以玩帆船？总是沿着海岸或者在湖上。我不在的时候，他们把洞填好了。达留斯·科普对此感到满意。他转过身继续算账。

达姆施塔特——一条林荫道——莱比锡——一个旧霓虹灯广告——汉诺威——一家药店、一个停车场、一家比萨店——希尔德斯海姆——热浪来袭时的一间阁楼——斯图加特——香肠沙拉——德累斯顿——威斯巴登——比勒费尔德——帕德博恩——雨雪天——慕尼黑——扁桃体炎——路德维希堡—汉堡—兰图姆，橙汁烩饭上面点缀着扇贝，格鲁诺先生、格鲁诺太太，人们很蠢，总是只想拥有他们已经了解的东西，但正因为如此他们才必须……——苏尔茨巴赫—加米施–帕滕基兴……

被打断了：尤里的电话。

吃好喝好！你现在在哪里吃饭？

哈哈哈！在办公室。

尤里的心情比他们周二晚上最后一次见面的时候要好得多，当时他们的破事正像狗屎一样热气腾腾的呢！最后一分钟还有个紧急会议。有人在我们房门口的人行道上发现了一个存储卡，把它插到了工作场所的电脑上，现在整个网络都被某种病毒传染了，在客户会议上，多媒体演示多次严重崩溃了。结果不好。现在偏执狂已经爆发了，没有人会被解雇，但据说以后是：没有人能碰存储卡！此外，不允许再用 CD 刻录机，一个人都不允许把工作带回家，不准加班。对我来说挺好的，作为工会成员我是这么说的，所以我们要多雇五个人？诸如此类的话。至少。会很有趣的。不管怎么说，尤里笑得很开心。不管怎么说，他后天就要去度假了，古巴游，全包，想问一下，我们在这之前是否还要见个面，来盘炸肉排，一瓶啤酒。

嗯，好吧，科普不知道到底要不要见面。

你不知道到底要不要见面？！？！

现在有很多事要做。

……

是的，确实如此。我们公司。

……

我承认这周有那么一瞬间……不过是弗洛拉。她搬出去了。

……

是的，去了乡下。

……

是的，但她不是女同性恋。

……

是的，我今天可能会去那里。

……

是的，我知道你不会那么做。你也不知道。

……

不，还没有。

……

坐火车去，还能怎么去？

……

我会活下来的。

……

这事有什么好让你生气的？恕我直言，这跟你有什么关系？

……

就像我说的：你不知道。

……

不客气。（你已经让我烦了一段时间了。）好的，回头见。总会见面的。

康斯坦茨 — 埃朗根 — 霍夫 — 帕绍 — 美因茨 — 格丁根 — 洛库姆 — 科隆 — 弗莱堡 — 科隆 — 慕尼黑 — 什未林 — 布拉格，油炸奶酪，迪姆特先生，这是捷克小说家博胡米尔·赫劳巴尔最喜欢的酒馆，0—24点——奥尔登堡 — 吕贝克 — 吕讷堡 — 汉诺威 — 明斯特 — 普拉……

被打断：莱德尔先生的电话。

莱德尔先生！您怎么样，您的手怎么样了？

手总归会好的，但不好的是大学项目。这与您在那里的表现无关，科普先生，也就是说，他们基于此要求计算了费用，根据您向我们提供的价格，莱德尔工程师事务所告知用 802.11.n 配置 450000 平方米的费用是 900000。预算是多少？ 600000。包括一切。其中有建筑物，可是连这些建筑物的图纸都没有，我们必须自己去测量，他们脑子坏了吧。即便是您再继续压低价格的话，我知道，我知道，已经很难降价了，这对我们来说没有任何好处。您可能不得不以成本价报价，我们也是。莱德尔先生不明白这一点。这时他可能激动起来了。他们太不像话了，科普先生，他们总是想要所有的东西都免费，都是金子做的。他们根本不关心质量，他们甚至不懂什么叫质量，他们关心的就只有价格，我白白和他们解释半天，说贵的东西就是便宜的东西，因为它可能 a. 确实有效，b. 能够用一段时间。而他们更喜欢买个烂货，然后为这个烂货再买一个烂货，为了能够运转下去，这么做的时候他们感觉也很好，因为他们认为：他们又搞到了最新的东西。大家都知道，他们根本不想为服务支付任何费用。他们希望重新引入奴隶制！

别生气，莱德尔先生，您听我说，我和我的销售经理关系很好，我再来问一下，价格上我们还有没有操作空间。(你在说什么？你在抱什么希望？希望发生奇迹？为什么不能希望发生奇迹？)

但莱德尔先生已经没有兴趣了。他纯粹就是对这件破事没了兴趣，一个人必须知道他的价值！这是他的意思，去他妈的大学，他说。

他啪的一声挂上了电话。就像我是大学一样。

科普叹了口气，拿起下一张账单。

又被打断了，莱德尔先生又来电话了。

我还有话想说。我希望您表现得团结，不要和其他人做生意。

您在说什么，莱德尔先生？

顺便说一句，科普根本没想过这事。但莱德尔是对的。当然。如果他不想做这笔生意的话，那可以找另一个电气工程师，然后和他一起做。（您还好吗，阿申布雷纳先生？）

您不能这么做，莱德尔说。这里涉及原则！

（他脑子不正常了，很明显。他犯了一个错误，试图以这样的方式来限制损失。）

您必须原谅我，莱德尔先生，但如果客户来找我，因为他，比如说，对产品如此感兴趣（我使这个产品如此符合他的胃口），那么您不能指望我说，不，出于原则我不能做这笔生意。我怕我老板会因此不给我付钱。

但您也许可以告诉他：只和莱德尔工程公司做。

我倒是可以这么说……

嗨，这叫什么事，莱德尔在电话里气喘吁吁，您去做您想做的事，反正您是不会降到600000的，如果您降到了600000，那么您最终可能无法交付！

然后5分钟之内第二次啪的一声挂断了电话。

他疯了。可怜的莱德尔先生。失去了仪态，尤里可能会这么说。科普可能会哧哧地笑。（我们别吵了，亲爱的。）

打扰太多了。去厨房，再拿一瓶苏打水。我不知道为什么我突然对加双份糖的卡布奇诺没了兴趣。也不感到饿。他站在那儿,手撑在水槽上方喝着苏打水。水槽里放着一杯半满的咖啡。这让科普暂时失去了平衡。你们这些猪当中是谁不把咖啡倒掉,把杯子放进洗碗机?真是厚颜无耻,对这么大的项目算出来区区600000,这是敲竹杠!不对,应该是:剥削!这是蔑视:蔑视我们的技术,蔑视我们的高科技材料,蔑视我们的心血!我没有感受到尊重!这样的话我是从斯蒂芬妮那里学来的!斯蒂芬妮要离开我们了!不是每个人都能脱身!我总是像个傻瓜一样跟在后面!要说我同意尤里,这不对!我不同意他的观点!尤里是个白痴。"最早星期天"!我平时可能总是迟到,但我知道这么多。我们别吵了,亲爱的。总得有个人保持冷静。这一直都是我的角色,也将永远是我的角色。我是她的中流砥柱。所有人都很奇怪。我们能够维持这样一个复杂集体的运转,这从根本上来说是值得赞叹的。有时我真的觉得自己像一个……他小心翼翼地放下他的玻璃杯。不锈钢水槽发出空洞的声音。

不管是因为被打断的缘故,抑或不是,纯粹是由于时间在往前走,工作中的轻松已经消失,感觉变得越来越沉重。放在下面的票据和上面相比明显更加难以看清楚,时间也更加混乱。(怎么会这样?一堆票据当中有一些位置发生了变化。有些人肯定可以预料到。我不能。)他打开一个网络电台。音乐有利于秩序的创造。《棉花需要采摘》,由一个男声合唱团演唱。我这么做是为了你，弗洛拉。不，别撒谎，我这么做是为了公司。为了我。不，是为了你。对我来说这无所谓。对公司终究也无所谓。交出你的旅行票据，或者任由它们放在那里。我这么做是为了你。维也纳—格拉茨—华沙—布加勒斯特—洛桑，5月。又是一所大学。皮科先生，佩尔松纳塔茨先生。后者只会说法语，前者从英语进行口译。有时他们私底下用法语说些什么，科普就愉快而耐心地等待着。当他们说完的时候，他们微笑着向我点头，然后我就继续。之后他们在一家可以俯瞰日内瓦湖的餐馆里吃了鞑靼牛肉。我们的价格又太高了，但科普答应看看他们能有什么办法。他们很感谢他，皮科先生甚至把他送到了机场。

然后呢？

然后呢？

然后我就忘了！

我忘了！

并不是说他忘记了，像约定的、预先告知的、打算的那样，在他回来后立即尽力争取大货折扣，然后立即再次打电话给皮科先生，来宣布这条（但愿是）愉快的消息，并趁热打铁。并不是说他没有在一周后，然后两周之后，然后在度假前或者后打个电话，不是因为他没有拿到折扣，不是因为安东尼阻止了他，这对那些美国人来说根本不重要，也不是因为这么做不值得，而是因为他把一切都忘得一干二净。他忘记了曾经有过洛桑项目，忘记了他曾经去过洛桑，真他妈，见鬼，该死，操蛋！

达留斯·科普骂骂咧咧地从椅子上跳下来，紧握拳头，像狮吼一样咬下去，拳头夹在牙齿之间，他成了自己的猎物，他在原地蹦跳起来，以至于蓝色地毯下发出隆隆的声音（整栋楼都在晃吗？），而那张平稳、弹性很好的旋转椅，从他的重压下解脱出来，奔向由硬纸板堆起来的墙。

在最后一刹那，科普还试图一个箭步冲上去，把自己的身体压在积满灰尘的箱子上，我可能浑身上下都会弄脏，不过最主要的是纸箱墙不倒下来。

但墙还是倒了。

科普浑身上下都弄脏了。他身体的某些部位也开始作痛，就在装满东西的那些箱子砸到他身上的地方。该死的……鬼……东西……去他妈的……鬼……垃圾……真他妈的……与此同时，他在一堆箱子中拨来拨去。

喧闹声把独孤女士从接待处吸引了过来。

门只开了一条缝，只有独孤女士的声音传进来了。

科普先生？发生什么事了？

他停止了骂骂咧咧，试图站起来，箱子隆隆作响。

独孤女士用力把门推开，箱子被推到了一起，科普用他身体经受了她的所有动作。

该死！

独孤女士把头伸进来。

他妈的！

这不行，科普先生！我真的要拜托您。在我们这里不能这么做！

(在我们这里不能这么做?!在我们这里不能这么做?!?!你从哪儿来的,你这个婊子,从野性保镖训练营来的吗?你可以跟你的姘头这样说话,这会让他很兴奋,但不要和我这么说话!我甩手就把一个箱子扔到你的头上!)

不过他当然还是振作起来,只是说:

下面的话请您不要见怪,独孤女士,您是怎么跟我说话的,我不是您的下属!(更确切地说:跟下属也不能这么说话!跟任何人都不能这么说话!每个人都理应受到一点尊重!)

他说完,从箱子中站起来,拍拍他的裤子和他的手,看到隔壁办公室穿着三文鱼色衬衫的男的好奇地站在独孤女士背后,说:

在我们彼此之间的租赁协议中 —— 确切说来我们相互之间并没有签租赁协议,不是吗,而是我们各自的雇主(这儿没你的事,小狗!)—— 没有写着禁止我在我的办公室里堆放箱子。如果我愿意,我可以在您手下租一间办公室,里面只存放箱子!

独孤女士说,这不是箱子的事情,尽管:您看看墙上(积满灰尘的印迹)!而是他在这里大喊大叫,而且说的都是什么话!您因此损害了其他租客的安宁和愉悦。

其他租客的安宁和愉悦?对此我很抱歉,科普对三文鱼说。我影响了您的安宁和愉悦吗?我当然要对此真心表示道歉。

他鞠了一躬,很遗憾,这只能是一种讽刺。

星期四 379

三文鱼微笑着走开了。

（现在这是什么意思？无所谓了。）

希望您现在能原谅我，独孤女士！

科普像蹚过落叶一样蹚过箱子，关上了门。其他人在外面，他在里面。

他站在箱子堆里，凝神听着：她走了吗？这样我是不是就能动了？

他小心翼翼地从地上捡起一个又一个箱子，小心翼翼地把它们一个个堆叠起来，先在北面的墙和门前堆成一堆——如果发生火灾，你就完蛋了。不会有火灾的。为什么会发生火灾？——以便接着把它们一个一个地再堆到南面的墙边。你没别的办法，空间和以前一样有限。灰尘又被搅动了起来，科普忍不住咳嗽着。他的自尊禁止他打开通往走廊的门。因为他会不必要地屏住呼吸，所以他调高了网络电台的音量。在音乐中创造秩序，这可能……行得通。慢慢地，他的心情又恢复了，他几乎要哧哧地笑起来了，这又是怎样一个故事，兄弟，弗洛拉，今天所有的箱子都掉到我背上了，我好像骂粗话了，我告诉你，我看起来像一头猪，或者像一个从煤矿里出来的人。真的像一个矿工，在他做完他手头的事情之后。与此同时，他已经处理了洛桑大学的事情。天哪，这种事情是有可能发生的。还好没什么损失。我们打电话给他们，假装我们故意给他们这么多时间来思考，并在我们自己人面前扯点谎。他把最后一个纸箱放回了墙边，当他还举着手臂站在那里，闻到自己的汗味时，他想起来：在这个地方，在过去的几天里，亚美尼亚人的箱子一直放在那里。他手里拿着的，不是亚美尼亚人的箱子，而是一个空箱子。

他本想大笑，歇斯底里地大笑，以至于他肯定会站不稳，弯下腰来，并要注意别再跌倒在纸板堆里，但他没能大笑出来。他是踉踉跄跄的，他也弯下了腰，坐到椅子上，椅子让开了，弹了一下，顺滑地向后滚动，那儿是桌子，靠背砰的一声撞上去了，但科普仍然感觉好像椅子在动。他还是让自己滑到地板上，滑到那块深蓝色的地毯上。他看着墙。

你这样才算是堆放正确了：满的在下面，空的在上面。所以那个箱子是在下面的某个地方。一堆箱子之间。但科普看不出来它在哪里。他看不清。我可能还得把这些箱子重新堆一遍。会发生这种事的。现在几点了？天还很亮。还有时间。但就此刻来说，他先得躺一躺。

地毯还是那么脏，纸篓也没有清空。因此，不太可能是保洁人员把纸箱带走了。尽管如此，还是有可能：进来，拿上箱子，不打扫，离开。或者是巴赫夫人。而巴赫夫人正在南美洲呢。用我的钱。也有可能是独孤女士，到处都会去插一手。不然她怎么知道我这里的情况？是拉佐卡先生。毕竟说中了彩票。尤里。也不是不可能。派对上的其他人。还有谁知道这事？斯塔夫里迪斯。他真的在巴黎吗？弗洛拉。有那么一瞬间，他甚至认为这是可能的：弗洛拉偷了他的钱。用这钱来买一栋乡下的房子。然后他可能会因为他的所思所想而流下眼泪。我显然失去了……

这时他被打断了：他胸前口袋里的手机响了。幸好是电话。这样的话他甚至都不用坐起来。

是阿里斯·斯塔夫里迪斯。

阿里斯！达留斯·科普躺在地板上说，有点精神恍惚。他想：我必须醒过来，我毕竟是在打一个电话，但他能做到的最大限度就是不比他已有的状态更加迷糊。这时斯塔夫里迪斯说：

你怎么样？然后就无缝地说起了在巴黎与风投的会面……一个非常喜欢听自己说话的家伙……他说他有点相信一个公司的遗传基因……他说一个公司是有基因的……我们点了点头，不过接下来……新瓶装旧酒，他说……在这种情况下可能还是一句恭维……伯纳德欣然笑了……

科普把头转向纸板墙，一个接一个地看着他视野中的纸箱。它们都不一样。然而它们都是工业生产的。但现在哪一块会是松动的藏宝砖呢？

斯塔夫里迪斯：……这与亿贝上的主题分组有什么不同……他只是想推动参与……当他意识到这在我们这里行不通时，特别是伯纳德，他就想退缩了，但我们有我们值得骄傲的点，特别是伯纳德……

喂，达留斯，你怎么样？

很好，科普说，我很好，伯纳德，你呢？

伯纳德不想拐弯抹角，基本上阿里斯什么都说了……基本上他是对的，即使他很傲慢（？？？哦，原来是说风险投资公司的人……），而且你也是对的，任何人都可以复制我们并抢在我们前面，简而言之，我们必须迅速采取行动……我们想到了你，你无论如何都会成为我们最愿意拉到同一条船上来的人，你无论如何都会成为……一个很好的工作伙伴，很高兴与你合作……在德／奥／捷克地区……当一个副总裁……不一定立马就要全部的 50000，一开始的话 25000 就够了，不过我们需要尽快拿到这笔钱，你对此有何看法……？

达留斯·科普终于大笑了起来。

夜晚

在地板上笑得滚来滚去。就是字面意思。直到你呛着，开始咳嗽，直到你呼吸困难，这是由巨大的呼气困难引起的，伴随着可听见的鼻音，或者，换句话说：哮喘危机。作为一个有经验的哮喘患者你得保持镇静。当你的对话方有点不高兴地问你是否一切都好时，你挤出一句"是"作为回答，但很遗憾你现在必须挂断电话，很不巧现在不是时候，我正忙着一些重要的事情，对不起，我现在不得不挂电话了。你挂了电话，紧接着立即翻身侧躺着，就这样躺了一会儿。那堵纸板墙就紧贴着你的脸。深蓝色的地毯脏兮兮。你开始唱（不是唱，是呜咽）一首不久前流行的套用《哈巴涅拉舞曲》旋律的歌：去他们的，你们这些混蛋，去你们的，你们让我厌烦。这让科普很高兴，他本可以又笑出声来，但尝试又一次以咳嗽结束，所以他放弃了尝试。

他一直侧躺着，直到他的呼吸稳定在每分钟13次，不多也不少。不负责任地对待他的健康，至少从周一起就不服用他每天要按规定服用的药物，到今天是星期四，这早已是一种犯罪行为，特别是在这种天气下，特别是在这种压力下，但现在或一般情况下再心烦意乱是没有意义的。相反，你甚至可以利用和享受由于呼吸困难而强制出现的效率、爽直，还有，优雅，而这些在平时都是让人苦苦思念的。他直起身来，伸手去够椅子，坐在上面。还有一点账要算，不多了。三四个城市。但这双手好脏啊。很脏。最好先洗洗手。

当他站起来想要去洗手间时，他意识到自己无法完全直起身来了。胸口有东西卡住了，很疼。就像一根肋骨断了，就像它正在往肺里钻去。不，不是那么严重，也不是那么尖锐、锋利，但无论如何要比平常的哮喘发作更加痛苦。疼痛发散到我的左臂了吗？没有，疼痛就固定在胸部中间。（就像一只被串起来的昆虫。）

当独孤女士看到他弯着腰经过接待处走向洗手间时，有一刻她挺担心的，不过然后她想，也许是腹泻，就没有干涉。

当彼得·米夏埃尔·克莱因，医疗咨询公司的唯一代表，又名三文鱼，走进洗手间的时候，他发现达留斯·科普没穿衬衫，头发湿漉漉的，弯着身子，脸冲着洗手池。他左耳旁边的一个小花瓶里插着一朵白色的兰花。

一切都好吗，您不舒服吗，诸如此类。

科普笑了。事实上他并没有那么不舒服，但是在他脱下衬衫不仅想要洗洗手、脸和脖子，也想洗洗腋下之后，他再也直不起身了。

哎呀，这是，克莱因说，不好，腰闪了！

科普因为误解笑了，他忍不住又咳嗽起来，在他呼气的时候，他胸部发出隆隆的声响，音量使得克莱因立刻吓得跑开了，或者更确切地说，跑去找独孤女士了。独孤女士打电话给急救中心，克莱因回来了，想要帮忙。

没必要，真的没必要。说这话的时候科普已经知道这是必要的。那尽管如此为什么人们还总是这么说？为了看看他们自己还能不能做点什么？

弗洛拉，他想，同时坐在地上，背靠着瓷砖墙。在他身旁的瓷砖地板上放着一杯水，他用手握着它，但他没有喝。是谁说喝水对一切都有帮助的？但他用手握着玻璃杯，这样他就不会和任何人靠得太近。弗洛拉，他想。

达留斯·科普是一个非常容易照顾和有礼貌的病人。他让医护人员放心，说一切都没那么糟糕。医护人员建议他用氧气面罩呼吸。但如果您可以的话，请您睁着眼,这样我就可以评判您的状况了。科普睁着眼。这位医护人员留着稀薄的鲶鱼胡子,就是人们说像是被啃过的那种。

在医院里——这是哪一家医院?——医护人员给他挂着盐水——弗洛拉,他在痛苦的那一刻想——然后他又可以深呼吸一下了。有些支气管痉挛舒缓剂会让你兴奋,有些会让你入睡。给他用的是第二种。他能记得的最后一个场景是他想知道现在几点了。(又想到:弗洛拉。好像你得去弗洛拉家。好像她在等待。)然后他就昏睡过去了。

星期五

白天

当他再次醒来时，天亮了。他手背上没有针了，一块橡皮膏遮住了针眼。他在一间三人间。有一张床是空的，另一张床上躺着一个人，只能看到他那稀疏的金发。一个与其说较瘦倒不如说是较胖的男的。他轻轻地打着鼾。

浴室里挂着一条病号毛巾。他脱下了病号服。（有人能给您带点东西来吗？现在没有。——一个片段。）在公元后第三个千年之初的一个早晨的男厕所，没有刮胡子，没有刷牙，因为他在那里没有东西做这些事情。镜子里那个头发金黄、鼻子小而翘的小伙子一直都还是我。我嘴角有个小水泡。

弗洛拉。

因为今天我第一次又想起了你，所以从现在开始，你将不会再缺席了。

当科普第一次离开洗手间去拿他的衣服时，他的室友在轻轻打着鼾，第二次，当他穿着衣服出来的时候也还在打着鼾。科普悄悄地关上了他身后的房门。他在早餐和查房前就离开了医院，自负其责。我该在哪里签名？他叫了一辆出租车回家。

信箱里已经放着他的驾照了。谢谢你，亲爱的政府机关。我几乎被感动了，因为它们工作得多么好（准时、正确）。我对我们世界秩序稳定的信心会因此而大大增强。

公寓还是他离开时的样子。他瞥了一眼在他去露台的路上散落着的东西：蓝胡子的房间紧闭着的门，弗洛拉的房间紧闭着的门。他没有去卧室，在到卧室之前他就上楼了。

从露台上看到的景色一如既往地美丽。无论你往哪里看，它都宣告着我们所拥有的财富。房屋、道路、植物，任何东西都没有忍受着匮乏之苦。也就是说，也许植物，正在受着一些苦。它们看起来很干，积满了灰尘。落叶像小小的行人一样在公园小径和人行道上游荡。在它们移动的地方，它们仍然像生物一样活跃，在它们成群结队躺着不动的地方，在边沿后，在角落里，我们可以看到它们已经凋亡了。总之，秋天就要来了，已经是秋天了。但在这上面还盛开着观赏性的鼠尾草和观赏性的牵牛花，草药芳香阵阵。弗洛拉。他一边打着电话，一边把左手伸进一丛迷迭香里。

您好，我叫达留斯·科普。病房护士，能不能麻烦您告诉我，71号房间我母亲的分机号码？她叫格蕾塔·科普。

护士把号码告诉了他,他给她打了电话。没人接。(为什么你,每次,都会忍不住想到她是不是已经死了?你这么想的时候是什么感觉?恐惧,解脱,然后又是恐惧,然后才是悲伤? [是悲伤吗?])

对不起,又是我。您能帮我查看一下为什么我妈妈不接电话吗?我很担心。

也许她在睡觉。

哦,对哦,是的,可能是的。但能不能麻烦您仍然查看一下?

她没有睡觉,她只是没有意识到她平常当作电视遥控器来用的电话的铃声实际上真的是电话铃声。但现在她接电话了。

你还好吗?

还挺不错的。通过挂水补充水、盐、糖、维生素、镇静剂和促进血液循环的药物,这可以让我非常迅速和良好地康复。我明天就可以出院了。或者星期一。

那,结果是什么呢?

什么都没有。只有新药,二十一天的输液治疗,但我可以在我全科医生的门诊挂水。他们可以提供自带药挂水服务。一个人非常好的年轻女士。

科普听了就松了一口气。有一个短暂的停顿(你呢?你怎么样?我也住了院。突发哮喘。但无论如何我都会保持沉默,只要……),然后格蕾塔又说了一遍她可以在明天(星期六)或最迟在星期一出院。

我最迟星期天来。（弗洛拉）

那好吧。

他又洗了一次澡，在自己家的淋浴房你会洗得更干净。早餐呢？又是几乎什么东西都没有。弗洛拉。你离开我是因为我总是把什么东西都吃了却事后什么都不买？谁说我要离开你？是啊，谁说的？

衣服、手提包。别忘了把你的驾照和车辆登记证放进去。

这辆车——深蓝色的油漆，窗户——积满了灰尘，车轮一半都陷在落叶堆里。他擦玻璃擦了很久（用机器，我是不会用海绵的）。在整个行程中，积聚在引擎盖和挡风玻璃之间的干树叶一直在飞出来。

他喜欢开车，尽管路况像平常一样混乱，在红绿灯处和支路上，车子挤在一起，但达留斯·科普很有耐心。广播带来了我们这个人口密集的地方和全世界的新闻。

当安东尼打电话来的时候，他已经驶过了堵车最厉害的路段，正在一条六车道的道路上相当顺畅地驶向一个大型环岛。

好像被人从睡梦中给拉了起来。科普（出乎意料地）心跳得很厉害，以至于车子偏离了车道。边上车道的司机冲他按了喇叭。（混蛋。）

安东尼！你还好吗？！

很好，安东尼很好。

你什么时候回来的？

（我想让你知道我什么都知道。）

刚刚才回来。

你这次旅行开心吗？

挺开心的。问达留斯是否已经完成了他的账目清算。

（他也想让我知道他什么都知道。再次心跳。另一方面：去你妈的。）

是的，是的，大部分账目星期三已经完成了，昨天做完了剩下的。只是还没发送出去。

他说他应该把它发送出去，那样他就能拿到钱了。

会的，我会发送出去的。

你现在在干吗？你在开车吗？你能停下来吗？可以吗？

我马上就到了。

当安东尼没有回答的时候，科普向右变了三个车道，停了下来。

长话短说，安东尼说，昨天我们还不被允许谈这事，但事情是这样的：我们将与欧帕科进行合并。周一就会公布这事。这会是一次平等的合并，以后名字叫作欧帕科－菲德利斯。联合首席执行官将是利昂内尔·齐默尔先生，首席运营官将是丹尼尔·金先生。加利福尼亚州森尼韦尔的办事处将与加利福尼亚州米尔皮塔斯的办事处合并。我们在英国伦敦的办事处将在我的领导下继续存在。今后它会照管西欧和北欧的所有项目和商务伙伴。东欧和南欧会由欧帕科在罗马尼亚布加勒斯特的办事处照管，德／奥／捷克地区由欧帕科在瑞士苏黎世的办事处照管。就是这样。我很抱歉。

欧[1]，科普像个真正的英国人那样说道。这是真的吗？

安东尼确认。是真的，事情就像他说的那样。

这事是什么时候决定的？

上周末。

（当我们在花园里的时候，当我们在湖里的时候，当我们在山上的时候，当我们在堵车的时候，当我们在电影院的时候……还有和比尔通话的时候，昨天。和比尔，12小时以前。）

当然你会拿到你的钱。抱歉拖了这么长时间。

是啊，科普说，他必须稳住——你以后有的是时间对比尔感到失望——他也确实稳住了。我毕竟是个专业人士。是啊，我当然认为我能拿到我的钱。这有一部分是我的过错。我是说拖了这么长时间。

对此安东尼什么也没说。

产品怎么办？

什么产品？

我们的产品。

菲德利斯和欧帕科都非常期待这次合并所产生的协同效应。没有其他公司现在拥有如此宽泛的产品目录，能够服务于如此多的不同细分市场。

明白。

1　原文为Ou。

（顺便说一句。关于亚美尼亚人的钱的事情……我觉得，我只是做了一个梦……

你在逗我玩吗?!?!?

于是他什么也没说。关于这事什么都没说。）

（那补偿费呢？我会拿到补偿费吗？在我们国家拿到补偿费是很常见的。他也没有问这个问题。）

多久？辞退告知期有多长时间？我要把办公室交给谁？

办公室要解散了。

我明白了。但这些东西放到哪里去？

安东尼又变得不耐烦了，他叹了口气。他说他不知道，那什么，毫无疑问它们必须被移交给某人，他说细节可以在以后讨论，很遗憾他现在不得不处理一些其他事情。

明白，科普说。他祝安东尼一切顺利。

谢谢，安东尼说，然后挂了电话。

从达留斯·科普身边滚滚而过的车流非常密集。就像一列由汽车组成的火车似的。后来，当天亮了一点的时候，他就开走了。他汇入了右边的车道，变到了中间的车道，因为他不想转弯。他想绕过环岛，直到他开回原来的方向。

开车到马格德堡只需要 1 小时 40 分钟，大部分路段是六车道高速公路，没有限速。能以每小时 200 公里的速度开倒是挺好的。我们的车配备了四轮驱动、加高的底盘和强大的越野设备，即使高速行驶时在手里、在路上都能很平稳。发动机运行安静、顺滑，听不到杂音。

高速公路边上耸立着风轮。风轮之美。有些有暗绿色的底座，有些有红白条纹的底座。

市里交通繁忙，星期五的时候所有人都还要再一次地打起精神，尽管广播在早上5点就已经宣布工作周结束了。很多车在按着喇叭。在一处绿灯亮起的时候，科普花了11秒才驶离。他耐心地等待着。我想我这辈子还从来没有按过喇叭。

医院停车场正好还有一个空位。我们停得在路上凸出来了一点，但别人还是可以通过的。

这次正门前也有人在抽烟。一朵云刚刚飘过，太阳露了出来，一缕光线落在一个吸烟者的脸上，他闭上眼睛，仰起苍白的脸，深深地吸了一口气。科普严肃地四下里寻找着那两个瘦小的女孩。只有一个在那儿。她友好地向他点点头。

你好，小舅舅。

友好的微笑凝固在了科普的脸上。破孩子。先是在这个老家伙面前假装友好，目的是随后对着他受伤的脸叫嚣。你就开心吧你，你这个得了厌食症的贱人，这无疑将会是你一生中能够获得的最大成就。

但后来事实表明，他确实是那个女孩的舅舅。

洛尔！天哪，我差点没认出你来！

很瘦，真的很瘦。眼睛周围一圈愈加浓黑了。她腼腆地背对墙站着。

你在这里做什么？你在抽烟吗？

是啊，我忍不住想抽一根。

另外她去看外婆了。妈妈也在那儿。

她说得好像她知道我们的一切似的。

谢谢你的警告，科普微笑着说。然后他想这么说很傻。

当洛尔按下二楼的电梯按钮时，他看到她被啃过的手指甲上交叉涂着黑色和亮粉色的指甲油，食指和中指已经有点黄了。到处都是镜子，三面墙上，还有顶上。他们两个都看着天花板，通过这面镜子相互微笑着。

你怎么样？

挺好的。

他们到了二楼。

蒙科夫斯基夫人、玛蕾娜和格蕾塔坐在椅子上。不在71号病房，而是在隔壁的访客室。在一个箱子里面放着为孩子们准备的彩色积木。汤米和默林不在。不过他们很快就会回来的。

他们去哪了？

去洗手间了。

这样啊。

你自己去走廊的餐车里拿个杯子吧。

哪里？

你一定是路过那个餐车了。

我已经拿了！

洛尔给他拿了一个杯子，他说谢谢。蒙科夫斯基夫人把咖啡装在一个保温瓶里带来了,因为餐车里的咖啡只给病人喝。甜点是李子蛋糕。那些是新鲜的李子吗?哪来新鲜李子?冷冻的。没事,味道也很好。

格蕾塔新做了发型(是谁给她做的?科普依次想象着是不是其他三个女人给做的。或者一个别的什么人,他的工作就是做这个的),她额头上的卷发用一个小蝴蝶夹子往后夹住了。当她醒着很有生机的时候,眉毛就不那么显眼了。她没有穿睡衣,而是穿了一件浅蓝色的上衣和米色的短裙。她的腿上穿着不透明的长筒袜。蒙科夫斯基夫人涂了口红。这是科普见过的第一个涂了口红而看起来不像娼妓的 70 岁老太太。他很久都不敢看玛蕾娜。

汤米和默林回来了。默林看着科普,好像他不知道他是谁一样。哦,另外他可能坐在了他的椅子上。

哎,什么呀,你坐着。玛蕾娜把默林抱在腿上。他几乎和她一样高了,至少有她那么重。他也不是坐在她身上,他只是靠在她的膝上。汤米站着。

汤米,你还好吗?

挺好的。你呢?

我今天出院了。

他又拿了一块蛋糕。

一开始所有人都不明白,他不得不重新说了一遍他的事情,他们几乎不敢相信,最后他们还是相信了。

这是真的吗?

是真的。

格蕾塔、玛蕾娜、汤米、洛尔、默林什么也没说（可是默林现在第一次看起来很感兴趣），蒙科夫斯基夫人问：

为什么？

我的公司与另一家公司合并了，他们只在德国-奥地利-瑞士地区保留了一个办事处。没有保留我的。

蒙科夫斯基夫人点点头。很遗憾，现在经常发生这种事情。

是啊，科普说，他微笑着，耸了耸肩，你赢了，你输了。

他微笑着低下头，舀了满满一小勺蛋糕。（他们也带勺子了吗？可是干吗不带叉子呢？不对，可能是病人餐车里的勺子。）坐在他身旁的玛蕾娜把一只手放在他的小臂上。被暴风雨摧残过的人造指甲。

你会找到下一份工作的，玛蕾娜说。

是啊，他说，我会找到的。到目前为止，我总能找到工作。如果你有能力，敬业，忠诚，等等，你总归会找到什么工作的。

是啊。你毕竟还有一个不错的文凭。

说到这儿，你的学业怎么样了？

他终于成功地看着她。万花筒般的蓝绿色眼睛，当你看到它们的时候，你就会头晕目眩。

今天早上。

今天早上？

考试。

你今天早上参加了考试?

第一场。

一共几场?

三场。

怎么样?

她还不知道结果,但有信心能通过。

科普很高兴。那很好呀。真的很好,玛蕾娜。他向他的妹妹露出了笑容,她也向他微笑着。

他们一起度过了整个下午。天黑时,他们告别了。

你现在干吗?

我要回去了。我得去弗洛拉那儿。

有什么东西从格蕾塔和玛蕾娜的脸上倏忽而过。不用括号:因吃醋造成的明显冷漠。

她现在不太好。她太累了。她去了乡下。

在格蕾塔和玛蕾娜的脸上:同样的情形。(不是一切都能被改变。)至于在场的其他人,提到弗洛拉并没有引起他们任何反应。

他开车回去了。没有必要开车穿过城市,你可以绕着外围的环城高速公路行驶。于是他开车走了外围的环城高速。导航系统不知道伽比住的街道,尽管如此,他第一次试着寻找的时候就找到了。当他转弯时,天开始下起了蒙蒙细雨。路上唯一的路灯很刺眼,他开了一栋房子的距离,什么也看不见,除了变成白茫茫一片的挡风玻璃。后面是伽比的房子。

家里没人。科普看到屋子很黑，不过他还是打开了花园的大门。当他穿过花园时，他突然有一种感觉，不只是"我认识这屋子"，不，这种感觉更加强烈，是"我到了这里似乎就回家了"。这使他非常迷茫，以至于在他还没有到屋前平台之前就不得不停下来。他站在黑暗的花园里，凝视着他和平台之间的距离。如果这是一条水沟，我能从站的地方跳过它吗？突然间他觉得似乎没有其他办法可以填补这个已经显露出来的空白。

邻居把他轰了出去。一个老年人，弗洛拉甚至知道他的名字。他试图用大声来掩饰他的害怕。您是谁，您想干吗？

我是达留斯·科普，达留斯·科普说。（这对他来说等于什么都没说！）我是……那谁的丈夫……我是伽比的一个朋友。我以为她在这里。

你是迈尔小姐的丈夫吗？

（迈尔小姐的丈夫……？）但科普点点头。因为天很黑，他也大声说："是的，就是我。"

他们在农场。今天是埃娃的生日。

过生日的埃娃是一位年纪稍大的女士，她灰白的头发上戴着一个花环。他们在院子里围着坐了一大圈，但离房子很近。科普认为他认出了村里沙滩上的那个男的、那个女的和那个孩子。其他人他不认识。他们已经在吃甜点、喝葡萄酒了。玻璃杯里闪烁着酒水的光泽。弗洛拉背对他坐着。

伽比先看到了他。她碰了碰弗洛拉的小臂,指着他。

她走过来了。他们往边上走了一点,以免站得离桌子太近,但也不是完全站在黑暗中。

科普的第一句话:你是我一生的挚爱。

夜晚